时代书局

守候 shou hou
是我能给你最好的爱

董江波 著

我在等一个人，一个可以陪我很久很久的人
我相信
在没有约定的未来
我们，终归会不期而遇

时代出版传媒股份有限公司
北京时代华文书局

图书在版编目（CIP）数据

守候是我能给你最好的爱 / 董江波著 . -- 北京：
北京时代华文书局，2014.9
ISBN 978-7-80769-766-4

Ⅰ . ①守… Ⅱ . ①董… Ⅲ . ①长篇小说－中国－当代
Ⅳ . ① I247.5

中国版本图书馆 CIP 数据核字 (2014) 第 170799 号

守候是我能给你最好的爱

著　　者 | 董江波
出 版 人 | 田海明　朱智润
出版统筹 | 精典博维
责任编辑 | 曾　丽　樊　秀
责任校对 | 田晓辰
装帧设计 | 肖　杰
责任印制 | 刘　银　施延凯

出版发行 | 时代出版传媒股份有限公司 http://www.press-mart.com
北京时代华文书局 http://www.bjsdsj.com.cn
北京市东城区安定门外大街 136 号皇城国际大厦 A 座 8 楼
邮编：100011　电话：010－64267120　64267397
印　　刷 | 北京九天志诚印刷有限公司
开　　本 | 880 × 1230mm　1/32
印　　张 | 9.5
字　　数 | 205 千字
版　　次 | 2014 年 10 月第 1 版　　2014 年 10 月第 1 次印刷
书　　号 | ISBN 978-7-80769-766-4

定　　价 | 26.80 元

目　录

楔　子 | 1

第一季　那七滴注满伤心的泪水 | 001

第二季　忧伤总有翻过去的一天 | 025

第三季　风雨飘摇前的片刻明媚 | 061

第四季　我们都是彻底的牺牲品 | 113

第五季　捏碎那最后的疯狂时刻 | 171

第六季　命运处处充满峰回路转 | 225

尾　声 | 293

楔　子

在搞砸了第十三次相亲行动后，我就再也不敢找对象了。

那个女孩是我女性朋友的女性朋友介绍的，据说是我的老乡，对我的第一眼印象很好。我有些激动、有些渴望地拿着两张电影票，径自跑到了女性朋友的女性朋友的宿舍。宿舍里只有她一个人。

我见过很多女人，其中有很多美女，但我从来没跟女人，特别是美女处过对象。眼前的媒人，竟然是个大美女。想来，她介绍的女孩那也准是相当不错。于是，我有些雀跃地把电影票放到她手上，很大声地说：“玉琴，我想今天晚上请你看电影。”

这个叫玉琴的女孩笑了：“沈伟，你确定是要请我吗？”

她的表情有些喜乐，语调带着一丝哆音，眼睛蒙蒙眬眬的，我就狠狠地点了点头：“对，我确定是你！”我心中想着，先讨好一下媒人，应该没啥问题吧。

她意味深长地笑了：“好啊！下午六点，我在宿舍楼下等你哈。”

我自以为然。

等我一身“清爽”，准时六点出现在庞大异常的5号女生宿舍楼下时，玉琴一阵风一样笑着冲我跑了过来：“哈哈，沈伟，你傻啊。错了！我是你女性朋友的女性朋友。”她边说边朝自己身后望了一眼，“那里，那里才是你的小老乡啊。”

越过玉琴，我看到了那个女孩，很文静清秀的样子。跟玉琴的热情不一样，她有一种别样的美丽韵味，淡淡地在举手投足之间传了过来。

“她叫萧雨，就下雨的雨。那才是你的小老乡，我不是！”玉琴说完后望着萧雨。萧雨冲我腼腆地一笑，算是答复。

我确实很尴尬地笑了，玉琴没有给我留下任何思考时间，道：“沈伟，萧雨，你们既然认识了，就自己谈吧！我先闪了哈。”说完，在我们俩没有半句答复的情况下，她就转身，又像一阵风似的刮走了。

“你喜欢玉琴吗？”萧雨突然就开口了。我的神情还沉浸在玉琴刚刚跑走的场景中。

“什么？”我猛地回过了神。

“你一定听到了的。”萧雨微微笑着。

“确实有点！”当我说出这句话的时候，我开始后悔并叫苦不迭。但在那个时候的心底，我确实更喜欢活泼热情的女孩，也梦想着能够找这样一个女孩。

萧雨叹了口气：“电影票还给你吧！”她顺手就把两张电影票放到了我的手心。仿佛是一段柔滑细腻的锦缎抚过我的手，那是萧雨的手放到我手心时的感觉。但那感觉一瞬即逝,她收回了手。

“萧雨,你误会了!”当我脱口说出这句话的时候,萧雨已经走出几米了。她回头幽幽地跟我说:“沈伟,玉琴已经有一个很好的男朋友了。他们很相爱。”说完,她头也不回就走了。

对跟她初次相见的我,连第二句解释的机会也没有。

这就是我,目前为止,完整的第十三次大学恋爱,实质上是相亲的经历。而且是发生在不久之前的惨痛经历。

〖第一季〗那七滴注满伤心的泪水

第一章　“邂逅”《美人鱼》

之后的生活，其实就是一种等待。这对一个被恋爱伤透了，被熟悉的女生称为徒具帅气外表、却不懂得如何追求女人心的“绣花枕头”的我，其实是一种痛苦。特别是在眼看着宿舍里长得最囧最无奈的同学，也先后被“还有几分姿色”的女同胞领走后，这种痛感就日益明显。这肯定叫羡慕嫉妒恨吧？

等待，这时在于我，就是日复一日的失望透顶。还好，我还有图书馆。

在等待的失望中迷上了那本“当代版”的《美人鱼》。拖一把软绵绵的椅子，懒散地坐靠在角落的书架旁。抬头时，可一眼望穿那扇大而敞亮的落地窗。或许我还在盼望那双熟悉的眼扫过我的身影。我喜欢落地窗的感觉，清白透亮，让我能够想起那些经过我生命，却又毅然离我而去的女子；或许，我更渴望那扇落地窗前，突然出现那个之前的她、她、她，在亲切地向我招手，呼唤着我的名字。

我始终觉得图书馆是一个很浪漫的地方。图书馆是用来借书和看书的，总归是用来看书的。来图书馆的人一般有三种：常来的，似乎成了一种习惯；从来不来，心血来潮来一次的；还有断断续续来的。我应该属于那种断续的人，好像也只有这种人，才会觉得图书馆真的浪漫——在一个泛着淡淡书香的温馨环境中惬意地看着、想着、等待着。虽然永远不知道自己在等待些什么，却也永远不会失望，有书看，有事情可想，即使最后依旧是一个无结果的等待，也可以深深地吸一口气，合上一本浓浓书香的小说，伸着懒腰走出图书大楼，融入到阳光空气中。

我在角落里几乎要为故事里的这个“美人鱼”落泪了，伴着周围“沙沙”的书页翻动声。这种翻书声，总让我想起童年，想起蚕吃桑叶般的声响。也许，只有童年的美好，才能容下养蚕这件乐事。

“美人鱼”何琪颠簸了十二个小时，到海边寻找她的“王子”文星，她的“王子”，就在那所能够远远遥视海滩的大学里。

“你好吗？文星！还记得我会送你一个生日惊喜吗？”何琪拨通了文星的手机号码。

“何琪，是你啊！那是什么惊喜啊？”他的声音一如昨日。何琪很高兴，她的“王子”快要来接她了，她坏笑着合上了手机盖。大海在脚下咆哮，扬起一层一层泡沫。何琪似乎忘记了，不管过程如何，最终的结局，“美人鱼”总会变为五彩泡沫在夕阳下消散。

在剧情发展到高潮时，第三方，也就是“公主”出现了，她与“王子”幸福地结合。何琪哭泣着回到了她的来路，那个严寒未退的家乡城市。

不管是在现实，还是在故事里，美人鱼和王子的故事依旧在日复一日地上演，大海上的泡沫也在日复一日地产生、日复一日地消失，它还是那样蛊惑人心。可结局依然不会改变：美人鱼遇上王子，美人鱼爱上王子，美人鱼和王子在一起，王子遇到公主，王子爱上公主，王子和公主在一起，美人鱼“变”成五彩泡沫消失。

根据故事中的描述，何琪形单影只回到了那座北方城市，文星一点儿都不怜香惜玉。在孤寂清冷的北方都市里，何琪很忧郁，就像一条搁浅的金鱼，在沙滩上艰难地喘息，渴求一场倾盆大雨的到来，渴求涨潮涨潮涨潮。

她一直以来很惧怕阳光和大海，还有那红红的落日。她始终以为，是阳光撕开了她的心、她的痛，把她全部的伤都展露在整个世界面前。

她放弃了所有选修课程，这样省出来的时间，她就一次又一次地往图书馆跑，读那些伤感而又纯美的“王子”与“公主”的故事。她讨厌阳光，她一直坐在落地窗后那一角的右侧，那个右侧，就算阳光再怎么努力，也永远照射不到。她讨厌“王子”，对“公主”的厌恶更是百倍增加，但她依旧一遍一遍读着那些写给小女生小男生看的悲喜爱情故事。

故事到了这里，作者出现在了书里。你没看错，就是我在看的这本《美人鱼》的作者自己，作者就是这样说的。一个认为图书馆是最浪漫地方之一的男生，选择了落地窗一角那个阳光暴晒的地方，那是落地窗的左侧。这个地方，阳光根本不用努力，一天的大多数时候，都会毫无保留地照射在这里。

只要他来，就会注意到一个神情忧郁的女孩，静静地跷起腿，捧着一本一看书名就知道是关于“王子”和“公主”的伤感“童话”，静默无声地读着，你甚至听不出她翻动书页的声音。这个号称“作者”的男生始终觉得：这个忧郁的女生绝对不会是一位“公主”。

有一次，何琪偶尔抬了一下眼，迎面有一个不很阳光却也灿烂的男生的笑，这个男生就是作者。何琪也淡淡一笑，这算是回应吧！何琪与作者就这样认识了。不像作者想象中那么浪漫，也不像何琪思想中那么傻。

其实，很多时候，走出相爱的伤，竟然就是这样简单。一个微笑，就可以达到这样的效果。所以，我现在相信了，微笑绝对是一见钟情的加速酶。

第二章　萧雨、玉琴和图书馆

依旧蜷缩在落地窗后的一角。我抬起有些迷蒙的眼，望望图书阅览室那张又大又长的方桌，脑海中涌上了三种联想：是赌场里纸醉金迷的长方赌桌，是会议中等级不同的鳞次位置，还是教堂里蜡烛下昏红的祭台？我说不清，道不明，只看到那方桌一直在眼前延伸、延伸……

我又低头继续看我的《美人鱼》，阳光透过落地窗洒在书页上，一闪一闪的。

还是不够投入，耳边突然听到“嗒”的一声，是小小水滴落在光滑书页上的那种轻轻声响。这里是静谧的图书阅览室第三号室，在翻动书页声停止的那一瞬，应该是不会再有任何声响了。而我也一直认为，这种“瞬”是肯定存在的。因为图书阅览室里，那种绝对的静，是一直存在的，只要你到图书馆里静静地读一上午书，这种绝对的静，你总能遇上那么几瞬。

而这声“嗒”，因此就显得特别刺耳。又是一声“嗒……”，我抬起头，阳光透过水滴时的绚丽出现在眼前，一滴泪珠挂在右侧一个女孩的睫毛上。我盯着她的睫毛，泪水在上面悬滚着，我用眼睛数着泪珠，“嗒”一滴、“嗒”两滴……我记得：一共是七滴。

数完之后，我突然反应过来，这个女孩竟然是萧雨。

我眯着眼睛，看她支起的书页，上面有三个昏暗的粉红大字——美人鱼。

这是不是就是传说中的缘分？这个女孩是萧雨，她手中拿着跟我同样的一本《美人鱼》。如果说我曾经一直不相信缘分，那么，今天我信了，真真切切地信了。

手机在轻微地震动着我的大腿，麻麻痒痒的，我迅速把手机抄在手中，是玉琴发来的：“怎么样，不喜欢萧雨吗？”

“好像是她不喜欢我，她把电影票还给我，转身就跑了。”

我发出这条短信时，手上恨恨地用力。

“有什么误会吧？”玉琴在后边加了一个大问号。

“误会……对，她问我喜欢不喜欢你这种类型的，我说喜欢。”我有点迟疑地把这条发了出去。

玉琴过了一会儿才发过来：“傻蛋。我很爱我男朋友哦。女孩子是需要善意欺骗和哄的，好不好？难道你不喜欢萧雨这样清纯可人的？”

“喜欢。”这一条短信，我真没有犹豫。如果是在昨天，我想我可能还犹豫一下，但自从我相信缘分后，就不再犹豫了。

“那再去找她。她生气也要找她，死缠烂打，你懂的。萧雨对你的第一印象，实际上特别好。”玉琴在鼓励我。

“这合适吗？”经历了十三次“漫长”而“短暂”的大学恋爱后，我变得没有自信。

“当然合适，你懂不懂啊。爱之深，恨之切。如果萧雨不喜欢你，会因介意你喜欢我这种类型，而把电影票再扔给你吗？傻帽儿。”我能想象活泼可爱的玉琴生气的样子。

“哦，懂了。”我机械地回道。

玉琴把萧雨的手机号发给我后，就再没理我了。

我突然感到，玉琴那句“你喜欢我这种类型”非常别扭。

我决定了，要再去找萧雨，但绝不是今天。

看一个快乐的故事，你会完全把疲劳忘掉；看一个忧伤的故事，就正好相反，疲惫和说不清的烦躁心情会成倍成倍地涌上心来。现在，我就在读一个忧伤的故事。

合上我的《美人鱼》，塑封的书面被阳光装饰得绚丽多彩。故事只是故事，是我们想象中的事情，或者是夸大的事情，并且都是一些现实中不大可能存在或实现的事情。很显然，故事里的事并没有在我这里出现。那个第十三号女友，也就是刚认识的女孩萧雨,并没有再次来图书馆,至少是没有来这个三号图书阅览室。

上次遇到她，慌乱的我低下头，然后在惴惴不安中阅读了两个小时，看着她慢慢地合上书，动作是那样的轻柔，仿佛生怕故事里的人物会从书里掉出来一样。就在我一愣神间，三号阅览室就少了她的身影。我感受着萧雨留下的气息，突然涌上了一种想紧紧拥抱的感觉，于是，我抱紧了怀中的那本《美人鱼》。后来又把《美人鱼》放下，双臂抱着肩，愣愣地在阅览室坐了很长时间。还好，这里的一大好处是，永远没有人会理会你、问你、打扰你。

几天的等待和没有阅读的阅读，似乎我在徒然等待一个心血来潮偶尔来图书馆瞅瞅的人。我恨恨地说：她又不是美人鱼！美人鱼一点也没有哭，她只是悲壮地化成了七彩而漂亮的泡泡，王子和公主观看着那些泡泡，快乐而高兴地舞蹈着、欢呼着。

在这个偌大的阅览室里，没有那个或因感动或因伤心或因什么莫名理由的女孩抬头，我想，如果真有人抬头，那一定是心有灵犀，那一定会一见钟情。但确实一个也没有。我干着脸，阳光再灿烂，我也无法摆出一个笑容，哪怕是轻轻地动一下嘴巴。突然开始变得讨厌阳光，却又不知为何渴望着它。我故意大声地咳嗽一声，我似乎看到几天前落泪的那个“美人鱼”，惊诧地抬起头，用骇然的眼神看着我，仿佛惊讶于我打扰了她的最精彩最紧张的情节。我摇了摇头，萧雨的形象立刻从眼前消失了。但我明白，至少在今后比较长的一段时间内，萧雨在我心底种下的印象，是摆脱不掉了。也许是几个星期，也许是几个月，也许更长……

下意识地拍着裤腿上并不存在的灰尘，我做出一个僵硬的表情。在没有任何回应的时候，我也就只能僵硬地尴尬。合上那本书，站起身，走过萧雨曾经坐过的那个位置，我似乎感觉到有一丝丝阳光浸到我的身体里：因为我分明在想象中，看到她向后边缩了一下身子。

萧雨，她怕我！她一定怕我！

第三章　美人鱼和李伟

5月的一个星期天，阳光明媚的清晨，那所北方大学校园广场的喷泉涌出一朵朵洁白晶莹的阳光水花，草地像被打上了一层金色的绿光，将开未开的花儿们在微风里轻轻摇曳着。那个不阳光却灿烂的他，信步踏上图书大楼门前铺着的软绵绵的绿地毯，心里紧紧的，还有一种惬意的兴奋。

摸着手中这本《美人鱼》不错的质感，在经过这段愉快的景色描写后，我突然就阅读到，作者有一个很俗的名字，李伟。据说，这个名字全国有上百万人叫。木子李，伟大的伟。

书里的这段景色描写，现在的我，几乎每天都在学校看过、走过，却没有任何感触。现在的天气，就像作者李伟所写的，5月的一个星期天，阳光明媚的清晨。

当然，李伟不只是想描写母校的景色，他继续往下写道：

通常这时候的图书阅览室是阒无一人的。可命运也常常会捉弄人，在这个清晨阳光灿烂的八点钟，作者走过阅览室那座阔亮的落地窗时看到了一排排黑压压的头、一条条形形色色的腿。他扫了一眼别人会认为是“该死”的那个他的角落，空落落的，没有人喜欢那里。阳光直射下来，整整一天，虽然北方的天气还清凉得紧，但大多数人，还是喜欢躲着阳光行动。

李伟将一根手指放在书架上，慢慢地划过一列列书目，他在找他的《海的女儿》。总有大部分人，在随意翻阅后，就随意地把书放到随意看到的书架随意的位置上。于是，今天看的书，明天你总还得花同样多的时间来寻找它。这寻找的过程，也算是一件乐事。

何琪放下她“沉甸甸”的包，匆匆签下她的图书证号。在完成整个登记过程后，她穿过防“盗书”的装置区，来到书架旁。她轻轻地抚过书的脊背，她在找她的《海的女儿》。阳光穿透落地窗，柔和地照在书架上，紧接着把明亮洒向屋子的每一个角落，这时候的阳光是不需要任何设防的。书架上出现了两个淡淡的影子，一个是她，一个是他，他在左边，她在右边。而那本《海的女儿》赫然放在中间。他的手指继续掠过书目，她的手指抚过书脊。

当上帝喊停的时候，他的手指在那个“海”字上，她的手指在那个“的”上。两个字我记得是紧挨着的，所以说是他擦了她一下，也可以说是她擦了他一下。他们的手像触电一般闪开了。他腼腆地笑了，脱口而出：“是你啊！”她脸红了，脱口而出：“是你啊！”

相视一笑后，她主动选择了转身走开，匆匆拿了另一本书；他假装在注意另外一本杂志。那一天，他和她都没有看那本《海的女儿》。

看到这里，我突然有些领悟，也对我跟萧雨的误会，有了很多释然的感觉：忧伤，总有翻过去的一天。阴雨不管时间有多长，总有一天，明媚的阳光会毫无保留地给到你。

看来，李伟是一个相信缘分的人。于是，他在他的《美人鱼》里，给自己设置了很多缘分：

作者李伟有一种不可名状的心情，他憋着一口气，走出图书大楼时，向来很少上网的他，莫名地向不远的网吧走去。他打开他的QQ，他一直等待的那个女孩没有上线。他懒懒地垂下手，在查询那栏的昵称中打入“美人鱼”三个字。他苦笑，昵称叫美人鱼的网友何其多，根本就不是查一眼的问题，就算查一百眼，也查不完个零头。

在整整付出一个星期的体力，帮何琪的一位女舍友每天到水房打一暖瓶热水后，李伟得到了回报，那就是何琪的QQ号码。那位女舍友说，何琪经常到网吧上网。

受伤不浅的“美人鱼”何琪沉闷地背起沉重的包，又习惯性地没有去自习室，而是走入眼前的网吧。她的QQ上已经没有“王子”，那个以前经常陪着她一小时又一小时聊天的王子已经彻底从她的QQ上消失，再也寻不见。这么多天来，她竟然没有完整地记下“王子”的QQ号码。她不禁为此而轻轻笑了一声，那是对自己的嘲笑吧！她下意识地在查询栏中将“王子”打入昵称那一项，在汪洋大海的“王子”堆里，她无所适从。

李伟的昵称就叫“王子”，虽然他不是王子；何琪的昵称就叫“美人鱼”，一条受伤的美人鱼。加吧，总之就想加一个好友。就在何琪准备下意识地选一个时，提示有人加她好友。何琪下意识选了接受，加为好友。加了是加了，头像亮是亮了，但无论是李伟，还是何琪，都丝毫没有聊天的欲望。或许，这个好友加的，只是一种情绪的宣泄吧！

当你不再相信爱情、不再相信缘分的时候，老天爷却偏偏要给你缘分，甚至给你爱情。该来的缘分，你挡也挡不住。当李伟想要离开网吧时，何琪也有了要走的意思。不知道这个故事就是这样，还是作者刻意写成了唯美。李伟推开网吧软绵绵的椅子时，何琪也正在这样做。于是，他们的目光就遇到了一起。

“你……”“你……”似乎是同时说出了口，却又不愿叫出名字。何琪想起了图书馆里那个灿烂但不阳光的笑，李伟仿佛又看到了美人鱼那次抬头时忧郁而淡淡的笑。

接下来的时间，他们交换了各自的QQ号，又转身完成了一次“填充”工作。何琪不知道，李伟早已经知道了她的QQ号码，李伟装得就像第一次知道一样。何琪更不知道，李伟为了拿到她的QQ号，付出了多长时间的体力劳动和苦力心情！当李伟想要把何琪加为好友时，他发现：何琪已经以“美人鱼”的名字加在了自己的QQ上面；当何琪输入那个五位号码时，她看到李伟早已以“王子”的名字加在了她的好友里。又相视一笑，不禁嫣然，惊叹巧合。当然，这个惊叹仅限于何琪，在李伟则是高兴喜悦。

李伟在书里说道：你要相信巧合，巧合才会降临到你身上。或许，这就是人们一直盼望的那种可遇不可求的叫“缘分”的东西。可是，他的这个缘分，最终也是有缘无分。

那天中午，是李伟有生以来第一次同一个非血缘关系的女生同餐。他低着头，飞快地扒拉着饭盒里由食堂提供的通常是淡而无味的米饭与菜。结果是：他在不到十分钟的时间里吃完了“小山”一样的两堆米饭与三份有荤有素的菜。

很多人无法相信和想象，大学校园里很多约会，甚至包括大多数第一次约会，都是在学校食堂里进行的，而他们约会的第一餐，就是食堂提供的普通饭菜。这同样也很浪漫。

李伟有点尴尬地用餐巾纸擦了嘴，然后静静地看着何琪吃饭。何琪吃饭用的是一种忧郁的姿势，一口一口，不紧不慢，仿佛永远吃不完，却又说不清楚这个永远到底是多久。李伟只好紧紧地盯着她，看着她吃。

何琪停了下来，是突然停了下来，饭菜还剩下一半。她幽幽地说：“你和他一样，也吃得很快！吃完了就这样看着我——看着我一口一口慢慢地吃，永远也不会厌倦。”刚说完，何琪就哭了，大颗大颗的泪滑下，她艰难地把那一半的“剩饭剩菜”推到了一旁。

这个时候，李伟才知道真的有美人鱼与王子的故事，对面的女孩，就是真正的美人鱼。

李伟是他所在班级的生活委员，取信拿包裹自然成了他工作职责中的头等大事，第二等大事也比较有趣，就是帮大家买每学期一次的澡票。

李伟所在的大学有三座澡堂，一座在蒲松小区，两座在教学区本部。于是，除了蒲松小区以外的学生，都选择距离较近的教学区本部澡堂洗澡。蒲松小区是一个封闭式小区，小区不容许非学生非教职工进入，澡堂也基本不用考虑有“外人”进入洗澡闹事的安全问题。教学本部的澡堂，则处于校园区的公共场合。但问题是，不管你去哪个澡堂洗澡，都必须出示“学生证＋澡票”，而澡票，更是不售卖，只能是各个班级的生活委员统一购买，一次买够一个学期的。

一个学期大概有二十周的时间，当时的学生，无论男女，按照学校规定的配额，都是购买二十张澡票，男生往往只能用掉十张左右，剩下的，基本上都烂在宿舍床板上了。从这个推算来讲，男生平均每学期洗十次澡，也就是接近每两周一次；女生最多平均每学期洗二十次澡，可能这个数值更低，也就是接近每周洗一次。

我不知道李伟为啥要在他的《美人鱼》里刻意描写“洗澡”这样一回事，或许只是他有感而发吧。很多人，在写小说的时候，都喜欢见缝插针地议论一番，这一番议论，大可以说它是累赘，跟上下文不相关，写作者本身，却很喜欢，舍不得删除，甚至据理力争。

其实，这样的洗澡频率，在几年前，甚至今天的很多北方城市里，已经算是很清洁的洗澡行为了。但比较好玩的是，就在今天，一个网友发表的帖子，引发了成千上万网友的大讨论，这个网友说，他老婆跟他结婚两年了，他发现越来越忍受不了老婆的不爱干净。大意是说，老婆夏天一周洗一次澡，冬天两周洗一次。平时呢，准备了一个小盆，隔一两天就洗一下下身。他老婆的这种“行为”，被超过三分之二的网友认为是不爱清洁。

不知道有多少人，自己事实上也是这样做的，却认为这样不清洁。不管是理论上，还是实践上来讲，这样已经算很清洁了。就算人类发展到现在，排除绿色环保因素，只说享受，对地球上的绝大多数人，对中国的绝大多数人，每天洗一次澡，还是一种奢侈和奢望。

这个事实也告诉我们：绝大多数人（三分之二）是特别喜欢夸大事实，特别喜欢放松自己却严苛要求别人。我想，那个发帖的哥们自己，可能都是一周洗一次澡，甚至平常连个“小盆”也没准备，更别谈洗洗下身了。

在《美人鱼》这本书里，李伟却比较烦心澡票的事情，因为他得挨个找班里的人收钱。这确实是一件麻烦事，总会有那么几个人，既不来上课，也不在宿舍，更不在图书馆，导致你总是收不齐钱。但你如果想把他丢下不管，他总会在你办完事情后，迅速地跳出来质问你，然后再让你帮他去补办。

相对这样的烦心讨厌事，取信拿包裹那绝对是一件“美差”了。何况，还可以向信件的拥有者“讨要”不少漂亮邮票呢！这不，他正低着头分拣那一大堆从信箱中取（其实这个“取”换成“掏”更合适，邮箱高达两米多，每三个班一个小箱子，李伟那三个班，占据了最高一层的一个小邮箱）出来的信件，嘴里不停抱怨着学校为何把三个班的信件给搅在了一块儿。

突然，豁然开朗，仿佛倾盆大雨中突然发现有一角天空是蓝瓦瓦的，而且还有阳光在那里游荡，这一角阳光一角蓝天，将会瓦解整场雨。

李伟发现了一封放错信箱的信。你猜是谁的？你一定要相信，冥冥中似乎早已注定：那是一封没有写系没有写班，光秃秃一个大学名称的平信，中间用淡雅的字写着——“美人鱼”（错了，其实是那个女生何琪的姓名）收。

看到何琪的名字，李伟手中本来已经拣好的信“嗒”的一声又全散落回了那三个班级的一大堆里。李伟始终不明白，那个年头的学生，怎么就那么爱写信，每天三个班，怎么着也能收到二三十封。而今天呢？如果邮局还只是做寄信业务的话，肯定立刻就倒闭了。而对每一个普通人，收到一份非银行还款账单的信件，已经成为一种愿望。

他淡淡一笑，把那封信装入口袋，摇摇头走了，剩下一大堆的信，还有那大张着口的绿色信箱。

李伟，回来！你这个人真不道德。我想，如果信箱可以说话的话，它一定会这么喊，冲着李伟的背影喊。

读到这里的时候，我手中的这本《美人鱼》，已经读了大半。其实，我心底急切地想知道故事的结尾是什么样子，但阅览室不外借书。现在的时间，再到图书馆去借这本书，排队到管理员面前，也该早过了图书馆外借图书的截止时间了。算了，还是留些念想，慢慢读吧！

第四章　萧雨这个女生不好追

我狠狠地捏紧了这“见鬼”的书。这里是图书大楼，不是小小的图书馆；这里的《美人鱼》在那个固定的位置有“该死”的整整一摞，而不是随意放着的一本或两本。几乎每一个她和他都可以毫无意外地选一本《美人鱼》，然后自己去读自己的，毫无交集可能。而这样的阅览室，有九个，相对来讲，第三阅览室算是最小、书类也最少的一个。这个阅览室，以科幻童话爱情故事类的图书为主。这好像也说明，爱情故事，往往都是科幻或者童话吧。

我也在默默盯着一行行柔和温香的字。我们互相之间都丝毫不相干，我在想我的美人鱼，那一个个她们在想她们的王子。我不是王子，她们也不是美人鱼。

在这个星光灿烂的夜晚，我颓然地放下手中的《美人鱼》，然后又亢奋地做了一个决定。我决定去找萧雨，我要走遍全校所有自习室，把萧雨找到。

师范大学的十五座教学楼，分散在数千亩土地上，而一百多个晚自习室，平均分散在十五座教学楼四层到十五层不等的楼层上。比较痛苦的是，只有一座十五层的教学楼，电梯对学生开放。

我决定采用国庆节帮培训学校扫楼发广告的方式来寻找萧雨。扫楼，并不是真的打扫楼，而是要把广告户户发到，这个楼里一户不落，全部发到。方法很简单，就是先跑到顶楼，从一号住户开始一直发到最后一号住户，然后下一楼，继续发，直到发到一楼。扫楼也一定要这样扫，因为在你最烦最没信心的时候，你已经到一楼了，整个楼也扫光了。

此刻，我内心无比佩服师范大学领导的英明。师范大学的所有教室、自习室都是前后门，而且门上全部装有透明玻璃，站在外边，往里一看，一目了然。而且，迟到的学生，可以静静地从后门进去，然后在不打扰任何人的情况下，坐到后排位置上。

但比较搞笑的一点是，领导真的想错了。因为，上课的时候，前四排绝对是空的，后边挤得人仰马翻，就算是坐在最前边的学生，距离上课的老师，也绝对有三四米远。这下好了，老师可以任意地唾沫横飞、指点江山了。但这苦坏了那些经常迟到的同学。于是，你可以看到个奇观，迟到的学生偷偷摸摸打开后门，进到教室里，准备坐下时，突然发现，后边已经坐得满满当当，只有前四排还有位置。那个悲催啊，这节课玩不成手机、看不成课外书、打不成瞌睡、聊不成小天了。硬着头皮，往前排坐吧。这样好笑好玩的事情，每天都在上演。

我突然感觉自己就像一只猎犬，在几千亩的土地上跑来跑去，爬上爬下，在每一个自习室的前门仔细看所有人的脸，在每一个自习室的后门仔细看所有人的背影，然后再喘着气跑到下一个自习室，依旧扒在窗口上眯着眼睛看。这样做的目的，竟然是为了找到一个拒绝了我、生硬地对待我的女孩。如果这时候有人遇到我，一定觉得我很滑稽。

我在心里已经给萧雨起了一个外号：十三号女友。也就是我的第十三号女友。

在大汗淋漓、不亚于十公里慢跑的巨大活动量后，我搜遍了全校所有自习室，也终止了整个搜索。我气喘吁吁而又失望地站在图书大楼前，大楼里晶莹雪亮的星星点点，和夜空上密集的星星点点，相映成趣。可这种相映成趣，在我来讲，也就是一次苦笑，我并没有找到萧雨。

当我坐在第三阅览室惯常坐的那个位置上时，几乎全身的肌肉和骨头都彻底松懈下来。但我眼睛的余光没有放过周围，这时，我看到了萧雨，那是萧雨，一定是的。

我抬头时她在一动不动地看书，在我的想象中，她的睫毛会随着书页眨动。在我心底，是不是已经把萧雨当成了我的美人鱼？

“萧雨，我刚才一直在找你！”我不可遏止地冲到了她面前，带着满身的疲惫和兴奋。

她抬头，先是微笑，然后迅速地绷起了脸，这两种表情的迅速转换，却让她有一种别样的可爱严肃感觉。

“是吗？在哪儿找我？”她拖长了腔调。

“在自习室啊！”我的大喘气刚刚下去。

“自习室？你怎么知道我平常在哪个自习室啊？”她瞪大了双眼，感觉好像我闲来无事在跟踪她。

“不，我是说……是说所有的自习室。”说出后，我松了一口气。

她的眼睛瞪得更大，这次是目瞪口呆了。

“找我干什么？”看到我如此明显的疲劳状，她信了。

“我想告诉你，我没有喜欢玉琴，真的没有喜欢她。”我豁出去了，这些天来，我的脑子里都是萧雨。

“你……”萧雨在非常短的一个“你”之后，恶狠狠地说了一句，“这跟我有什么关系？”

之后就“啪”的一声合上了正在看的书，管理员老师应该是被惊着了，但好像还没从书中的故事里“醒”过来，她四下里看了好几眼，也无法确定声音的来源。于是，她低头，继续沉到书里去了。

不知道为何，心底涌上了一丝丝喜悦，我知道了，我刚才说的那些，跟萧雨不仅有关系，还有很大的关系。

我是一个既懒又勤快的人，为了找到萧雨，我勤快地跑遍全校数千亩土地上的十数幢教学楼；但我懒起来，却连多走几步路的事情也懒得去做。

离开图书馆后，我并没有去网吧。就算是最近的网吧，也得直线“闯”过整个偌大校区，慢跑至少需要十五分钟。我这时候懒了，不想动了。而且，太阳刚刚从头顶上升起来，我还不想回宿舍，没那个心情。这个时候的宿舍，照旧是万籁寂静，人家该恋爱的、该玩的、该各种运动的、该各种学习的，都早早离开了宿舍。大学宿舍，就是一早一晚两次热闹而孤独的潮汐容器。

萧雨今天没有来图书馆，或许是她在我之前就离开了那个我以为“浪漫”的地方。这个上午是一个欣欣然的上午，空气里有股花香，整个天空透亮透亮的，风里传来一股清凉，难得的好季节好气候。走出图书大楼的阴影，抬头看天，太阳已经明晃晃地在头顶了，眼睛一片花。再有不到一个小时，就该吃午饭了。

信步来到近几个礼拜以来一直摆在校广场一角的半价书市，没有被琳琅满目的书吸引，只是发现了一个熟悉的身影——是她。不知道她在替谁卖书，坐在书架后的她显得懒懒的。我随手指着一本阿来的《尘埃落定》问：“这本书多少钱？”

“十一！”冷冷的一个数字，我翻了一下书的后封——原价是二十二元。

“能不能便宜点？”我淡淡地问。

“能，便宜一毛钱。”萧雨的脸上没有一丝笑容。

我没有在意她的挖苦，继而说道：“好啊，可是你得给我十个一分钱。”她一脸愕然。二十一世纪开始，找到以分为单位的人民币，已经是很困难的一件事情，尤其是在已经比较繁华的城市里。

最后的结果，无任何悬念，故意的斗嘴归斗嘴，但我还是十一块钱买下了那本阿来的书。

萧雨后来嫌我说话太刻薄，“找十个一分钱”实在是报复外加苛刻。

我迈着重重的脚步一阶一阶地踏上楼梯，在这高大建筑的内部阴影里，没有阳光灿烂、没有春光明媚，有的只是阴沉肃穆，有的只是肆无忌惮的雪亮灯光。就算季节已经春深似海，你伸手抚摸一下楼梯边上的铁护栏，都会有一种冬天的特别感触。很多人认为，巨大的建筑物，都是有生命的，在它的身体里，人所不能到人所不能见的地方，居住着这样或那样我们所不知道，也完全无法理解的生命形式。而巨大建筑，我们所不能到所不能见的地方，保守估计能够占到一座建筑总面积的十分之一。可想而知，这样的空间，在地球上是多么庞大。所以，当我们孤独一人或几人身处在一幢寂寞高楼大厦里边时，我们总会感觉到阴冷。因为，那个时候，你就是整个生命系统里的极少数。

到三楼的时候，我那“奇特”的脚步声吸引了一个女孩，她回头时我知道了是她——那个没有找给我“十个一分钱”的“卖书”女生萧雨，也就是我的第十三号女友。她腼腆地一笑。

我在心底笑了，当一个女生对你凶狠过后，开始对你有点腼腆，有点微笑，那至少说明，她心底不再抗拒你，不再对你一味地恶感和讨厌，而是开始接受你进入她的世界。

就像《美人鱼》那本书所写故事中发展的那样，我们一起坐在了校餐厅的餐座上。我可没有低头扒拉着只顾吃饭，我感觉自己就像故事中的美人鱼，用一种忧郁的姿势（当然是男生的忧郁了），一口一口地，慢慢吃着自己的饭。而其时的她，吃饭姿势活脱脱就是另外一个美人鱼了。

在这场“消耗战”中她问了我一个问题，其实是一连串用“然后”串连起来的问题。那个时候，“然后”还没有成为像现在这样一个火热的口头禅，在我听来，反而这个“然后”是那样的俏皮可爱。

“考你一个智力测验吧！”她慢慢地抬起头。我点点头，静静地看着她的眼睛。

接下来就是她那一串问题了：“你的前面有一片草场、一片森林，你将选择哪一个呢？”她眯缝起眼睛，微微侧着头。

“森林。”我咀嚼了一口大米，答道。

“你穿过森林，然后……然后你希望出现在你面前的是大海、长江还是小溪流？”她的头又微微侧向了另一面。

“大海。”我又吃下一口黄瓜。

“然后你渡过大海，面前有一间茅屋，你希望它有窗户吗？如果有，那是什么样的窗户啊？”她干脆放下了筷子。

“我怎样渡过大海的啊？不会是游过去的吧！”我自以为这句话说得很幽默。我也放下了筷子，跟萧雨不同，我确实是吃完了。

“别打岔！你只准回答。”她微微皱了一下眉。

“好吧！我希望是从屋檐一直到底的很大的落地窗。”我认真地答道，这让我想起了图书馆第三阅览室的落地窗。这样的窗户，图书馆的设计者完全是为了光线亮的效果，而在我，却感觉有一种别样的透明浪漫。

“好的。然后，你进去屋里，桌子上有一个花瓶，它必须摔下来，你希望它怎么样，摔个粉碎，或者完好无损？”她又提了一个看似严肃的问题。

“我希望完好无损。因为我没有时间再去买一个新花瓶。”这样回答，会不会让萧雨觉得我很忙，很像一个具备成功潜质的男人？

“然后你出了小屋，来到一片大沙漠，遇到一瓶水。这时你已经很渴了，你会怎么做？”她紧皱着眉头。

“我会一滴不喝带上它走。”我直盯着她的眼。

“你走出了沙漠，遇到一个白发女孩，你会怎样做？上去搭话还是躲开她？”她舒展身子靠在了椅背上。我知道这是最后一个问题了。

“我会上去说话的！我从森林走到大海，又到茅屋、沙漠，应该‘几年’，至少几个月没见一个人了！想必她也是的吧。”我也靠在了椅背上。

“你是一个思维复杂、城府深如大海的男生。”她一字一顿地说道。我心里暗暗发笑，这个测试我已读过好几遍了。不过有一点需要注意的是：刚才我说的确实全是不假思索立刻回答的真实答案。

这时，她幽幽地望着远方不知什么地方，我顺着她的脸望过去：是雕刻着巨大校徽的一堵墙。她喃喃地说：“你和他一模一样。”

我问道：“什么？哪个他？”

她猛一回神："没什么。"只是我看到她擦了一下眼。那一次，我们的谈话就是这些。

后来，我回了宿舍。她没回，她去上自习了。

她还是躲着阳光，我依旧迎着阳光。她不是中文系的学生。心血来潮，我搞到了一张萧雨的课程表。本来，这个世界上绝大多数人两两相互邂逅的概率，基本上等于零，而邂逅之后相互认识、交往、深入、在一起的概率，更是应该拿负数来计算了。可是，有了这张课程表，排除不在一个区域上课的时间，每周我至少有三次机会邂逅萧雨。

每一个星期，我都会至少三次踏上图书大楼那个绿地毯，只要我踩着点去上课，那我肯定会遇到萧雨三次。然后，我就可以很自然地对她说一句："萧雨，好巧啊！"然后获得她一个惬意的微笑，再美滋滋地去上课。好傻好旧的情节，却又是那样的有效。

萧雨在各种雨过天晴后，容许我进入了她的世界，可她的这个世界，还是把各种房间的门紧紧关着。在萧雨的世界里，我就好像一个路人甲乙丙丁，孤独而寂寞地徘徊着，每当我徘徊到路口，遇到看门人"萧雨"的时候，这个看门人，就会冲我微微地笑一下，好让我有勇气和毅力继续徘徊下去。

我一直不懂她在执着些什么，盼望些什么，等待些什么，只是一种直觉告诉我：萧雨就像那本《美人鱼》故事里的女主角一样，也是一个"哭泣"过、受过伤的美人鱼。

第二季 忧伤总有翻过去的一天

第五章 李伟伤心的决定

按照那本《美人鱼》如实的描述，李伟依然坐在阳光穿透玻璃窗刚刚到达的那个角落，手里拿着安徒生的“美人鱼”，他还没有看完。口袋里揣着何琪的那封信，他在沉迷，也在等待。

李伟是一个相信缘分的人，其实，他满可以直接把这封信送给何琪，再退一步讲，交给她的舍友转交，或者在网上给何琪留言，那何琪一定也会找他。可他没有，他期待着一次跟何琪的重逢，然后自己亲手兴奋地把信放到何琪手中，再看着何琪高兴雀跃的样子。他也相信：如果不是这封信正好遇上了他，那它几乎永远不太可能到达它主人手中了。

或许，寄这封信的人，也没指望何琪能够收到它，而是把它交给了命运来判断，交给了何琪所在大学的万分之一的概率。而现在，因为李伟的出现，这个概率，竟然变成百分之百。

人鱼的六个姐妹给人鱼送来了一把匕首，只要在王子的新婚之夜将匕首插入王子的心脏，她还可以恢复成人鱼，继续在大海里自由自在地生活下去。

可小人鱼的心已破碎，她在痛哭中将冰亮的匕首抛入大海。王子与公主幸福地结合在了一起，后来，子孙满堂，生活美满，白头偕老。

可我们可怜的小人鱼呢？人鱼感到她的身体在向上飘动，飘动，淡化，在阳光的照射下化成了五彩璀璨的泡沫。人鱼在泡沫中微微笑着，默默地为王子和公主祝福，而王子和公主，在地面上兴奋地看着那些泡沫，公主还娇滴滴地大声喊着：“好漂亮！好漂亮啊！”

李伟轻轻地擦了擦眼，没有泪，那是一种深刻的感伤。他抬头看了看对面墙上的钟：12：00。当他低头时听到了图书管理员“关门啦……关门啦……”均衡的嗓音。师范大学的图书馆，不仅做不到二十四小时开放，而且也做不到早七点晚十点地开放，中午的十二点到下午的两点半，图书馆肯定是关着门的。

那天上午，何琪没有来。作者在等待和沉迷中将《海的女儿》读完了。

这个清晨的阳光是凄冷的，空气里飘荡着一股寒冬的气息，这往往是浓雾快要消散时的天气，浓雾过后，就是大晴天。时节已经是晚春了，太阳早已升起老高，可天还是青灰青灰的，确实是大晴天，天空连一片云彩都没有，但奇怪的是，丝毫没有那种晴朗的感觉。

李伟绕着操场跑完三圈时没有平常的大汗淋漓，也没有气喘吁吁。三圈就是一千五百米，相信每一个中国的大学生都对一千五百米有一种恐惧，恐惧的是，你不仅得把它跑下来，而且还得在规定的时间内跑完，这两条加在一起，就让绝大多数人很痛苦。李伟下意识地擦了一下额头，干巴巴的，连一小滴汗珠也没有。他摇了摇头，向操场出口走去。师范大学的操场很变态，被高达超过五米的铁杆子和铁丝网组成的围墙围着，不仅不对社会民众开放，而且也不会对本校学生开放，只有在上体育课，以及早上升国旗时开放两三个小时。出了操场门口，再走二十几步就是第一学生食堂了。

李伟把手插进兜里掏出饭卡，就在这停留的一瞬间，也就是在他把饭卡捏在手中准备走路时，他发现了何琪，还有她的室友雅如，何琪在雅如的后面不紧不慢地走着。

“嘿……”他叫了一声。他可以肯定何琪发现了他，因为她抬起头并望了他一下。于是他等着……因为他手上有她的一封信，仅此而已。

何琪怔了片刻，快步追上前面那个女孩：“雅如，我们去上早读课吧？”何琪拉住了那个女孩的手臂。“不，我要吃饭！”那个女孩摇头，在经过李伟的时候，雅如朝李伟眨了一下眼，她就是李伟帮打水一周的女孩，何琪的室友。“那我们去食堂的北面吃饭……”就在说这些时，何琪与李伟擦肩而过，或许是擦背而过。

李伟有一些发蒙，他张了张嘴，但没喊出来。晚春的早风突然冷了起来，或许是他站的时间太长，忽然身上冷得打战，他紧裹了一下衣服。他记得刚才下意识地看了一下表，算是掩饰自己的尴尬，时间是早上6：40。

师范大学最绿色的地方，邮局。李伟从贴身的口袋里掏出那封信时，信的边角有点湿了，可他分明记得他一滴汗都没出过。人就是这样，可能在一场运动后，你一滴汗也不出，因为身体的原因或者天气的原因，就憋着，可在一个紧张的情况下，你的身体完全放松了，那积累的汗就像午后大雨，猛然间全从身体里跑出来了。

那天上午8：00，也就是学校邮局开始营业的第一时间。如果你是一个细心的读者，你肯定可以发现这个时间，在同样叫李伟的作者写的《美人鱼》里，男主角李伟有些决绝而凄凉地站在邮局那深绿色的柜台前，在一个洁白的信封上认真写着一个地址：晋川师范大学外语系170305班何琪（收），邮编090207。他细心核对了一下地址与邮编，将信投入了信箱。

我觉得该顺便多嘴说一句：在《美人鱼》这本书里，李伟和何琪，都是晋川师范大学的学生，同校不同系而已。我也没有说错，这个晋川师范大学，跟我所就读的大学，是一个名字。而且巧合的是，里边的场景描写，跟我每天活动的场景，几乎一模一样。或许，此晋川师范大学，就是彼晋川师范大学。

还有一件事：那个洁白的信封里就只装了那个边角汗湿的信封，信封上也没有任何落款。

李伟在心底做了一个决定，可以说，何琪是突然间闯到他的生活和心中来的，让他有一些惊喜，有一些猝不及防。他一度认为，他已经走进了何琪的内心世界，何琪虽然没向他打开内心，但也毕竟让他走入了她的世界，可现在的情况是，似乎李伟错了，做了一个完全一厢情愿的傻瓜。李伟不是王子，长得不帅，不富有，也绝不是才华横溢，何琪怎么会看上他？何琪虽然不是公主，但她是一条“美人鱼”啊。应该说，在一个王子心里，虽然王子一般考虑娶一个公主为妻，但王子更愿意找一条“美人鱼”一样的恋人吧。

第六章　蛮横生硬的萧雨

或许，在我的潜意识里一直在意着她吧！今天中午，当我走到俗称第一食堂的校饮食中心门口时，下意识地回头望了一眼，然后这一眼就停在了那里。萧雨沿着饮食中心门口那十几级台阶一级一级缓缓地走了上来，在踏上最后一级时她抬头看了一眼，毫无疑问，她肯定发现了我在定定地看着她。

这时，我微微活动了一下面部肌肉，摆出一个自认为“阳光灿烂”的笑。她“扑哧”一声笑了，还用手轻轻地掩着口。是不是那重重的阴影，已经从她心里逐渐散去了？可是后来我才知道，这只是我比较单纯而已。

“你的表情怎么这么奇怪啊？”她笑意未退，用手叉着腰，一字一句好不容易挤出了这句话。

“是吗？”我紧绷着脸，转身走进了食堂。

我还是静静地吃着，不紧不慢。她也一样，一条忧郁的美人鱼，可以说她就是在一口一口呷着吃饭，呷一口然后不知道是“品”半天，还是因为难以下咽而痛苦地含半天。

突然，她又不吃了，用眼睛看着我：“我问你一个问题好吗？”

“好的。问多少个都可以。”我也学她的样子，放下了竹筷。

“在这儿有皮手套、蓝色玫瑰、卡通枕头、水杯、西红柿这些东西，它们代表不同的含义。在你心目中，我是什么啊？”她仰着头，一动不动地看着我。

“我可以选择两样吗？”我小声问道。

“可以的！”她笑着说。

“蓝色玫瑰＋西红柿！”我说出了自己的答案。

她轻轻地说：“我们会是很好的朋友。”但这句话，是那样明显的言不由衷。

我不知道，是不是我已经习惯了萧雨的这些心理测试，对她的每一次测试都做出很配合的样子。但在心底，鬼才相信这些害人不浅的测试。我想，这样的测试，应该是萧雨的一种自我释放和自我安慰，如果没有得到自己满意的结果，是不是这样的测试会一直进行下去？就算得到了自己满意的结果，还会找新的测试去验证。于是，周而复始，永远没有结束。

后来，我没有问她皮手套、杯子啦是什么意思。我们静静地吃完，之后又默默地去干自己的事。照旧不变，我回宿舍，她去上自习。萧雨是因为确实好学，我则是对宿舍有着特殊的感觉。

做功课、备考、复习，还有大把大把的闲余时间，我总会把这些时间全部交给宿舍，一个人，在死一般寂静的一层楼，甚至一幢楼里，静静地写着、看着、思考着。这在喧嚣的校园里，确实是一种难得的享受。

这次破例没有坐到我的那个“老地方”去，一个兴之所至的女孩“霸占”了那个位置。我不大习惯地回到“人堆”里，我的前后左右全部是人，我无奈地摇了摇头，沉浸到故事中去。

眼光急急地扫视着一行行的字，不时还跳过几处春光明媚阳光灿烂而又欣欣然的景色描写。虽然我本人也很喜欢这样的描述性话语，它能够让我们在阅读故事情节的时候也捎带领略文字之美，但今天不是这样，我想尽快知道后来李伟见美人鱼了没有。

突然，有人粗暴地用肘子撞了一下我的肩膀，伴随《美人鱼》飞出我手心的是简短而又生硬的一句：“傻×！”我正欲发火，一扭头却愣在了那里，把到口的“骂人气人话”硬生生地吞回了肚子里。我看到萧雨正气咻咻地盯着我，我的火气顿时消了。

我从背后拿过包，掏出一支钢笔、一沓课上记笔记用的稿纸放在她面前。她狠狠地拉开笔帽，黑色的钢笔水溅了稿纸正面满满一页，她懊丧地也是狠狠地把稿纸反扣了过来。图书馆的管理员老师只是抬头看了她一眼，并没有说话，然后低下了头。

萧雨趴在图书馆书桌上急速地写着什么，让我感到奇怪的是，她写出的竟然是很整洁的字体。如果我在这种气愤的情况下，写出来的字一定是张牙舞爪的。萧雨一定是在发火，又在努力压制着自己的火气，好让那个收信的人，看到一个平静如常毫不在意的自己。这个人，到底是谁，跟萧雨什么关系？

“来信很早就已收到，早就想写回信，可我……”她想一想，用力揉皱了那张纸，接着是第二张、第三张、第四张……之后她狠狠地摔下笔，呆呆地坐在那里望着。第三阅览室里的读者们，都沉浸在阅读里，对这偶尔的噪音，基本不予理会。只有寥寥几个人，抬头看了她一眼，也仅仅是看了她一眼，就像几分钟前的管理员老师一样。

萧雨的头慢慢侧靠在了右手上，太阳透过落地窗穿过她的睫毛幻化成七彩光线，我又听到了“嗒”的声音，我记得那次我的心紧缩了七下，是七下。当我再抬头看她时，她正在看那本《美人鱼》，一点也看不出曾经落泪的痕迹。

这个女生心底，到底隐藏了多少人多少事，我真有一些读不懂了，我也不知道，这个十三号女友，最终能不能够成为自己的女友。

阳光明媚，是下午最惬意的那个时刻，这个时刻总是在最炎热那一刻结束的瞬间到来。突然，阳光就变得温暖，空气里传来一股股暖暖沁心的味道，满天黄亮的光透过绿油油的冬青树篱在校园长椅上变成一片片亮堂堂的光斑，坐在上面暖洋洋的，一点也没有初夏那种微微刺人的热。

我就坐在这样一张长椅上，隔壁的桃花开了，是红得晃眼的那个品种，一股清新的特别的香，花期很长，老远一片红艳艳的，惹人的眼。记得桃花应该是在春天开的，可这种桃花，一直开到了春深夏初。

“文学是显现在话语蕴藉中的审美意识形态！”我一直不懂什么叫“蕴藉”，还有那个把你的思想绕个弯的“意识形态”。是不是把概念上升到这样的表述，就会让人觉得高深，就会让初学者生出尊敬和仰止的心态？我想不是，至少在我不是，所以，我就一直读着它，带着一种厌恶和烦的心态。很多古往今来的教授都说过，书读百遍，其义自见。但不管怎么读来看去，事实却不是那么回事。生活中太多的东西，没有为什么，没有解释，你只需要把它死记硬背下来，然后照着做，在合适它的那个空里，把它填写进去，就行了。这，也是一种人生的修行。

突然，长椅的一角重重地弹了一下又静了下来。显然，有人莽撞地坐了下来，我身体也被带着抖动了一下，有点不高兴，乜斜了一下，是个女孩。这一下乜斜，我的目光就再没离开她。是的！你们猜对了，是萧雨，第三图书阅览室的那个女孩，也是我心目中的第十三号女友。她两手空空，什么也没带，却带着一腔的怒气。阳光洒满她的脸，上面有个淡淡但很凄凉的笑。我的心下意识地收紧。她伸手摘下了一枝鲜红欲滴的桃花，轻轻地把它放在鼻头上嗅了一下，继而狠狠地把它们揉成了一团一团稀红的烂泥。

我想假装没有看到她，这样的气头上，我应该是不理会的好。低头，继续读我的“文学是显现在话语蕴藉中……”。

长椅又猛地向上抬了一下，我知道是她站起来了，又听到轻轻离去的脚步声，我始终没有喊她一声。她似乎也没注意到我。我低头看她坐过的地方，上面还有一枝鲜红欲滴的桃花，那是我来时放上去的。我轻轻地拿起它，慢慢地把它撕裂成一片片的花瓣……

花无罪，人却把自己的怨愤释放在一片片的花瓣上。怒气，总会让一些东西粉碎，总会带走一些东西，比如，一朵花的鲜艳生命，比如，一整天的好心情。

似乎我忘记了交代一点：那天我刚理了发，辛苦长了半年多的长发，一剪子下去，全报销了，精短精短的。心血来潮的是，我把胡子也给彻底刮掉了，并且还套了一件新外套。你可以很准确地叫我小白脸，我的肤色确实很白很白。可那时，我一点也没有发现这些、意识到这些。至少，是那一时刻。

第七章　本就没有相逢的离别

今天的天气真的很好，透亮透亮的，清新的空气柔和地亲吻你身上的每个毛孔，很舒服，身子柔柔的、软软的，却又感觉到一股想要爆发的力量。到了李伟这个年级这个地步还是独身一人的大学生，也只能自个儿走走广场，晒晒太阳了。现在已经是大三下学期了，正值6月份的毕业季，无论年龄怎样小，在学弟学妹中李伟亦是大哥了。从大一开始，他就提前选修之后的课程，虽然三年大学生活让他紧张到甚至没时间去轰轰烈烈地恋爱一场，他却能够在大三结束前修完大四的课程，他的学分已全部拿到，达到了毕业要求。之所以没有走，是因为他还不知道他的毕业论文通过了没有。更促使他再在晋川师范大学待一阵的是，他邮出去的几封求职信始终没有得到回应。

其实，这些都是浮云，或者说是冠冕堂皇的理由。在他心底，还有一个更加重要的理由，是何琪的出现，牵住了他的脚步，让他犹豫，让他彷徨。他一度觉得，何琪就是他生命中的另一半，何琪就是他生命中的那个女人。可惜，现在他觉得，他错了。虽然他还在深爱着何琪，但似乎，到了离开的时候了。

《美人鱼》书里说的到他这个地步，是指他已经二十三岁了。由于他的勤奋，他始终是一个人，在这所以女生为主流的师范大学里，形单影只。或许，还有另一个理由，他的长相不够帅气，虽然肯定不会让人觉得丑，但绝不会让人眼前一亮。

中午回到宿舍的时候，李伟本来应该十倍的高兴才对，双喜临门。第一，他的毕业论文通过了，而且还是九十分，属于优秀毕业论文的行列；第二，落川省凤西市的一家杂志社（据当时的说法，是一家非常非常不错的杂志社）向他发来了邀请函。落川省在遥远的南方，这个遥远是相对晋川师范大学所在地来说的。

室友们都恭贺他，吵着要他请客，他淡淡一笑，答应了。室友们便乱哄哄地下楼去超市买东西，当然，用他的钱。他折好那份邀请函，头仰向天花板静静地躺在床上，天花板湿湿的、润润的，仿佛快要落水滴了——茉锦市潮湿又闷热的夏季，终于要来了。两滴泪，从李伟的眼角滑落，静静无声地渗入枕头里，莫名地酸、莫名地愁、莫名地心痛，接着再是莫名地流泪。这莫名，分明却是伤心。

李伟的随身行李很简单，一只不大不小的黑提箱。他在莱锦市三年多的行头积累，早在前一天就办了托运。就在给何琪寄出那封信后的一些天里，就在毕业论文通过、工作有了着落后的短短两天内，李伟把一切都办好了。他领了毕业证、学位证，把档案和户口也顺利地转到了落川省凤西市他所在的单位。从某种意义上说，现在的师范大学，除了是他的母校，除了还有他曾经的师长和同学们，再跟他李伟无半点瓜葛。

把黑提箱放到车厢的行李架上后，李伟静静地站在这节车厢的门口。他思绪很难平息，他的目光一直远望着、远望着，朝着学校的那个方向……肯定不会有人来送他，室友们的离别宴已经吃过了，除了室友和辅导员老师，这个学校再也没有人知道他提前毕业离校了，也不会有人关心他提前毕业离校了。即使是同班同学，三年了，相互之间完全不认识的，还有很多。何况，离校，他是自己偷偷跑出来的，也没有通知任何人。

他轻轻地掠了一下眼，拨了一个手机号，那是何琪室友雅如的："雅如，我要走了。"说完之后，他猛地合上了手机。雅如很快回复短信："一路顺风，工作顺利哦。放心，我不会对何琪讲你的。"

雅如这个李伟生命中善良的路人甲，显然知道李伟提前毕业，马上要离校工作的事情。但无论是雅如，还是李伟，都没有告诉何琪这些事情。很明显，李伟，是在对的时间，遇到了错的人，那个错的人，就是何琪。在李伟最适合大谈一场恋爱的时候，他却遇到了失恋受伤而不再轻易相信男人、不再轻易恋爱的何琪。

泰戈尔那句“当你为错过太阳而流泪时，你也要错过满天星星了”。再有道理，但人，还是绕不过这道弯。在何琪为文星“抛弃”她而痛苦伤心发怒的时候，这种伤心和怒气却加倍还到了另一个喜欢她的男人李伟身上。何琪得不到“太阳”，同样也失去了“星星”，但何琪完全不知道。她沉寂于痛苦，却错失了这一段有可能美好无比的恋情，一个再普通不过的男生，他的那种对爱的珍惜，是要远远超越那些优秀而帅气的男生的。

火车开动了，乘务员优美的声音响起，让别离的人们，一个赶紧上车，一个赶紧挥手道别，于是，站台洒下来多少泪水和伤心。似乎是外面下着雨，李伟看到玻璃渐渐地模糊，一直到这些模糊逐渐变成一片白亮亮的雾。

回头望着身后的茉锦市，一片雾水蒙蒙。也许，这座城市只是李伟人生的一个歇脚点，也许这一生他不会再回来。他突然想到，他是那几届学生里唯一提前毕业还拿到了优异成绩的，还有自己在文学与讲演方面的造诣，他隐隐为自己感到高兴，甚至骄傲。在某种意义上说，他不也是一个王子吗？难道王子该做的他没做到吗？他做到了。他在想，他这个王子会到落川省的凤西市，成就自己的神话。凤西市距离现在所在的城市，直线距离至少也超过了上千公里……

我们在读童话的时候，都犯了一个错误，凡是王子，就必然是英俊高大、帅气逼人，其他的特点都靠边站。实际上，我们都没有发现，几乎99%以上的童话，对王子的长相都只字未提，作者只是说，他是王子。而作者主要描述的，也只是王子的文治武功，特别是冒险事迹。是我们想当然地认为，王子必然是帅哥，公主必定是美女。

李伟最后给雅如发的短信里说：他的办公室面朝着大海。白天，站在阳台上，能够清晰地看到海面一波一波的白浪；夜晚，倚在窗台旁，可以很清楚地听到阵阵涛声……李伟说，他再也没有想起美人鱼——那个深深埋藏在他潜意识中的女孩何琪。

李伟，去追求了另一种精彩的生活。

李伟在他那本《美人鱼》里最后写道：

一年中最阳光灿烂的日子。透过图书馆那扇醒目的大落地窗，会看到一个深蓝色的女孩，坐在阳光尽情倾泻的那个角落，手里捧着一本《美人鱼》——不是安徒生的美人鱼，我说过我看过那本当代版的《美人鱼》。是的，就是那本书。

那本书的题记我记得：一些流逝而又忆及的日子，以及那些熟悉而又不太遥远的事。何琪开始了等待，也可以说是在图书馆静静地看书。《美人鱼》，这本书的名字严重吸引了她，在心底，自己不就是一条不幸的美人鱼吗？

那个叫文星的“王子”的影子，终于被自己彻底赶出了心底。而替代他的，是那个陌生而又熟悉的男生。陌生的是，她除了QQ号和名字，几乎不再了解那个男生什么；熟悉的是，在自己最低谷的时候，他却一次又一次巧合地出现在自己的生活中。现在她懂了，那不是一种邂逅，也不是一种巧合，而是那个叫“李伟”的男生刻意安排和设计的。

不知道李伟现在在哪里，他是大几的，他喜欢做些什么？在这之前，何琪从来也没在意过，更没问过李伟这些。她沉溺在自己的伤心里实在太长时间了。她知道他QQ的昵称叫“王子”，QQ号是很早前注册的五位数字。她曾数次想把这个情况告诉雅如，但不知怎么，雅如完全避开了她的话题、她的目光。何琪从伤心中走出来后，智商也随之迅速恢复，她知道，李伟一定跟雅如保持着种种联系，至少是在那段她不断“邂逅”李伟的时间里，或许，这种邂逅正是雅如的协助造成的。

这些天来，她一直在茫茫然中等待着，看着她等待的那个大男生写的那本《美人鱼》。这些天，对处于伤心复苏期的何琪来说，好像是短短的十几天似的。但对李伟、雅如等正常的人类世界，已经飞逝了几个月。

李伟近乎“死缠烂打”的那段日子，现在都历历在目，那些可笑或者当时完全忽视的点点滴滴，都成为她过去一段短暂而漫长痛苦生活的写照。她没有想到的是，她这段痛苦生活，却是另一个人的煎熬——可她从来不关注这些，也不知道李伟是多么喜欢她这“条”受伤的“美人鱼”。

何琪曾直接问雅如：“李伟哪里去了？”

雅如的回答也很直接：“他开始了一种全新的生活，爱上你只是他过去生活的一个片段，你何必再回头去追逐呢。如果你真的在乎李伟，那就不要再错过今后可能爱上你的男人。”

何琪现在还不懂得，在离开面朝大海的那座南方城市，回到冰寒未退的茉锦市时，她失去了曾深深爱着的王子。可在来年茉锦市春暖花开时，她又一次失去了“王子”，一个真切地、深深地爱着她的真正王子。我没有骗你们，他们都是真正的王子，就像童话中的一样。美人鱼失去了他们，在夕阳下化成了五彩斑斓的泡沫，美人鱼淡淡地笑着，祝福着王子与公主……跟小美人鱼不同的是，何琪还有额外的机会，但她不知道：在悲痛伤心失去一位王子时，她又失去另一位王子，只因为她的伤心和不在意。

后来，何琪还是一直到图书馆去。她开始认为，图书馆原来是一个如此浪漫的地方。在这里，你可以静静地陶醉在别人的故事里，或悲喜或忧虑，或兴奋或低沉；你也可以陶醉在自己故事里的悲欢离合，而能够“打扰”到你的，除了安静还是安静。

只是，在每次拿起一本新书时，她总会习惯性地环视一下整个第三阅览室，下意识中祈望一个熟悉而又不太遥远的身影出现。何琪的大学生活，还有两年，不管从哪种意义上，李伟都是何琪的师兄，何琪都是李伟的师妹。这对师兄师妹就这样相遇、相识、相痛苦、相离别而又永远分别。

显然，那个身影，那个何琪期望的身影，在春夏秋冬的循环中，从来没有出现过，何琪也从来没有找到过。在她开心快乐的心情背后，总会涌上那么一点点孤寂落寞。而能够做到天天泡图书馆的人，多多少少都会有一丝落寂感在心底深处，深深而又疼痛地埋藏着，从来不曾消散。

我想，是不是，当爱情到来的时候男生女生就该分手了。只是差一步，何琪就会爱上李伟，这一步，却是永远没有了，至少是现在永远没有了。

在后来的图书馆生涯里，我再也没有见到过或者听到过那样一个女孩，那个在图书馆里为一本书的故事感动，而掉下整整七滴眼泪的女生，那在图书馆里“哭泣”的美人鱼。也不再有这样一个男生，去数这七滴轻轻柔柔、毫无声响的眼泪。

终于看完了李伟那本《美人鱼》，断断续续，却又非常感伤。

今天有个明亮的天气，整个上午的太阳都热乎乎的，空气里明显有了初夏的味道，柳絮疯狂地飞舞，在风里打着卷儿。走在外面的空气里，白茫茫的东西不住地模糊你的眼。似乎我是坐在校园广场长椅上唯一一个穿薄线衣加深棕色西服的人。我没有觉得热，这个季节，除了冬装，你可以任意调配自己的服装。只是，现在的阳光似乎有点刺眼，抬头久了，眼睛就会刺痛，我一直低着头。

恍惚中有人拍我的肩，我慢慢抬头，迎面一个灿烂的笑——是她，萧雨。她穿着一身青白的单衫，外面披了一件披风，好像是“剑仙”中的人物。我在心底笑了，看一眼自己的西服，心里就涌上了一股闷热。夏天真的到了。

“Hi！你好吗？”她笑意未退，露出一口洁白的牙齿。

我在心底和脸上都微微笑了：“还是老样子。你好吗？”

“我很好啊！前所未有的好啊！”我分明看到，现在的萧雨，脸上连哪怕一丝一缕的不快乐也没有了，整个人，洋溢着一股青春浪漫的朝气。

我脸上绽开的笑脸，越来越大，越来越大。我终于忍不住哈哈大笑起来，那是发自心底的快乐的痛快的大笑。萧雨被我笑得莫名其妙，脸上迅速飞起了两朵红云。就算现在走出愁云惨雾的她，哪里能够知道我心思的点点滴滴啊。

“沈伟，你这个傻帽！大坏蛋！”在骂完这句话后，萧雨迅速地跑走了。空气里还传来她甜润而又高亢的声音。

当我止住笑声，抬起目光仔细搜寻时，她的身影已经缓缓走出了我的视线。我知道：从此以后，我和她，就是一个世界的人了。就像艾米莉在《呼啸山庄》里宣称的那样，我们是一样的人，是上帝用同样一块料子做成的。萧雨的身影模糊了，我的眼睛也渐渐模糊了，眼前白茫茫一片——不知是她，还是飘飞的柳絮。

深刻地记得，那天上午我看的是一本叫《图书馆里的美人鱼》的书。当我抬头看她时，我用书签压着了一句话：“美丽的夏天到来时，情人们应该分手才对得起夏天的童话。”但在这个童话般的夏天，我却相信，我马上就要恋爱了。正是在这样一个柳絮飘飘的夏天，萧雨走进了我的视线里。

第八章　玉琴

直到一滴泪突然滴落到我的手臂上，我才从发愣中惊醒过来。一个如此凄美感伤的故事，我都不知道自己下意识地落泪了。终于，断断续续地，把这本《美人鱼》看完了。我翻到了这本书的书脊，突然就愣住了。这本书的作者，竟然真是李伟。在书中提到这一点的时候，我不以为然，并没有真的去看作者到底是什么名字。

我知道，很多作者喜欢采用第一人称来写作，把自己完全沉浸到故事情节和人物当中，但把署名作为男主人公的名字，恐怕极其少见！我开始有点相信，这是一个真实的故事了。至少，那个李伟，是一个现实中真实存在的人吧？

“嘀……”手机长而刺耳的一串铃声。整个第三阅览室的人，都用似乎有着“不共戴天之仇”的眼神看着我。如果眼神可以杀死人的话，我想我当场就会死去几百次了。

我边说着“不好意思，忘记调声音了……”，边往阅览室门口走。

“玉琴，我在图书馆呢，啥事啊？”是玉琴的电话，我突然有些激动起来。

“小孩子，不要激动。”玉琴发现比我大一岁后，就喜欢用这种语气跟我说话。没办法，萧雨是她介绍给我的，不管萧雨最后做不做得成我的女朋友，我都得谢玉琴这个大人情。俗话说，“宁拆十座庙，不毁一桩婚”，可想而知，媒人的功劳，是多么大啊。况且，萧雨还是这么漂亮聪明的一个大美女。

“哈，听着呢，说啊。”我满心以为可能是萧雨要跟我说啥呢。

“别激动了，不是萧雨让我打的。”玉琴说完就哈哈大笑起来。我的心，也随着这句话一落千丈。

“别丧气，姐会帮你把萧雨追到手的。”玉琴止住了笑，“沈伟，给你分享姐的一个好消息。姐的男朋友硕士快要毕业，已经确认要来咱们学校当老师了。高兴吧！”

“高兴！真的很高兴！”我为玉琴发自心底地高兴。

玉琴和她男朋友在图书馆大楼下的校园广场里等我，说中午跟我一起吃饭，介绍我和她男朋友认识。或许，在玉琴心里，她已经把我当成了自己的弟弟。

就在准备出第三阅览室门时，我突然兴之所至，向管理员老师借了一本《美人鱼》出来。这纯粹是兴之所至的举动，却不想翻出了诸多令人惊讶的往事。

第九章　文星元

看到玉琴的男朋友，我第一次明白了什么叫“星目剑眉”。玉琴老远就冲我招着手，她的男朋友朝我微微笑着。他个头很高，目测高出玉琴整整一头，我虽然觉得自己个头还可以，但还是差了他至少十厘米。

因为玉琴不停地招着手，喊着：“沈伟，赶快过来！赶快过来！”我不得已连忙跑了过去。在离他们不到两米时，我脚下一滑，虽然人没摔倒，但手中的书“啪”的一声摔落在地上。那粉红浅绿的封面，那醒目的《美人鱼》三个大字书名，就铺在了我们三个面前。

我注意到，玉琴先是开心地一笑，但当视线转到这本书上时，她的神色明显一变。玉琴的男朋友，则竖起了星目，眉头也皱了起来。

我有些紧张地拾起书，拍了拍上边沾染的灰尘。

“沈伟，这本书在哪里买的？”玉琴有些凝重地问我。

“买的？哈哈！你别开玩笑了。”我笑了起来，“刚从图书馆大厦出来，肯定是借阅的了。”

“看来是我脑袋昏了，竟然把这茬事儿忘记了。他曾送了一批书给咱们学校阅览室，我们都读过的。”玉琴拍着自己的脑袋，“是不是第三阅览室？”

“没错！至少有二十本以上呢！”我突然灵光一闪，“等等，玉琴，谁送的，哪个他？”

“李伟啊！”玉琴有些惊讶。确实，送单个书几十本的，肯定是作者本人了。如果是一个出版社的话，那肯定是送不同种类的书了。

“姐，你认识作者啊？真的认识作者啊？这本书，写得太凄美感人了。”我下意识地拉住了玉琴的胳膊。幸好我鬼使神差地叫出了一个“姐”字，否则，肯定惹玉琴男友不高兴了。

玉琴竟然忘记给我介绍她的男朋友了，不过，她男友现在眉头已经松开，静静地看着我们俩，脸上带着一丝丝笑。这个时候，他突然开口了，声音的磁性中带着一丝沙哑，正是很多女孩追逐的那种感觉。

“小伟，我也知道李伟的。书里后来爱上何琪的那个人，南方一家非常著名的文学杂志的编辑，还是一个作家。是吧，玉琴？”说完这句，他朝玉琴眨了一下眼。

“是的，我不仅认识李伟，而且还跟他很熟悉。甚至可以说，我是师范大学他不多的几个好朋友之一。这本《美人鱼》确实也是这个李伟写的。”玉琴轻轻叹了一口气。

“什么，李伟是师范大学的？那就是我的师兄了，想不到，我的师兄里竟然还有一个作家啊！”我哈哈大笑起来。

“正经点。给你介绍一下姐的男朋友。”玉琴收住了我的笑意，“文星元，我男朋友。刚刚从海西省中西师范大学外文系硕士毕业，全国重点大学哦。今后，就是我们英文系的初级讲师了。”

“文老师好！”听到我这么叫，玉琴姐直接笑弯了腰。弯下腰鞠躬的我，却是为了掩饰脸上那惊讶的表情，我意识到，文星元，《美人鱼》里边那个抛弃美人鱼的王子，不正是叫文星吗？

“可不敢这么叫，叫我文星就好了。大家都叫我文星。”文星元尴尬地一笑，又加上一句，“其实，我自己也觉得，那个元字挺多余的。没办法，爹妈给的名字，写户口本和身份证上好多年了。”

“文星！好的，文星！”我有些喃喃地说。

玉琴又皱起了眉：“小伟，你怎么了？”

实质上，我从心底已经接受他们叫我小伟了，没的说，我虽然和玉琴、萧雨同届，但年龄小了一岁，跟文星元比，我们直接低了三届。

“没事，姐，走，咱们吃饭去吧！”我努力挤出一个笑脸。

第十章　不欢而散

晚风习习地吹来，扬起夜晚轧马路情人们的发，拂过情人们的脸，于是，撩起了不知多少斩不断理还乱的情丝段段。

文星元上晚课去了，我和玉琴一起走在学校 4 号教学楼后那条最长的林荫路上，两旁是巨大而旁逸斜出的梧桐树。这时候，你能充分感受到作为一名学生的好处。文星元是老师，晚上有课，他必须去讲；我们是学生，我们可以不去听，我们选择逃课。老师，你总不能无故逃课吧？就算是调整上课时间，那也相当艰难。你想想，一个两万多人的大学，就算一个班有五十个人，那也得有四五百个班吧？你这一节课的调整，对自己班、自己系是小事，但放到整个学校，那真是牵一发而动全身啊。全校教室就那么一两百个，就因为你调，得有多少班级调整啊？

走不动了，我有些懒散地坐在一条路旁的长凳上，玉琴停了下来，望着我。夜已经足够深了，虽然路灯昏黄的光晕极力向外伸展，但我还是很难看清她的表情。

她好像下了很大的决心："小伟，我给你讲个故事吧，一个真实的故事。这个故事的一些情节，你已经知道了，但更多的情节，你不知道。"玉琴徐徐地吐出一口气，接着说道，"李伟也不知道，我想，如果李伟知道这些的话，他一定会把这些写到他那本《美人鱼》里。"

"你说吧，姐。"我的口气淡淡的。其实，在我刚见到文星元的那一刻，我就知道，玉琴姐迟早会给我讲一个故事的。我心里隐约觉得，甚至这个故事，萧雨也丝毫不知道。

“我跟你说过了，小伟。李伟是一个真实存在的人，他就是那本《美人鱼》的作者，也就是那个在文学杂志社工作的人，最终选择离开何琪到南方去工作的人。”虽然我早已猜到了这一点，但听到玉琴这样亲口说出，还是震惊不已。

“你怎么知道这些的？难道，故事中的文星，其实就是现实中的文星元？”虽然这个问题在我心中早就有答案了，但我还是脱口问了出来。

“是的，文星元就是文星。”玉琴的口气，好像在深深地隐藏着自己的感情。

“他！”我的声音明显提高了两个八度，“他抛弃了何琪，不！他抛弃了萧雨。他怎么又跟你在一起了，这到底是怎么回事？”

“你都知道了，萧雨把一切告诉你了？”玉琴很惊讶。

我不知道自己是在一种什么样的心情下，竟然说出了萧雨这个名字，我本来是想说何琪的，怎么就把萧雨脱口而出了？我似乎能感觉到，我的脸色立刻变成了红色，一种愤怒的红色，我甚至想脱口而出：“文星元这个玩弄女人的骗子！”

“没！她没有！她没有告诉过我任何她感情的事情。”我的语气，带上了一些愤怒。

“小伟，你不要生气，你先听我说。事情绝不是你想象的那样。”玉琴的话语很和缓，她试图让我平静下来。

“我怎么能够相信你，姐。文星元竟然是萧雨的前男友，让她陷入深深的伤心而错过自己真爱的那个前男友。而更可怕的是，你，玉琴姐，竟然是文星元的现女友。”我下意识地伸出手，愤怒地指着玉琴，“我还想问，那个在《美人鱼》里跟文星恩爱欢好，把萧雨彻底气走的女人，是谁？”

“小伟，你听姐说，那个真不是。那个女的，只是文星元的研究生同学，而且，对方已经结婚了。”玉琴有些颤抖地说，“我知道你第一眼看到萧雨时，心里已经很喜欢她了。经过这么长一段时间，这种喜欢，姐看得出来，有增无减。作为一个过来人，姐知道，你恋爱了。”

听玉琴说到这里的时候，我想起了萧雨骂我的那句：“沈伟，你这个傻帽，大坏蛋！”我心里立刻就涌上一股甜蜜，怒气也跟着平息了不少。

“文星元绝不是你想象中那种玩弄女人的人，我也绝不是抢萧雨男朋友的坏女人。小伟，你要相信我！”玉琴眼眶里的泪花亮晶晶的。

“小伟，我就是《美人鱼》里那个善良的路人甲雅如，李伟是他自己，文星元就是文星，萧雨就是何琪，那个气走何琪的漂亮亲密女友，也就是故事里的公主，只是一个群众演员。真正把文星抢走的背后所谓的公主，是我，是你的玉琴姐。”说完，玉琴姐“嘤嘤”地哭泣了起来。

我有些不知所措，我不知道该怎样去安慰玉琴。我只好把自己的手搓过来，搓过去。

不知道过了多久，玉琴止住了哭声，我只记得，在那手足无措的“漫长”哭泣时间里，我不止一次小声对玉琴说着：“姐，你别哭了！姐，你别哭了……”

仿佛是过去了一个世纪。就在我毫无办法，想要跑去找文星元时，玉琴突然就止住了哭声：“我没事了……”紧接着，她抽了一下鼻子，“文星元应该很快就要下课了，他会来找我们……”她顿了一下，喘了一口气，“小伟，我知道，你遇到了我们，看到了那本书，就肯定会问我这些问题的。我这里有一封文星元写给萧雨的长信，是从萧雨那里拿来的，你看完后，就一切都明白了。”

玉琴说完，就把一个白色的旧信封给了我。她掏出纸巾，仔细地擦干脸上每一道或浅或深的泪痕。

我则盼望文星元的到来，那样，我就可以很快回到宿舍，去读这封长信了。毫无疑问，在一切疑团解开之前，我们度过了一个不欢而散的夜晚。

第十一章　文星元给萧雨的信

午夜的时候带来了一场雨，天黑蒙蒙的，驱散了空气中仅存的一丝热气。

室友都在床上寐着、躺着、睡着。安静，除了安静还是安静。我打开床头的那盏小台灯，开始读玉琴给的那封信。

雨妹：

原谅我！其实我一直想这样称呼你，在我心里，你永远是一个小妹妹。我也一直把你当成自己的亲妹妹。

我是一个怯弱的人，生怕伤害了你，这样的怯弱，甚至差一点毁掉了三个人。你当然知道，我说的三个是谁，我、你，还有玉琴。

我接受你，是一个从头到尾的错。我要为这个错担起最大的责任。

玉琴和我都是落川省凤西市的，我们在很小的时候就认识。村子里的小学校在村子的中间，我家住在村东头，玉琴家住在村西头，我比玉琴大三岁。家乡的村子，在我的印象中很大很大，整个村庄人好多好多。在上小学四年级的那一年，我第一次见到玉琴，而在这之前，我竟然从没有见到过这个小姑娘。

玉琴很活泼，哪怕只是简单地说一句话、做一个动作，都有那种能够让其他人欢喜起来的感染力。这种活泼，跟我的沉默寡言性格，确实形成鲜明的对比，可以说，一个南辕，一个北辙。在那个小学，我能说得上话的朋友很少，甚至毫无疑问地说，在很多孩子眼里，我是一个异类。但我很刻苦，学习成绩是所有人里最好的。

我话不多，成绩好，又听家长老师的话，这让我赢得了所有长辈的喜欢。我是校园里三种被人敬而远之的人之一。第一种，是最常见的，就是爱打架、打架能力强的小霸王，除了几个附和他一起的喽啰外，大多数人对他是敬而远之。第二种，学习成绩极差的人，这种人一般也是沉默寡言，而且悲剧的是，不管他（她）怎么努力，成绩就是好不起来。第三种，就是我这种，成绩好，听话，话不多，凡说出来的话，都是流畅地回答老师家长的问题，回答完后赢得一场夸奖和同学们羡慕的眼光，对这样的人，当然也是敬而远之了。我想，如果不是因为我学习成绩好，可能会立刻变成第二种被敬而远之的人。第二种被敬而远之孤立起来的人，往往成为第一种被敬而远之的小霸王展现自己霸王的表现物，几乎是每天，都免不了一顿乱骂，甚至是一顿老拳。我始终无法想象，当时的我们，怎么就能冷漠地看着这种情况发生；当时的我们，怎么就能制造这种情况；当时亲爱的老师们，都是怎么了？

记得有一次，当一个小霸王在欺负一个差生的时候，我实在看不下去了，用其他同学的话说，就是我勇敢地站了出来，要求小霸王停止对这个差生的谩骂和殴打。没有像电视电影里演的那样，我和差生一起被暴打一顿。而实际情况是，我们都愣住了，围观的几十名同学、差生和小霸王，以及小霸王的喽啰们。整个现场，突然就安静了下来。在所有人都愣了好一会儿后，首先有一个围观的同学说："真没意思！"然后大家一齐说，"真没意思！"

事情就这样结束了。我的心空落落地失望着。我似乎在渴望一些什么，渴望小霸王的拳头落到我身上、脸上，然后我爆发反抗，狠狠地暴打他一顿，虽然我甚至从来没有产生过跟人打架的念头。这一次改变了我，让我更加沉默寡言，幸好还有学习在那里伴着我，让我能够有事可做。

这次事件发生的时候，我已经五年级了，玉琴二年级。似乎在我的印象里，玉琴的衣服永远是最干净的，头发永远是最漂亮的，人也是最精神的，欢乐也是最多的。虽然每天只能看到她几次，这种莫大的感染力，却是如此深刻。我想，在那时幼小的心思里，我已经深深地喜欢上了这个小女孩。

我们村庄有三千多人，每一届三个小学毕业班，每个班都有六十多人，但这么多人，能够考上凤西市最重点的凤西师范专科学校附中的，平均下来，两年才有一个。而能够考上真正省一级重点大学的，印象中，似乎是三年五年才出一个。

我很幸运，努力和命运之神眷顾了我，我考上了凤西师范专科学校附中。如果我再有足够的努力和幸运，我有可能成为村庄里三年五年才出一个的那种大学生。

我上了中学后才知道，玉琴家原来和我们家是远亲，那种很远很远的亲戚。在一个村庄里，如果你仔仔细细算亲戚的话，你真的会发现，除了完全的外来户，几乎所有人都是亲戚，当然，大部分是那种很远很远的亲戚，这可以说是沾亲带故吧。

萧雨，跟你说了这么多，却完全是我自顾自说，在讲我们很久以前的事情。我是真的把你当成亲妹妹，才跟你讲这些事情，希望你完整地看过后，能够原谅我，原谅玉琴。

我上初一的时候，玉琴上小学三年级。玉琴的母亲找到我母亲，说玉琴玩心太重，学习成绩一直是中不溜儿，让我每周末回家时，能够抽空给玉琴补补课，教教她不会的题目。我周末回家的时候，玉琴妈妈正在我家里跟我妈妈谈这件事情，我母亲还有一些犹豫，说我功课比较重，可能会顾不过来。

看到我走进家门，玉琴母亲脱口问了我一句：“星儿，我想让你周末放假时，帮玉琴补补课，教教她习题，你愿意吗？”

“我愿意！”我几乎不假思索就说出了这句话。

母亲的脸上泛起了一股不愉快：“小星，你时间够吗？”

“没问题的，妈妈。初一不忙，初三才要中考，才忙呢。”我乐呵呵地笑着。

这件事情就这样定了下来，我每周的周六和周日，到玉琴家去做作业，并帮玉琴补习功课，负责解答她所有不会的问题。

可以说，萧雨，我虽然有自己的心思，但完全没有表现出来。我和玉琴，就这样两小无猜地度过了我的初中时代、她的小学时代，我的高中时代、她的初中时代。

微妙情况的出现，是在我已经确认考上晋川师范大学这所省重点的那年。

那年，我已经是一个标准的大小伙子了，而玉琴，虽然比我小三岁，但已然是一个成熟妙龄少女了。在这之前，我压抑着自己的想法，我甚至从来没有想过，未来有一天，我会和玉琴谈恋爱，会和玉琴在一起。我们那个村庄里惯常的做法，大多数的男人最好的选择是找一个比自己小一岁的女人，再次是和自己同年的，最后是比自己大一岁的。小三岁的玉琴，在传统思想的理解上，不可能是我和我家庭考虑的对象，我也基本上不可能成为玉琴和她家庭考虑的对象。我和玉琴，就像两条平行线，在远得不靠边的亲戚关系下维系的功课和补习中平行着，一直平行着。

那是 8 月的最后一天，8 月结束后，我就将成为一名师范大学的大一新生，而玉琴，竟然神奇般也考上了凤西师范专科学校附中。玉琴的母亲和我的母亲都将之归功于我补习的提高，而只有我和玉琴知道，这大部分是玉琴自己努力的结果。我帮玉琴解答的问题，基本上每周都不超过两三个。一开始，我们是受之于母命，每个周末都待在一块儿。直到后来，这种待在一块儿，成为一种不可改变的习惯。

双休两天，除了吃饭睡觉上厕所，我和玉琴，哪怕只有几分钟不待在一块儿，就会觉得相当不自在。如果不是有着远房亲戚的名誉和表象，村庄肯定早就谣言满天飞，说我们两个“早恋”了。乡村人，既是单纯的，又是复杂的。

我考上了晋川师范大学，这不仅是一所省重点大学，而且是一所全国重点师范大学。这所学校，出了相当多的名人，特别是名作家。这个结果出乎所有人的意料，甚至出乎我和玉琴的意料。我本来想，一旦考不上晋川师范大学，我就会选择上凤西师范专科学校。命运倾向了更好的一方。

那可能是我和玉琴在一起的最后一个暑假，我几乎完全放松下来，放下一切书、一切功课，甚至一切跟知识有关的东西。而玉琴的学习煎熬，才刚刚开始。

晋川师范大学距离我们村庄，需要一天一夜的行程。我从网上查到，那所大学的所在地叫莱锦市，一个很阳刚的名字。这也意味着，我今后只有寒暑假才能回到家乡。而太过于兴奋的我，甚至对玉琴说，大学期间，寒暑假就不回来了，要到社会上实践一下，打工啦做家教啦啥的。玉琴就很感伤。

我不知道那天的那件事是怎么发生的。我当时正坐在一只高板凳上，我身后的玉琴突然从背后用双臂紧紧抱住了我。我顿时感到像是被一阵闪电般的“紧张”击中了，我的身体突然就绷得很紧，在这样的突然之后，背后肩膀上就传来软绵绵热烘烘的感觉。玉琴把脑袋放在我肩上说：“哥哥，你走了，我怎么办啊？”

当玉琴说出这句话的时候，我们仿佛又回到了我中学一年级、她三年级的时候。但只是一小会儿，我便醒了过来，之后是玉琴，我们的脸突然就变得红红的、烫烫的。我们也从那一刻突然明白，她已经是一个大姑娘，而我已经是一个血气方刚的小伙子了。

在我回家打包整理行李的时候，我终于明白，在这漫长的六年时光里，我已经深深爱上了玉琴，玉琴已经成为我生活中不可或缺的那个人。但因为种种微妙的原因，我们都把这种爱深深地藏在了心底，这颗强大的爱的种子，竟始终没有开花结果。

再后来，玉琴也考上了晋川师范大学。村子里三年时间，竟然出了两个重点大学的学生，这在当时，是很轰动的事情。在我们，却很淡然。我想，这也是为了延续那个相聚一起的六年的继续。

后来的事情，萧雨，你都是亲历者和参与者了。玉琴和你成了最好的姐妹，这最好，来得那样迅速，甚至让我都异常嫉妒。如果我和玉琴那份深深藏在心中的爱情，也能这样迅速就好了。

你那一句“我喜欢成熟稳重的男生”，让玉琴那深藏的爱，更加深藏了。我想不到的是，你竟然会喜欢上我，我虽然从来不觉得自己是“成熟稳重的男生”，但可笑的是，我竟然就真的是“成熟而稳重的男生”。

那时候，我已经是研一的学生了，我提前修完了所有大学学分，并被学校保送到外省去读研。正是玉琴入学的原因，我申请了一学期的时间来师范大学做研究课题。在我心目中，不管是玉琴，还是你，都是可爱而调皮活跃的妹妹。对你先后让玉琴传话和亲自表白说要做我女朋友，我只感觉到一种真心的笑，我怎么都不会认为，那是真正的爱。我也很难想象，玉琴是下了怎样的决心，才会帮你传话的。善良，能够让一个人回避内心深爱到如此程度吗？

这种三个人的情况，变成一件特别尴尬的事情，特别是我和玉琴。当我们像一对真正的同胞兄妹在一起的时候，玉琴总向我诉说你的忧伤、你的不解，甚至你的哭泣。玉琴的每一句话，都像一把剑刺在我心上。不是你的原因，而是因为玉琴，我甚至一度认为，玉琴根本一点儿也不爱我。我和玉琴在一起的九年里，虽然我们彼此从来没说过任何一句爱，但我一直深爱着玉琴，我也相信，玉琴也一直深深爱着我。可你的出现和玉琴的诉说，让我的这种想法动摇了。我开始认为，这九年来，一直是我的一厢情愿，是我单恋着玉琴，一个比自己小三岁的女孩。

在课题结束我准备回去继续读研的最后一个半月，我快到了歇斯底里的地步。我甚至可耻地觉得，每一个跟玉琴说话、交往的男生，都有可能是玉琴未来的男朋友。我对自己，深深地绝望了。

后来，鬼使神差地，我竟然答应了你，做你的男朋友。

现在想来，这样的行为，却粗暴地伤害了三个人。

接下来的日子，我们度过了表面上亲密异常的一个月，再之后，我们看似依依不舍地分别了，我到了千里之外的南方外省，去继续读完自己的研究生。

萧雨，我答应给你写信的，却想不到，这样长的时间，我一封信也没有给你写。现在终于给你写信了，却是这样一封残酷的信。这是我的错。

就在我到达海边这座城市的第一天晚上，我接到了玉琴打来的电话。她在电话那端，只叫了一句“哥哥……”就开始哭泣，哭了整整一个小时，而我，就在电话这端愣愣地听了一个小时。玉琴的痛苦和伤心，化作了一声声的痛苦哭声和一股股的落泪。我不知道，这段时间，她是怎么过来的，她的内心有多么辛酸和恓惶。

爱，积得越深，爆发得越激烈。我和玉琴的爱，整整九年，突然就在她那一场伤透的哭泣里爆发了。我现在想起来，玉琴有一次莫名其妙地问我：“你和她做了吗？”

我先是被问得莫名其妙，后来搞了一个大红脸，之后是急急地说：“没有，我们最多只是拉了拉手。”

玉琴问我这个问题的时候，一定是鼓了百倍的勇气。她担心，她这次，是不是永远彻底地失去我了。

我也记得，你曾经问过我：“是我不好吗？你不爱我吗？我们为什么不能像情侣那样更进一步？”

我当时回答：“你很好，很漂亮，很优秀，我也很爱你。”

你满意地笑了。我也微微笑了。

现在想来，这些，是不是预示了一场由我亲手导演的导致三个人伤心的悲剧？

在我到达海边这座城市的第一天晚上，玉琴赶上晋川市的最后一班飞机，跟着我来到这里。我想你还记得，就在你们大一下学期开学的第一周，玉琴请了几天假，说是回老家一趟。她撒谎了，她来了我这里。

那是我们在一起九年来最快乐的几天，我现在才知道，原来把心中的爱释放，是这样快乐的事情。我和玉琴，像一对真正的恋人一样相爱了。任何人任何事任何传统观念，都无法再把我们分开。

于是，就有了后来的一幕表演。当你来到这座完全陌生的南方水昔市时，你被我深深地伤害了。在我整整半年，对你忽冷忽热后，你等来的却是，我已经将其他女子拥入怀中。我深深地伤害了你，也把我们刚刚萌芽的恋情一刀斩断，却丝毫没有考虑你的感受。那个配合我表演的女孩，是我研究生的同班同学，荒唐的还有，她早已结婚了，她和她老公都在水昔市读研究生。为了她这个帮忙，我整整被他们嘲笑了两个月，直到他们对这件事情兴味索然。

萧雨，你不要怪玉琴。她的性格你最了解，她的心思里，是绝对不会想出这样的主意的。原谅她吧，她和你一样，一个处在热恋中的女孩。我们整整相爱了九年，才最终走到一起。

也原谅我吧，萧雨。因为我的不够成熟，因为我的冲动和猜疑，才让我们走到今天。如果当初，我能够始终坚持拒绝，始终相信玉琴是爱我的，这一切都不会发生。我让这短暂的痛，变成了现在长长的痛。萧雨，原谅一个冲动而无知的大哥哥吧。

萧雨，你一定会幸福的，你一定要幸福。

在海边这座城市为你祈福的文星元

2004 年 9 月 15 日

第三季 风雨飘摇前的片刻明媚

第十二章　可惜

信看完了，窗外传来淅淅沥沥的雨声，就像伤心人的倾诉。一种复杂的感情攫住了我，现在，我对文星元和薛玉琴那深刻的恨，立刻变成了深刻的麻木。

谁敢说，自己在面临不信任和感觉要失去那自以为数年来坚贞的爱的时刻，能够不抓住一棵爱你的稻草？而文星元在抓住萧雨这棵稻草的时候，却还在心底对玉琴的爱心存一份牵挂而无法解脱。而玉琴，虽然明知道文星元和自己彼此相爱，但终究隔着那么一层窗户纸，多年来，双方谁也没有去捅破它。虽然她一时决定把这份爱让给萧雨，但多年爱的积累还是压垮了爱的堤防，爱一旦决堤就不可阻拦。玉琴和文星元不可避免地走到了一起，留下一个深深伤心的萧雨。

我想到了那个让我遗憾万千的李伟，他是那么深深地爱着受伤的“美人鱼”萧雨，可惜，他在错的时间遇到了对的人。萧雨正深陷在感伤的时候，是不可能在短时间内重新开始另一段爱情的，就算能够开始，那也是文星元爱情后的复制品和安慰品。等到萧雨真正走出悲伤区，这段复制品和安慰品必将破裂。可这短短的一段时间，对李伟来讲，是漫长的近一年。

李伟走了，带走了失落和第一次心动恋爱的悲伤。

突然我就有点恍惚，我会不会成为第二个李伟，我也在错的时间遇到对的人？我想不是，我不由得又想起萧雨骂我的那句："沈伟，你这个傻帽！大坏蛋！"

可能，萧雨在一年的时间里，不下一百次地看了那份文星元写给她的信，从这封信皱巴巴黄颤颤软绵绵的程度就能够想象出来。

"叮……"手机清脆地响了一下。

"小伟，你明白姐和文星元的不得已了吧？"是玉琴。我不禁羡慕起玉琴和文星元来，他们在对的时间遇到了对的人，虽然一度因少年人独有的那种害羞而差点彼此错过，可他们勇敢地、果断地纠正了这个错误，从而幸福地在一起了。或许，上帝也嫉妒他们的爱情，在他们爱的坦途上刻意地增加了一个小插曲，而这个小插曲意想不到地伤害了萧雨。

"姐，我明白了。"我在犹豫再三后，给玉琴发了这条短信。

玉琴回复得很快："弟，放心去追萧雨吧。她这几天心情不错，是真的不错！"我想，在发这条短信的时候，玉琴一定已经在心里偷偷地笑了。

放下手机，我却无来由地忧郁了。是的，我承认，文星元已经完全成为萧雨的过去式，这段爱情和随之而来的阴霾，已经完全被萧雨请出了内心。但现在这个空空的内心，闯入了另一个男子，那个男子不是我，而是李伟。现在想来，李伟的一言一行一笑一语，都是那样的温馨，那样的可亲。我甚至在想：萧雨对我的不再生硬不再冷漠，会不会是因为书里雅如对何琪说的那句话："如果你真的在乎李伟，那就不要再错过今后可能爱上你的男人。"

我在心底设想着跟萧雨的对话："萧雨，如果李伟回来了，回到你身边了，你会不会再爱上他，会不会跟他在一起？"

然后萧雨一脸茫然，无法回答这个问题。

我知道玉琴还没有休息，不管是获得解脱后的喜悦，还是悲伤失望后，在一种兴奋的心情下，人很难入眠。我的困惑，迅速地出现在玉琴"面前"。

"不会！"玉琴回答得很果断，"李伟只是出现在萧雨生命中的一个男人，并不是出现在她爱的世界中的男人。萧雨肯定知道李伟的存在，也知道李伟很爱她，但李伟是在她没有产生丝毫爱意的时候离开的。而，小伟，你不一样，你是在萧雨终于解开她心结的时候出现的。你，是在对的时间，遇到了对的人。"

我释然了。可令我没有想到的是，未来不会忘记给你不断地开各种玩笑，就算是命中注定的事情，也有可能迅速逃出命运的手掌，何况是爱情。

第十三章　初恋的吻

相信每一个晋川师范大学的学生都喜欢那个老图书馆，四层的小楼，绿不绿黄不黄的墙体。自从新的图书馆大楼崛起后，老图书馆就变成了学校的大型“网吧”，专供学生上跟电脑相关的课程以及其他时间上网用。网分两种，一种是内网，也就是学校认为可以上的一些网，占所有机房的70%以上，不收费用；一种是外网机房，只有十数个房间百十来台电脑，由于可以任意上各种外网，所以很受欢迎，费用很低廉，每小时只要五毛钱，但同样网速也慢得可以。

喜欢老图书馆，一方面是因为这里可以上网，另外一方面，是因为图书馆前那棵巨大的梧桐树，梧桐树的高度远远超过了老图书馆总共四层楼的高度，枝繁叶茂，树干粗壮惊人。刚来到晋川师范大学的时候，我们宿舍六个人，曾手拉手想把这棵梧桐树围一圈，但不管我们怎么伸长手臂，还是失败了。

围绕梧桐树的是一个个花池，花池围墙的外侧和内侧，都用水泥板砌成了供人坐的凳状平面。花池里并没有种花，而是种了密实的冬青和矮松针树，但这个矮绝对超过两米以上。花池不是一个整体，而是以这棵巨大梧桐为中心，星罗棋布，形成了几十个不同的空间，每个空间和空间之间都不能完全看到，隐隐约约，成为很多学生看书学习的乐境，当然，也成了大学生们谈情说爱的好去处。

我和萧雨现在就占据着梧桐树下这样的一角。我们本来是有许多话要说的，却相顾两无言。时间就一秒一秒地在我们的静坐中流走，一片青青的梧桐叶不失时机轻轻飘落了下来，飘过我身边，然后再飘过萧雨身边。就在萧雨看梧桐叶的时候，我突然吻了她一下。萧雨的唇凉凉软软的，虽然我是一触即分，但还是感觉一股兴奋迅速在身体里流转了一圈。

思想里其实是等着萧雨冲我扇一巴掌过来的，可闭着眼等了几秒，却静静地没有了任何下文。我猛地睁开眼，映入眼帘的是萧雨满脸的泪。我一激动，就把萧雨拥在了怀里。

“你喜欢我吗？”萧雨柔柔地问。

“喜欢，特别特别喜欢。”我用更紧的拥抱来回答萧雨。

爱，很多时候，只是缺少一个吻和一次真正的拥抱。

后来，萧雨跟我说，当玉琴把我介绍给她的时候，虽然她那时候并没有心思真正谈一场恋爱，却对我毫无恶感。而这个毫无恶感，被玉琴说成了印象挺好。而萧雨的没有心思，直接导致了我们第一次见面的一幕，也直接导致了萧雨一直以抗拒的态度来对待我。甚至还即兴设了一个话题圈套，让我傻傻地说：“其实我挺喜欢玉琴的。”

这对我的自信心是一个有力打击，因为我确实一直觉得自己挺帅的，并且周围的男男女女也很同意，虽然高帅富谈不上，但高帅肯定是没有问题的。但这种高帅，萧雨表示，只是毫无恶感而已。

可当萧雨暖暖的身子靠在我怀里，她的长发被风轻轻拂过我的脸时，我释然了，我现在是萧雨的男友，萧雨是我的女友，我们彼此相爱，这才是最主要的。我心里，也隐隐地有些同情李伟，同样深刻的爱，却仅仅因为时机问题，上帝的天平倾向了我。难道，时间是比相爱更加可怕、更加强大的武器？

那天，我心底里一直有个问题，却没敢问萧雨。那个问题是：如果有一天，李伟回来了，他衣锦还乡，来到他深爱的母校，他依然深深爱着萧雨，再次向萧雨表白。这个时候，一方面是我沈伟，一方面是李伟，两个伟，萧雨会选哪一个？

我害怕，哪怕萧雨有一丝丝的犹豫不决，都会深深地刺伤我，甚至是我们的爱情。其实，在我内心深处，是有一丝挥之不去的自卑，虽然我在形象上要比文星元和李伟好得多，但他们无论是哪一方面的成就，都远远超过了我。而他们的长相，也是能够进入一般帅哥行列的。

文星元是晋川师范大学的教师新星，评职称、读博，未来成为教授和知名学者几乎毫无悬念；李伟，全国一家最知名青春读物的编辑，小有名气的 80 后作家；而我，籍籍无名，除了长得帅一点，个子高一点，相对会来事一点，无论从家庭背景还是个人能力，都普普通通，根本谈不上任何亮点。

我把这个问题，深深地藏在了心底，一直没有拿出来，更不敢去想它。

第十四章　大团圆

文星元要请我们三个吃饭，这次吃饭有着多重象征意义。第一个当然是给文星元接风洗尘，他终于回归了晋川师范大学，年纪轻轻就能当讲师，开始传道授业解惑了；第二个是庆祝文星元和薛玉琴相爱，这对恋人，整整相爱九年，才得以冲破种种不可能走到一起；第三个，毫无疑问，是庆祝我和萧雨的相爱。我们的相爱，一开始觉得那样遥远和不可能，甚至萧雨一度封闭了爱的通道，但后来，我们神奇般相爱了。

玉琴姐笑着表示，一方面，是我的帅气外表和那种念念不忘深刻地感动了她，让她不假思索决定帮我，另外一方面，不管是萧雨因爱生恨，还是错过李伟，都是因她和文星元而起。并且，萧雨的伤心，已整整持续了快一年，她需要从这种状态中走出来，开始新的生活。三方面因素的叠加，成全了我和萧雨的爱。

文星元说："这是一个大团圆的结局。"

"每个人都找到了自己的爱。"玉琴笑嘻嘻地补上一句。

"我真没想到我会和沈伟在一起，第一次见面的时候，我甚至连这样想都没想过。"不知道是红酒的作用，还是当时的气氛，萧雨的脸红扑扑的。

"可惜了李伟。"不知道怎么回事，在这个喜庆的聚餐上，我突然冒出了这么一句。

玉琴朝我猛使眼色："沈伟真不会说话。哪壶不开提哪壶，赶紧吃你的吧！"

四个人就开始大笑起来。但之后的聊天，就明显有一些不流畅。

其实，我是把那句话深深藏在心底的，但不知怎么回事，越深藏，它就越轻易地脱口而出。这句话，直接导致了我们饭局的不欢而散。

我那担忧的内心，也就变得越加忐忑。

茉锦市的夏夜很吵闹，也很闷热，校园里还好一些，可以有这样和那样的树荫。文星元和玉琴已经甜蜜他们的甜蜜去了，剩下我和萧雨。萧雨好像很兴奋，眼睛黑亮黑亮的，在校园林荫路晕黄的路灯下闪闪发光。她的手湿湿滑滑软软，在我手心里感觉好暖。

“沈伟，我想跟你说个事情。”萧雨转过头，看着我，眼睛一眨一眨的，就轻轻松松迷住了我的眼。

“什么事情？”我拉着她坐在路旁的一张长椅上。长椅还保留着白天阳光曝晒的一点热度，坐上去，一股温馨就团住了整个身子。

“沈伟，我说了，你不要怪我啊。”萧雨的语气有一些颤抖。

“亲爱的，我怎么可能怪你呢。”我边说边把萧雨搂在怀里。

“李伟……李伟，他真要来了。”听到这句时，我的心猛地跳动了一下。

“要来哪里？”我有些紧张地问道。

“还有哪里，这里，晋川师范大学。”萧雨的手心里，满是汗水，也不知道是我的汗水，还是她的。

我和萧雨都没有想到，面对李伟的到来，我们竟然这样紧张。这个我未曾谋面、萧雨也未曾在意的男人，怎么在我们心中，拥有这样可怕的影响力？

从萧雨口中，我大略知道了整个事情的过程。

李伟是在2005年6月毕业离校，并依靠自己的写作特长，顺利加入那本一度最著名、发行量甚至逼近全国杂志类第一宝座的《青春系》月刊杂志。这本杂志专门针对中学和大学生以及热爱文学的人发行，李伟曾对玉琴说过，《青春系》最高发行量在 2003 年一度超过每期四百万册，这是一个相当可怕的数字。

后来只要一说起这本杂志在中国青少年当中的影响力和巨大的发行量，李伟就满脸自豪。而在我的记忆里，也满满充斥着这本杂志。我从初三时开始看这本杂志，上边都是同龄人创作的关于爱情、亲情、友情和其他不知道什么情的故事，仿佛就发生在你我他身上，是那样打动人心。这一打动，就是整整五年。

那个时候，这本《青春系》是家乡整个潞水市所有邮局报刊亭每个月新杂志到来时，堆得最厚的一摞，可也是消失得最快的一摞，因为大家都抢着买啊。往往是杂志刚到几分钟，就一本不剩了。要么说当年的人单纯，我当时，完全没有想到直接向邮局或者《青春系》杂志社订个全年份，而是宁愿一期一期去多个报刊亭寻找着买。或者，那个全年十二期的金钱数字，让我胆怯了。我可以省吃俭用，一个月省出三点五元去买一本《青春系》，但我怎么也无法省吃俭用出十二个三点五元去订阅全年的《青春系》。归根结底两个字：穷啊！

我现在突然发现，我已经整整三年不再看任何一本《青春系》，青春，真的离我们远去了吗？

李伟没有想到，当他满怀信心投入到《青春系》杂志的采编工作时，却发现在 2004 年，《青春系》已经跃过了自己的鼎盛时期，开始逐渐走下坡路。虽然作为最先成立的第一本青春纯文学读本，《青春系》以先入为主之势拥有大量支持者，但现实问题，让这本杂志的发行量，每个月都在下降。李伟到杂志社的时候，《青春系》每个月真实的发行量，已经从2003年最高峰的每期四百万册，减少到六十万册左右。

分析原因，一个是因为大量同类杂志的出现，迅速分散了原本集中的青春阅读群体；二是网络时代的到来，让内容阅读变得方便且免费，越来越多的人选择免费阅读可能还更精彩的网络故事；三是《青春系》本身内容二十多年来没有任何改变，风花雪月的内容再也支撑不起曾经鼎盛的阅读大厦。

虽然李伟和同事们一起努力在做好的内容，但在半年后，严冬还是到来了。《青春系》的月发行量，已经快速由年中的六十万册，下降到十万册左右。发行量下降，直接导致入不敷出。首先被撤掉的是各地的记者站，这些记者主要是满足杂志每月两期（为了加快刊出速度，《青春系》杂志早在2004年就改为半月刊，每半月刊出一期，并且出刊速度，往往提前了一个月之早）针对文学界前辈新星的专访；接着是原先大量投放到渠道上的推广费用；再接着，杂志又回归到了月刊。按主编的说法是，现在真没有好的解决办法了，多印一本杂志，就多赔一份钱。最后，是《青春系》率先在国内成立的青春阅读门户，杂志同名网站青春系所有的互动内容，为了节省服务器和带宽费用（这是一笔高昂的支出）全部被砍掉了，只留下一个公司官网式的公告式展示平台。

再后来可想而知，李伟他们坚持着继续刊出了半年，直到今年夏天到来的那一天。上级主管领导的迟钝成全了这本杂志的第三百期刊出，拿到这本杂志的时候，所有的编辑、记者都哭了，已经四十挂五的现任主编当场哭了，他做了这本杂志整整二十五年之久，从创刊号，到成为全国发行量第一的杂志，再到现在的举步维艰，甚至《青春系》还一度被停刊，导致十几期杂志无法刊出。但不管怎样，它终于走到了三百期。

省出版集团的通知下来了，《青春系》杂志正式停刊，青春系官网也同时关闭，所有编辑人员，都会相应调整到别的部门工作，或者按个人意愿离职，视工作年限补贴一笔钱。李伟是唯一选择离职的人，他也是近两年来《青春系》杂志社招聘的唯一一个新人。

整整十四个月的工资和补贴，超过五万元，这在 2006 年夏天，是一笔非常可观的钱，足够改变一个人的人生和机遇。命运待李伟不薄，他早在一年前就准备了研究生考试，他梦想的学校是晋川师范大学文学院。当然，他如愿了，不然，萧雨也绝不会跟我说李伟回来了之类的话。

李伟的这些情况，由李伟告诉玉琴，玉琴告诉萧雨，萧雨再告诉我。这样的口口相传，在我们心灵上造成了很大的震动，“李伟回来了。那个一直深爱萧雨的李伟回来了。”

我没有插话，静静地听萧雨说完了这些。然后，我紧紧地把萧雨抱在了怀里，生怕一松手，她就离我而去了。

第十五章　青春系

李伟回来了，的确回来了。但我们都没有想到，他是以这样盛大的方式回归晋川师范大学。

一年多前的那本《美人鱼》已经让他在国内青春作家领域里声名鹊起，想不到，一年后，他带着第二本新书《青春系》回归了。没错，跟那本刚刚停刊的杂志《青春系》是一个名字，同样是一部充斥着爱情悲伤和青春怀旧的长篇小说。

我们是在校园广场的活动公告牌上发现这个信息的：著名80后作家李伟明天上午九点整，将在大礼堂现场签售新书《青春系》，并做演讲。据公告上称，这本《青春系》全国销量，已经超过了四十万册，并且依旧是畅销书排行榜第一位，能够请来李伟学长做演讲和签售，是晋川师范大学的荣幸云云。

我们不仅惊叹自己孤陋寡闻，竟全然不知道李伟又写了一本叫《青春系》的长篇小说，更不知道，这本书在互联网上已经火得一塌糊涂了。据说，这部叫《青春系》的书，同时激发起了70后和80后年龄段的人共同怀念旧有美好青春时光的风潮，同名电影已经开始拍摄，电视剧也是迟早的事情。李伟第二本书的出版，绝对是超级名利双收了。

我心里想：李伟一定是想给萧雨一个惊喜，一个巨大的惊喜，所以才没把这一切告诉玉琴。而最近这几个月以来，我们却囿于文星元、玉琴、我、萧雨和李伟之间的情感纠葛而不能自拔，哪还有时间去关注哪一本书火了、哪一本书大卖了。

李伟，确实给了我们一个天大的惊讶。他知道，不管怎么样，我们都能看到这张公告。因为全校所有的公告牌，甚至道旁树上，都贴满了那张红色显眼的海报，每一个宿舍区也都这样。我们四个人，只要有一个出门，就必然会看到这张海报。而我们四人，必然至少会有两个人出门。

玉琴打来了电话，很惊讶：“沈伟，你看到了吗？”

“看到了，姐！李伟，整个学校都是李伟！”我的语音里好像有点羡慕嫉妒恨。

“哦！那明天见吧。”玉琴收了电话。

李伟肯定也清楚，我们一定会去看他的签售，听他的演讲。但有一件事，他可能忽略了：萧雨现在已经有我了，有另一个“伟”了。

晋川师范大学的大礼堂又名文化艺术活动中心，已经被围了里三层外三层。还好，晋川师范大学的学生，跟我们四个不同，绝大多数都不是孤陋寡闻，绝大多数都是非常好奇的。绝对能够容纳六千人以上的大礼堂，已经没有我们四个进入哪怕一个身子的位置了。

当文星元和玉琴在礼堂外跟我们招手的时候，萧雨还在犹豫着问我：“沈伟，要不咱们不去了吧？”

我握住了她的手：“萧雨，我们一定要去。没事的，放心吧。”

如果我知道后来的一切，如果我事先看过那本《青春系》的话，我和萧雨，绝对不会出现在那次签售现场。

玉琴抱怨我们的拖沓，害大家都进不了礼堂，只好在门外听着，看着。这也从一个侧面证明了，其实，人真的在潜意识里有一种预感，我和萧雨打心底，是真不愿意去参加那次签售和演讲的。

幸好，大礼堂的音响设备很牛，就算我们站在门口，里边主席台上每个人的声响，都还是一清二楚，并且，礼堂的纵深也只有一百米左右，人的身影，基本上也能够看个大概。

李伟确实不够帅，肯定不是帅哥，却有一股非常强烈的精神气儿。后来，我知道了那叫气质。而且，他的身材保持得非常好，个头很高，就像电影电视明星一样。这样的外形，会让人产生非常深刻的印象，不由得陡生好感。

“好帅啊！”

“想不到作者这样有魅力啊！”

“我就喜欢这样的男生。”

“他写的小说太精彩太好看了……”

周围各种赞誉的言辞充斥耳间，这在我听来，却有一些不舒服，萧雨拉着我的手，静静地看着，还不时转头看我一眼。

在话筒一声响亮的“请安静”后，整个会场逐渐安静下来。

“请大家不要着急，签售很快就要开始。不管今天有多少人要签名，你们的李伟学长都会满足的。是不是？”文学院院长洪亮的声音传遍了大礼堂每一个角落。

“那是肯定的。”李伟赶忙对着话筒说了一句。接下来就是院长爽朗的大笑和整个大礼堂此起彼伏的笑声。这笑声，明显是善意的。

我和萧雨也被这种笑声感染，情不自禁地笑了起来。

“下面，请著名 80 后青年作家李伟做一个简短的演讲。演讲结束后，签售会马上开始。”热烈的掌声随着院长讲话的结束而响起，那是给李伟的。

李伟的演讲开始了，他的声音透着一股成熟男人的磁性和温和，令人着迷。

“大家相信不相信？我是因为失恋而开始写小说的。”李伟的开头就很抓人。全场立刻响起一片笑声，很多男生女生还大声喊着：“不相信！不相信！”他们的声音形成一股股浪潮，涌到了主席台上。

李伟也开心地笑了：“每一部长篇小说的背后，都有一个伤心的失恋故事。这是真的，没有骗大家。

“2004 年夏天，也是像今天这样的一个日子。我爱上了一个女孩，就像我在《美人鱼》里写到的一样，看到这个女孩，我就无可救药地爱上了她。我用尽一切努力来让这个女孩接受我，甚至可笑而疯狂地在一个晚自习，搜遍全校每一个自习室来找到她；用打一周热水的劳作，跟她的室友换到她每周的课程表，换到她的 QQ，就是为了能够在每次她上课的教室前说一句：好巧啊，我们今天也在这个楼上课。

“可这个女孩，始终没有向我打开她的世界，她始终沉迷在自己那似乎永无宁日的悲伤里，不能自拔。那时候，我还不知道，在我一次次的爱的追求当中，这个女孩那颗被严寒伤害的心，可能已经慢慢融化了。可不懂爱的我，在一次次受挫中，逐渐地冷却下来。

“于是，我选择了离开，就像《美人鱼》当中写到的那样，到了很远很远的一座南方城市，做了《青春系》的编辑。

“今天，我带着这本《青春系》来，最主要的目的，就是找回自己的那个女孩。”

听到这里，我的心突然“咯噔”响了一下，我相信，萧雨是跟我一样的情况。她的手紧紧抓着我的手，我们手心里因为“激动”的情绪而满是汗水。李伟不断地提到《美人鱼》，我也相信，因为《青春系》的畅销，它的姐妹篇《美人鱼》也必然迅速进入畅销书行列，基本上每个看完《青春系》的人，大抵也要去看一下《美人鱼》。

“这本《青春系》，是我爱的继续。我在《美人鱼》里失恋了，离开了。而这本《青春系》就是我离开后一年的林林总总，我在南方的那座城市，遇到各种各样的人，碰到了各种各样的事情，诱惑、纠结、爱情、利用、阴谋，甚至你一度无法拒绝。

“但我永远无法忘记那个失恋的初恋，那个在我心底最深处永远不会消失的美人鱼何琪。

“所以，我回来了。”

说到这里，李伟的声音早已哽咽，眼泪也流了下来。他没有去擦，现场一片哭泣之声，很多人都动情了，落泪了。

在短暂的几十秒沉默后，李伟又开始说话了：“现场拿着书的老师和师弟师妹们，请你们打开这本书的扉页。”

现场响起一片翻书的声音。

“献给我最深爱的美人鱼萧雨——永远爱你的不是王子的李伟。”当李伟读出这句话的时候，我分明看到萧雨的眼泪夺眶而出。她分明下意识地挣脱了我的手，用双手拭去了流到脸颊上的泪水。

真的，那个时候，我也彻底被李伟感动了。

“我相信，萧雨一定在现场。我特别想知道她现在在哪里，我要把这本书送给她。”李伟说完后满脸期待。

“萧雨，怎么办？”玉琴有点惊慌地说了这么一句。这一句，彻底成全了李伟。

随着玉琴的声音，马上有人大喊：“有一个叫萧雨的女生在这里……”并举起了手。于是，声音通过接力，迅速在几秒钟内传到了台上。

现场突然响起了巨大的附和声：“萧雨！萧雨！上来！上来！”巨大而整齐轰鸣，我感觉自己的头都快爆炸了。

与此同时，从我们站的位置开始，人们迅速地让出了一条仅供一个人通过的通道。而萧雨，刚刚用手背擦干眼泪，我早已被人群挤到了离萧雨半米远的位置。这个时候，如果我真冲上去把萧雨拉走，我想，全场一万多人，踩死我的心也有。

我怯懦了。萧雨有些无助地向四处望着，我看到玉琴在叹气。我恨自己，我真的怯懦了，并且，在李伟面前，我真有些自卑了。我没有站出来拉走萧雨，而是卑鄙地站着一动不动，我期待萧雨能够自己作出选择。

就在我有这个想法的时候，我已经迅速被人群推开，萧雨的眼神，也没找到我。她开始被几个活泼的女生推着向前走，之后就一步一步木然地往前走，一直走到主席台上，走到李伟面前。

萧雨很美丽，是那种清新的美，她今天穿了一件浅草绿淡雅的连衣裙，而且脸上泪渍未干，更显得美丽清新。大礼堂立刻响起一片郎才女貌的感叹。我的懦弱和自卑，又深深加了一层。

“萧雨，你一点也没有变，还是原来那个样子。”李伟说道。

萧雨羞涩一笑，没有说话。

接下来，意想不到的事情发生了，李伟单腿跪地，把那本《青春系》捧在手上，对着面前的萧雨说：“做我的女朋友，好吗？萧雨，你知道，我深深爱着你，整整两年了。你还记得吗？今天，也是两年前我们第一次见面的那个日子。今天，这场签售会，就是为你而开的。”

当李伟说这些话的时候，现场瞬间被浪漫和感动点燃了。

“答应他！答应他！”由一开始的无序迅速就变成巨大的齐声。

我想，在这种情况下，如果萧雨不答应的话，她可能立刻就会成为全校所有男男女女，特别是女生们攻击的对象。院长适时地把话筒递到萧雨面前。

萧雨呆呆地望着眼前的这一切，听着这样可怕的响声，一言不发。在不到一分钟的坚持后，院长适时地调节气氛：“大家不要逼人家一个女孩子啊，恋爱这种事情很严肃，总得给点思考的时间吧。”

之后，在他的协调下，萧雨接受了李伟捧上的书，两人匆匆拥抱了一下（很明显是李伟拥抱萧雨），算是满足现场近万人的围观欲。然后，签售活动就开始了。已经买到《青春系》和《美人鱼》的同学，直接到主席台前排队了，还没买到书的同学，到主席台左侧设置的六个售书点，赶紧去买书了。

据说，当天李伟的《青春系》售出了超过四千本，《美人鱼》售出了超过两千本。当天，他们一共只准备了两千本，签售开始两个小时后，两千本就所剩无几，出版方紧急从省城晋川市调了四千本过来，才勉强足够，可见受欢迎程度有多高了。幸亏晋川市离茱锦市只有一个小时的车程，否则，愤怒的学生，肯定要把晋川师范大学大礼堂给砸了。

签售开始后，文星元和玉琴就离开了，他们什么也没有说。萧雨静静地走到我面前，她脸上的泪痕，早已干了。不管台上台下，已经没有人再关注她，每个人都在想着让李伟在书上签个名，甚至再写一句话。

“我恨你！为什么？为什么？”萧雨大声地说完这些后，将李伟那本《青春系》狠狠地砸在我的脸上，转身跑走了。

我在恍惚中，来不及说一句话，来不及追赶，甚至都没有回过神来。

第十六章　伤了心

昨天发生的一切，让我麻木又心疼。相比李伟而言，我第一次感觉自己和自己的爱是这样的渺小。单纯的我，丝毫没有想，更没有怀疑，李伟的这次签售，除了求爱之外，还是一次巨大的炒作和抢眼球的行为。我有理由相信李伟，不管他的眼睛、表情、话语，还是行动，都是那样的真挚动人，没有哪怕一丝一毫的作假。

我正是害怕这种可怕的真。这种真，让我眼睁睁地看着萧雨走上主席台，却没有一点力气来阻止，甚至像一个英勇的男人一样，把萧雨抱走。我本来应该这样做，可我没有这样做。

我不得不承认，我是一个怯懦的男人。

我傻呆呆地站在萧雨的宿舍楼下已经整整一天，没有人理会我，也没有行人理会我。但我可以肯定，萧雨知道我在这里站着，玉琴也知道我在这里站着，文星元也知道，甚至，我怀疑李伟也知道。萧雨匆匆上台后，又匆匆离开的表现，绝对逃不过李伟细密的心。

“你就是活该！”在我发愣的时候收到了玉琴的这条短信。

沉默准备二次把我拉走的时候，“你就是活该”这句话也大声地出现在我耳旁。

是玉琴，只是玉琴。我惊喜的心立刻凉了半截。

“萧雨肯定不会下来的。别看了！”玉琴对我很光火，“你是一个男人吗？如果你是一个男人，李伟签售那天，怎么不在萧雨上台前把萧雨拉走？你爱萧雨吗？如果你真爱，怎么会容忍李伟当众求爱献书这样的事情发生？”

我低着头，任玉琴责骂。我知道，现在任何语言，都解释不了我这样的所作所为。

“现在好了，你让萧雨怎么办？现在几乎整个世界都知道李伟和萧雨的故事了，整个世界都知道李伟在狂追萧雨了，这本离谱的《青春系》更是献给萧雨的。”玉琴声音停顿一下的时候，她的右手食指就戳在了我的脑袋上，“你，说你呢！你说怎么办？”

“我不知道，我真不知道，姐。”我没有哭，但嗓音里明显有着浓重的伤，“姐，这会不会是我搞砸的第十三次恋爱啊？”

“唉！”玉琴的语气和缓下来，“这也不能完全怪你。李伟的气场实在太强了，不要说你，换成任何一个人，都会被完全镇住。你还知道来求萧雨原谅，这就是好的。不然，我也不会下来了。”

我脑海里还回忆着玉琴的话，“小伟，你放心，萧雨肯定不会放弃你而选择李伟的，她绝对不是那种爱慕名声和虚荣的女人。我跟她相处三年了，她理想的生活就是拥有一个幸福的家，一个爱她而努力的男人，两个人做着平凡的工作，过着平凡的生活，享受着平凡的幸福。李伟的那个幸福度太高太高太远太远了，萧雨享受不了，我们都享受不了。”

玉琴告诉我，萧雨暂时还不想见我，但绝不是说彻底否定我了。玉琴让我在网上找萧雨，跟她在网上聊。虽然我心里还时时有万千的悔意，但总算拨云见日，天空有一丝明亮了。

在点开萧雨的 QQ 头像很久后，我才忐忑地问了一句：“萧雨，你在吗？”

“我在。”在说完这句后，萧雨的头像亮了，她上线了。

不知道为什么，我突然有一种雀跃的感觉，就好像第一次跟萧雨见面，第一次跟一个女生恋爱，那种心动的感觉。

“沈伟，你是我的第一个男人，真正意义上的第一个男人。”萧雨就这样直接开了头。就在我还有些发蒙，在困难地打出一个又一个拼音的时候，萧雨大段大段的话就传输了过来，“我一直以为，文星元是我的第一个男人。在我遇到文星元之前，我从来没有对任何男生动心，我是一个很难对男生动心的女生。我、玉琴和文星元的事情，已经过去很长时间了，我现在认真地想这件事情，我对文星元的好感，一方面是因为我跟玉琴关系形同姐妹，玉琴介绍的男生，自然会觉得不错；另外一方面，其实就是要强好面子。我当时隐约感觉，文星元一定会在我和玉琴之间选择一个人，当然，现在知道这是我一厢情愿的想法了，那个时候，我根本不知道文星元和玉琴的关系。在我有这种‘选择’的感觉后，立刻就产生了一种念头，一定要让文星元选择我，于是，就发生了后来的种种，以至于我伤心到不能自拔。”

我刚想回复的时候，萧雨的话又接上来，虽然当中偶尔有几个错别字，但她说的意思，根本不存在任何误解。

“我痛苦的那半年多时光，确实是记得李伟这个人，但仅限于那些频率很高的遇见，但真的没留下什么深刻印象。我当时并没有觉得这些遇见有什么特殊意义，我不知道自己是困在痛苦当中了，还是李伟的种种举动完全没有进入我的眼，总之，这个叫李伟的人，我只是认识，有印象，除此之外，再没有别的事情。至于李伟说他苦苦追了我很长时间，甚至玉琴把我的很多事情告诉了李伟，这些事情，我确实都不知道。如果说，那些遇见，就算是追求，那我只能说，当时我确实不懂爱。李伟在他书中说爱我，甚至把他的第二本书献给我，这完全是一种单恋，或者是暗恋。这些事情，我现在才知道，这跟我完全没有关系。伟。”在读完这段话的时候，我感觉脸上一热，好像是有泪水挂了下来。

“沈伟，你这个大浑蛋，你为什么不理我，不说话？”在这句话后边，萧雨发了一个大哭的表情，“我不怪你，沈伟，我知道，我懂，任何男人面对那样的场景，都会自卑，甚至失去继续爱下去的勇气。但，我不要那样的幸福，那样的幸福不属于我，我只要你这样的幸福。”

“雨，我打字很慢很慢，是用拼音的。”我努力快速地打出这样一句话，就是这样，也用了将近半分钟的时间。

“萧雨，原谅我没有勇气……我太怯弱了……我当时真是自卑了，跟李伟一比，在那个场景下，我完全蒙了，都不知道该怎么办了，甚至失去了去爱、去得到自己应有的爱的能力。”在说这些的时候，我似乎能清晰地听到她在电脑那头的“呼吸声”，她也一定感觉到了我深刻的伤。

“我知道，但我……真需要几天静一静，一个人安静地待一待。沈伟，我需要这样的时间。”萧雨的语气透着一丝伤感，却莫名有一种让我动容的感觉。

我的心暖暖的，我知道，我的爱回来了。爱情，本来就没这么脆弱，爱情，本来就是两个人的坚守，怎么能说变就变。

下 QQ 后，我的心依然暖暖的。萧雨在最后恶狠狠地给我下了命令，如果在一个月之内，不能在网络聊天上赶上她的速度，我们俩的“事”就彻底崩了。

在我看来，这是一个可怕的任务，上网打字，一直是我的软肋。但萧雨已经给了我最彻底的信心，我有实力战胜这个可怕的任务。萧雨是我开始恋爱以来的第十三个女友，如果萧雨也离我而去，我真不知道自己还有没有信心再开始第十四次恋爱。

我决定了，不管这个任务有多难，我都要完成它。

我爱萧雨，萧雨也爱我。应该是从萧雨打开心结的那天起，我们已经逐渐接纳对方，把对方当作生命中不可分割的一分子。

但李伟的出现，以及他那兴师动众的求爱方式，给我们年轻的心灵带来的震撼太大了，具体说，那不是一次怯懦，而是不知所措。在面临那种情况的时候，我和萧雨，眼睁睁地看着一切发生了，然后却无力也没有想到过要去阻止。这或许应该是青春年少的缺陷吧！

李伟的突然袭击，没能打断我们的爱情之路，这得之不易的爱情，太需要我们彼此珍惜。萧雨错误地爱上文星元，陷入爱的伤感地，之后不知不觉中错过李伟，再之后又差点把我也拒之门外；而我，在接连遭遇了十二次恋爱不成功的悲惨经历后，直到大三快要结束，才遇到萧雨——我的第十三号女友。我们冲破冥冥之中的种种阻挠，终于走在一起，如果就因为李伟而分开，那世间还有什么爱情？

但不可否认的是，李伟成功地在我和萧雨之间设置了一张窗户纸似的隔膜，虽然我们彼此依旧放不下对方，已经原谅了彼此，但我们还是迈不出见面深谈一次的关。用流行的话说，我们两个需要一点各自冷静的时间，需要一个人静静地待一待、想一想。虽然李伟轰动全国的现场求爱，对我们没造成什么大的伤害，但小的伤害还是有的。

而通过那个虚拟的网络聊天世界，我们能够完全不再考虑这层窗户纸的阻隔问题。而现在的问题是，我根本无法赶上萧雨的聊天速度。这再一次体现了我的悲哀，或者说是不求上进。我都马上要大四了，可打字的速度，几乎无法跟现在的高中生相提并论。但就我这样的速度，在我们宿舍六个兄弟当中，也能排进前三。因为，看电影、玩游戏是几乎不需打字的。

我不担心马上要来的期末考试，因为总会有那么几个平时特别不引人注意、复习考试时却特别招人喜欢的女同胞，默默地把笔记记好了。离开考还有几天的时间，该女同胞的手稿就成为一众人眼中的“武林秘笈”，得此秘笈者，肯定能够顺利通过该科目的考试，甚至一跃挤入优秀行列。

大学的课程，往往是已经几年，甚至更长时间不做任何更改。那些在晋川师范大学成名的教授，或者成名教授的成名学生来讲课，往往是同一本教案，照本宣科，数年下来，重点和笔记完全不变。唯一能够激起老师讲课兴趣的，我想只有每一年不同的学生。但现在想来，这种激起实在是毫无效果，俊男美女们，不仅不可能坐到教室的前几排，甚至连课都很少上。于是，大学课堂逐渐变成：到时间了，老师就开始在讲台上念经，学生们在下边听经，至于念经念得怎么样，听经听得怎么样，谁听了谁没听，一概不知。

而那些早已了然于此的一年级以上的大学生，已经找到了很好的应对措施。临考前托人找一份笔记复印一下，抓紧时间背几天，就完事大吉了。那些挂科的学生，最主要原因是太懒了，他们都懒得把这笔记全部背下来。而被抓住作弊的学生，更是懒人中的懒人，他们压根没有背笔记，而是直接把笔记带到考场了。当然，毫无疑问的是，把笔记以各种各样形式带到考场的学生，他们当中的绝大多数都成功了，只有百分之一二的人被抓了个现行。这个结果也能够合理解释，为何作弊被抓后面临领不到大学毕业证和学位证，仅能得到一结业证的情况下，还是有那么多学生对考试作弊趋之若鹜。

我担心的是我的打字速度。现在的情况是，每当我和萧雨聊天的时候，当我只说了几个字、最多一句话的时候，她大段大段的文字就涌了过来，让我目不暇接，只有“嗯，是，不是”这样的份儿了。

当我委婉地把这件事情告诉宿舍的五位兄弟时，我没想到，却遭遇他们无情的嘲笑和打击。

“兄弟们，我决定每天练会儿打字了，争取在一个月内把打字速度提高到每分钟一百字以上。”我信心满满地说出这句话。

“每天练多长时间？”老大漫不经心地问了一句。

“两个小时。”我很肯定地说出这个时间。

“练什么，拼音吗？”老大边说边打了个哈欠。大学三年，每个人都养出了一个毛病，一天二十四小时，每时每刻都有想睡的感觉，该睡觉的时候，却精神满满地睡不着。

“对，拼音。”我很轻快地答道，我感觉，当我向宿舍兄弟们分享出这个消息的时候，我身上一阵轻松，就仿佛，我的打字速度，已经由一分钟十几个，一跃冲破了一百一样。

可是，我没有想到的事情发生了，老大没有再答或问我话，他和宿舍其他几个兄弟先是一愣神看着我，然后一齐哈哈大笑起来。

“老四，就你那汉语拼音水平，你知道不知道，你 r 和 l 不分、前后鼻音不分、平翘舌音不分，你……”素以说话真实而尖刻著称的老二立刻大放厥词。看到我们都在看着他，或者老二认识到了自己说话有问题，他咳嗽了一声，继续说道，“你也就能够凑合着把普通话考试过了吧？拼音打字这个东西，差一个字母都是打不出来的。”老二终于憋完了。

老二说得虽然尖刻，却说的是事实。我的拼音打字法，始终得不到提高，一直保留在一分钟打十几个字的水准，跟我 r 和 l 不分、前后鼻音不分、平翘舌音不分有很大关系。你想，如果我一直在考虑一个字的拼音到底是啥时，我怎么可能把字打快呢。

我正在发愁的时候，老三拍了拍我的肩膀：“兄弟，练五笔打字法吧，虽然一开始辛苦背诵，但能够避开你的弱项啊！”说完，他在自己的床上寻找了一下，拿起一本十六开的书，翻到其中的一页，“刺啦”一声，把当中一页撕了下来，递给我，“来，给你，这是五笔打字法的字根，背吧！”

我们立刻大跌眼镜，我也只好恭恭敬敬把那页“秘笈”捧了过来。老三吸吸鼻子说：“这本书上我记了很多电脑使用心得，舍不得全给你，那一页字根，对我没用了。”

他这一句，立刻招来除我之外其他四人的一声“嘁”。

我选择了听从老三的建议，面对我这种别人很容易听懂我说的是什么，我却不能迅速准确地拼写出我所说话的拼音的状况，五笔打字法是我唯一的选择。有一项功能我肯定有，大家也有，那就是，常用汉字，在 2007 年之前，大学生基本上都能够用笔写出来。如果说现在，那就很难说了。

老三很贴心很细致，他撕给我的那张纸，以电脑键盘的方式，列出了二十六个英文字母，并且每个字母旁边，围绕着一堆笔画，而在笔画下边，是老三小心写上的背诵口诀。

我当时立刻对老三惊为天人，老三淡淡一笑：“跟我没关系，这是我师兄给我的，也可能跟我师兄没关系，代代传下来的。”我立刻晕倒，我岂不成了老三的师弟？算了，术业有专攻，三人行，必有我师焉。

我只用了半天时间，就将二十五组笔画倒背如流了。向老三炫耀的时候，他还是淡淡一笑：“我当时一堂课的时间，就倒背如流了。但我现在完全不会用五笔打字，还是用拼音。这个难在，每当你打一个字的时候，你要把它拆成不同的笔画组合，然后按那个笔画口诀敲不同的 1–4 个字母，把字打出来。”

他紧接着叹了一口气：“我也是说着容易，你还是练你的吧！”

萧雨照例每天晚上上线跟我聊一会儿，她用玉琴的电脑，我蹭老大的笔记本。2006 年那个时候，宿舍里能够有一台电脑，而且这台电脑能够上网，那是一件奢侈的事情。一层楼里三十多个宿舍，不夸张地说，拥有电脑的宿舍，绝对超不过三个。

我艰难地开始了我的提高打字速度旅程，萧雨在那边依旧“指若悬河”地跟我说她每天发生的事情和心情。我这边，却艰难到每分钟只能蹦出几个字。我实在受不了这种状态了，就给萧雨打过去电话，当我说了开始学笔画打字的时候，萧雨开心地大笑起来：“傻瓜，学什么五笔啊，我早就原谅你了。你来找我吧！”

我的心一阵惊喜。萧雨跟我说，她使用的是拼音，拼音有自动保存和联想功能，打常用语特别快的。汗！我一直以为，萧雨用的是笔画打字法。据我的感觉，萧雨的打字速度，虽然没有上百，但一分钟九十几个，是没有问题的。

一颗悬了几天的心，终于放下了。不管彼此有多相爱，我始终还是担心，萧雨会因为这次事件离开我。当萧雨知道，现在我每看到一个字，就会把它拆成几个笔画，然后快速在记忆里搜索到它们对应的键盘字母时，她笑得更欢了："你会不会得强迫症啊？"

那天晚上，我和萧雨一起在校园外的小餐馆吃的饭，很简单，就是一个凉茶加两碗山西刀削面，但我们吃了很长很长时间，大部分时间都用来开心地聊天了。一周的分别，我们压抑了太多的话语和欢乐，而当它一旦开闸，就是倾泻而下。

"亲爱的，我一定要超过你的打字速度。"整整一周了，我每时每刻看到或想到一个字，就会把它拆成笔画，然后组合成1–4个字母，在心中把它打出来。而上午或下午，没有课程的那四个多小时，我都会到机房去练笔画位置，当一个五笔字型的笔画出现时，我都能够做到以迅雷不及掩耳的速度，在键盘上点出那个字母。而每天晚上，我都会给老大买一瓶啤酒，以磨出他借我笔记本电脑练习三个小时的时间，老大欣然同意。

在这样魔鬼式的练习下，第三天的时候，我就创造了我们学校有机房以来，这个笔画打字练习程序的纪录，一分钟敲击三百次，并且只有两次错误。这个纪录也告诉了我，笔画打字法在学生当中是多么不受欢迎。接下来的时间，就是自我突破了，我清晰地记得，我持续不断地创造了一分钟敲击六百四十二次，并且只有一次错误的纪录。接下来的练习，我对敲击笔画不再有兴趣，转到练习单字输入上，电脑会随意蹦出新华字典里的任何一个单字，让你用笔画输入法把它打出来，这很具备挑战性。但在我熟记笔画位置、不断见字就拆的做法下，打字已经难不倒我了，我所欠缺的，仅仅是熟练后的速度了。

“你现在已经超过我了，沈伟。”萧雨静静地坐在我旁边，吹气如兰。我一激灵，就猛地抱住了她，往她唇上压了上去。萧雨突然身上痉挛了一下，随后紧紧地把我抱住了。

饭店的服务员无聊地玩着游戏，昏黄而明亮的灯光下，没有人注意我们两个。

第十七章　我对不起你

我们很是奇怪和惊讶，这是针对我们四个人说的，我、萧雨、玉琴和文星元。李伟在制造了那场轰动全国的“母校演讲＋新书签售＋现场求爱”后，竟然在随后的一周内，销声匿迹。

这次事件对我们造成了三个大的影响，第一大影响是让我和萧雨的情绪大起大落，在我看来，我们差一点就被李伟这家伙玩完了。但我到现在还不知道该不该怪他，因为实在无法核实，他知道不知道萧雨已经有男朋友了。如果不知道，曾暗恋萧雨那么久，并且至今爱恋依旧的他，制造这样一场求爱事件，那不仅合情合理，而且值得夸奖。

第二大影响，就是整整一周的时间，萧雨根本没办法踏出宿舍楼一步，甚至也尽量不出宿舍门口，吃喝拉撒睡玩学全部在宿舍解决，幸好我们这一届的宿舍楼，每一个宿舍都自带厕所。无数来自全国各地，主要是晋川省和落川省的男女记者，在那一周的时间内，都满满当当地挤在5号宿舍楼的楼门口，甚至有个别记者直接跑到宿舍楼里萧雨她们宿舍门口。一开始的两天，萧雨完全没有想到会有记者来，她绝对“享受”了一把大明星的感觉，一出门，立刻无数照相机、摄像机涌了上来，“咔嚓”个不停，而后是记者们各种各样的提问。

最不靠谱的一次是，竟然有一个记者冒充找其他人，假装“误”入萧雨她们宿舍，跟萧雨她们几个聊了半天。天真烂漫的她们，迅速落入记者的圈套。当记者问，宿舍楼下边那一大堆带相机的人是干什么的时候，萧雨宿舍的小六，竟然绘声绘色给记者朋友讲了事情的经过，同时，不忘记爆料，说著名作家李伟，曾在就读晋川师范大学的最后一年，苦苦追求了萧雨半年多，而比较可笑的是，李伟追求得太隐晦了，又赶上那时萧雨心情不是太爽，萧雨竟然没有发现李伟在疯狂地追她。这个爆料，自然引来一阵哄堂大笑。第二天，大家愣住了，《晋川日报》文娱版的头条，醒目的黑体大字：追女孩手段暴弱！李伟大学当年被甩得很惨。然后配着李伟和萧雨的巨幅照片。

整个萧雨宿舍，从此风声鹤唳，不管谁敲门问事，连他（她）“祖宗十八代＋业余爱好”都要问出来，才能放入。好在，记者们苦守一个星期，又不见什么新闻点后，自动撤走了。走之前，他们没有忘记，采访了一下萧雨的同学、同宿舍楼学友和相关老师们。发了一通“李伟被大学在读美女狠甩”之类的稿子了事。

第三大影响，其实是受第二影响的影响而来。因为萧雨不能出门，我和她的沟通渠道，除了手机，也就是网络了。萧雨很讨厌煲电话粥，我也是那种有急事打电话、没急事绝不碰手机的人。于是，网络聊天成了维系和解决我们这些感情问题的最主要渠道。在这里，非常感谢校园内外遍布的小网吧和亲爱的宿舍老大、文星元，是你们的存在，让我没有失去萧雨。一件事情的结果，往往是耐心和坚持时间长短决定的。如果当年，李伟再多等待几个月，萧雨说不准就发现了他、知道了他并答应他的追求，那也就没我什么事情了。如果我在追求萧雨的过程中，退缩了，觉得这个第十三号女友太高山仰止了，那我可能也就错过萧雨，继续第十四号、第十五号……这样悲剧下去了。而在这其中，玉琴是一个关键的力量，不管是当初的李伟，还是后来的沈伟，也就是我，她都是一如既往地支持，却又不是乱点鸳鸯谱。如果没有她的鼓励，也许，不管是我，还是李伟，面对冷若冰霜的萧雨，不用说半年，可能连坚持一两个月的勇气也没有。

这种坚持，加上萧雨一周的足不出户，造就了第三大影响，那就是我练成了五笔打字法绝技，虽然现在只有每分钟打四五十字的速度，但所谓熟能生巧，打字速度冲上一百，那也只是时间问题了。

我们四个，现在甚至都有一种疑问，这种疑问，慢慢变得渴望起来。为啥李伟到现在，也不来找萧雨，或者继续他的求爱历程，或者是解释一下那天的行为？

“奇了怪了，这个李伟是咋了，怎么完全没反应了？”玉琴突然说出了这句话，她好像立刻意识到自己的失言，用手堵住了嘴。

“是啊！”

“是啊！”

“是啊！”

我们三个，也就是我、萧雨和文星元不约而同地说出了这句话。随之，我们就开心地哈哈大笑起来。

其实，这是一个尴尬的问题。

在我们最没有想到的时候，李伟出现了。就在我们四个相约准备去吃午饭的时候，李伟的身影猛然映入了我们的眼帘。

李伟在5号宿舍楼唯一的入口处轻轻踱着步，时不时抬头朝宿舍楼看上几眼，满脸一副拿不定主意的表情。我们刚刚下到一楼的转角处，就看到了他。我们都是一愣神。

“李伟！”我脱口而出，呼出了他的名字。

李伟的脸上浮起一个尴尬的笑：“萧雨，玉琴……”之后就愣愣地站在那里，等着我们过去。这与在主席台上那个口若悬河的他，形成了鲜明的反差。

我们五个围坐在饭店最大的那张桌子上，我和萧雨挨在一起，玉琴和文星元在一起，李伟自己一个人，我们互相之间都隔着一个空位。

当我表明自己是萧雨的男朋友的身份时，李伟张大了口，叫出一声“什么？”之后让人琢磨不透，他到底是失望，还是松了一口气，整个人坐在那里，突然就放松了。

在李伟心里，一个人，如果说在这个世界上，除了亲人，还有朋友外，那萧雨和玉琴，无疑是他在这个世界上最好的朋友，至少，在他心底，这一年多来，他一直是这么想的。而既然文星元是玉琴的男朋友，我是萧雨的男朋友，那他也就旋即把我们四个，都当成了可以说心里话的自己人。

他长长地叹了一口气，突然对萧雨说了句：“萧雨，我对不起你。我浑蛋，利用了你。”看李伟后悔的样子，恨不得自己扇自己几巴掌，我们虽然大吃一惊，但看他痛苦的表情，却又不得不相信。但我们实在想不通的是，就算李伟在自己第二本书的扉页写上“献给亲爱的萧雨”，就算他当初向萧雨求爱，乞求萧雨跟他交往，这也都是虽然浪漫至极，但也是无可厚非的事情啊，何来的对不起，何来的浑蛋和利用啊？我们都是一头雾水。

李伟顿了一顿，给我们讲了他离开晋川师范大学之后的一些经历，这些经历超出了我们四人的人生常识和道德底线，是那样的匪夷所思，但它真实发生了。

第十八章　阴谋

“毕业这一年来，我表面看似辉煌，实则经历了让我心理无法承受的种种，可我想不明白的是，我竟然承受了下来。或许，正因为我是一个写小说的人吧！”李伟向我们敞开了他的心扉，以及他一年前到现在的整个世界。

应该说，是《美人鱼》给了李伟一切。这件事情，再一次验证了中国古语的哲理：塞翁失马，焉知非福。《美人鱼》既是李伟还没开始就已结束的悲惨初恋，却又是他的成名作。用李伟的话说，实际上，他都无法再读一遍《美人鱼》了，这本书带给他太深的伤。但同时，是这本《美人鱼》，让国内青春文学界的人，迅速认识了他，让他赢得了《青春系》杂志的工作，并且，在一年之后，成就了让他大红大紫的第二本书，他目前的代表作《青春系》。

这是我们能够看到的李伟写在百度百科上的经历，但在这个经历的过程中，在他身上究竟发生了些什么，没有人知道。

《青春系》杂志所在城市，还有一本非常著名的青春文学杂志，叫《三年二班》。《三年二班》成立的时间，不到《青春系》的三分之一。但不同的是，《青春系》从单期发行量最高峰的四百万册，发展到入不敷出，杂志社倒闭的过程中，《三年二班》却由无名刊物，五年一跃成为国内青春阅读的领军刊物，现在单期发行量稳定在一百六十五万册左右。而靠《三年二班》杂志社推出的单行本图书，每年都有十几种，每种的出版发行量，都超过了三十万册，绝对均是当年的畅销热书。

甚至不记得从哪一年开始，好像是 2004 年开始，每年的畅销书热榜，前二十均有一半以上，被《三年二班》系的作家所盘踞。在漫长的残酷竞争中，《青春系》倒下了，《三年二班》崛起了。甚至，李伟的第二部长篇小说《青春系》本身，也是《三年二班》杂志社推出的。或许，这算是对市场竞争中最大的炮灰《青春系》

杂志的纪念吧！

令人奇怪的是，李伟这个《青春系》杂志的中坚编辑和人才，竟然不是《青春系》杂志社发现的。李伟一开始，是把自己的《美人鱼》，放到《三年二班》杂志官网上连载的，虽然点击率不错，纸质发表却无人问津。而选择在《三年二班》杂志官网论坛上连载的原因，却是当时《青春系》杂志官网，除了社里新闻公告，其他功能已经关闭了。

无法得到选稿，这跟《三年二班》这本杂志的风格有关，这本杂志，实际上已经成为全国大中学生最为追捧的圣经级读物，而杂志的官网，更是成为大中学生每日必上网站之一。《三年二班》杂志和它官网刊登的文章，从它杂志的名字，也能看出来，那肯定都是特立独行、时尚流行或是奢侈元素的，甚至很多超高人气的作家和名家，都拿它当作新写作手法、题材的试验田，这块试验田，随着试验的增多，迅速在几年内火爆起来，先是成为城市年轻白领的必读青春读本，之后又强势影响到校园。因为牢牢占据了城市年轻白领和校园受众，该杂志也顺理成章成为国内忠实核心受众最高的杂志，发行量异常稳定，甚至还稳中有升。

不过，也不是说，只要买《三年二班》杂志，或者上《三年二班》杂志官网的人，不是特立独行就是时尚流行，其中，也有相当一部分，就是抱着来看一看的心态，或者，就是完全不懂这些所谓主流趋势的人。而李伟，就是彻底不懂流行趋势。《三年二班》，不管是杂志还是官网，文章他看了一大堆，却被他简单定义成一些好玩的小故事小文章，其中的内涵，那时的他，真是十窍就有十窍不通。

而《青春系》呢，才是一本真正风花雪月的青春校园故事杂志。二十多年青春风花雪月的故事看下来，一代一代的大中学生，都看腻歪了，看厌倦了，再加上同类型杂志如雨后春笋一般，于是，《青春系》就倒闭了，关门了。

《三年二班》的董事长叫何于此，简称于此，国内文学界的人，都叫他于此。他也不愧是何于此，绝对不是何至于此。

当他无意间看到李伟那个《美人鱼》的冷清连载帖时，他没有被李伟的书吸引，而是被李伟吸引住了。那些年，我们都傻，总以为在论坛上放自己高清晰的全身照是一件很兴奋的事情。我之前说过，李伟绝对不是大帅哥，但他是那种很精神气的人，特别是他一说话的时候，那种精神气，那种张力，引人注目，再加上他那胸壮肩高臀翘腿直的男星般身材，让他很容易受人关注。而巧合的是，他的这几张照片，具备了我刚才说的所有特征。也不知道这个只能看到风花雪月的"师兄"，为这张照片拍了多少次备胎。

何于此不怀好意地把这个连载帖发给了《青春系》当时的主编卢文学。何于此是想表达两个意思，第一，看现在风花雪月的青春文学多么不受欢迎；第二，符合你们类型的作者，却跑到我们官网上来活动了。但他没有这样说，何于此跟卢文学说："这个《美人鱼》很不错啊，可惜不符合我们的风格，不然，我们一定把它炒热。"他这是在向卢文学叫板了。

这个时候的《青春系》杂志，虽然发行量已经被《三年二班》

超越，但还是有一定竞争力的，两家当时的实力，也就是伯仲之间。于是，卢文学上了心，他想办法找上了李伟。当然，这个办法根本不用想，卢文学只要打开何于此给的网址，上边李伟的各种线上线下联系方式，那是一应俱全了。

再下来就顺理成章，李伟的《美人鱼》在《青春系》杂志上连载了八期，每期一万五千到两万五千字。半年后，被《青春系》出了单行本，虽然销量只有区区两三万册，但李伟靠它崭露头角了，国内青春文学这个圈儿里，有了他李伟的一席之地，他也算是个知名青春作家了。

如果事情到此为止，或许就没有后来的情节了。不过，到现在为止，李伟也说不清，这到底是坏还是好。我们了解了整个事情的原委后，也沉默无言，我们也说不清，这到底是好事，还是坏事。

卢文学告诉李伟，之所以选了他，推了他，很大一部分原因要归功到何于此身上，也就是《三年二班》的董事长。如果李伟要谢伯乐，其实应该好好地谢谢何于此。卢文学还说，在他决定刊发李伟的《美人鱼》之前，何于此不止三五次地“关心、询问”这件事情。不管何于此出于什么目的，但他确实问卢文学了，问他推荐的那个作者，以及那个作者的长篇小说怎么样了。这样的询问，在卢文学看来，或者在别的人看来，除了是一种关心和询问，更多的是一种挑衅和看不起：看，这样的作者，符合你们风格的作者，你们既不敢推，也推不火吧？

何于此没有想到的是，《青春系》推了李伟，而且竟然还出了单行本，竟然还小火了一把。他更料想不到的是，李伟竟然把他引以为伯乐，感谢他的推荐。这让他真有些目瞪口呆。

何于此见到李伟的时候，他的眼光明显夹杂着一丝惊喜和贪婪，但一阵轻微的笑就把这种目光给遮盖了。何于此是一个看上去三十岁出头的男人，但没有人知道他的实际年龄。他有一种女性的秀气美，个子中等，说话声音有一点点娘，但如果你不注意，肯定听不出来。他把自己收拾得异常干净，一般见到他的人，都以为他有洁癖，但其实他根本没有。

李伟请何于此吃饭，号称不接受单人约会的何于此，竟然很爽快地答应了，并且还带来了一个据何于此说三十岁出头，但事后才知道其实已经四十岁出头的中年女人。何于此说，这是某企业的老总，企业是她个人独资的，总之，就是企业非常有名、人非常有钱的意思。有饭必有酒，李伟请何于此喝酒，竟然把自己灌醉了。一个职场新手，怎么经得过两个职场老鸟的手。

后来的一段情节，李伟一片空白，他彻底醉了后就马上睡着了。模模糊糊中，李伟感觉到有人在抚摸自己，他身上的某一个部位迅速坚硬了起来。紧接着，自他基本成年后，那种熟悉但又别样的感觉涌了上来。熟悉，那是青春的冲动经常性地袭来，别样的却是，这次并不是他自己。

他心里清楚，肯定发生了什么自己非常不情愿的事情。他想用尽全力抵抗一下，但这种抵抗，对醉酒后的他，却是这样力不从心、力不从身。他只要略一松懈，那种感觉就迅速地卷土重来。在挣扎几次后，他“虚脱”一样失败了。他感觉自己像乘了风筝一般，远远地飞在蓝天白云间，他努力想睁开眼睛看一看这绮丽的景色，可酒精的作用让他的努力成为徒劳，这种徒劳的努力，进一步增加了他的清醒度。他似乎在梦里高高地跃起了，口里发出各种欢快的声响，一股深重的力量喷涌而出。

李伟整个人松弛了下来，他软了、塌了下来，完全平躺。但还是有东西不肯放过他，拨弄着他、撩拨着他，他又在梦里高高地跃起了。然后，又是一波一波新的飞翔扑面而来，在一次漫长的飞翔后，他在梦里又一次跃了起来，一股深重的力量再次喷涌而出。这时的李伟，软得就像一团和好的面，松弛得就像刚出生的婴儿。

"啊！"李伟说他是在一阵空灵的惊恐感觉下惊醒的，醒过来后，他下意识地惊叫了一声，"我醒过来后，先是惊恐地看着四周，一间再简单不过的卧室，雪白的墙、大床、衣架，之后就一无所有。然后我的目光就转到自己身上来，我很快发现，我全身赤裸，浑身瘫软无力，而且，我旁边有个中年女人，就是那个何于此介绍的某总……"

当李伟说完这段的时候，我们都明白发生了什么。

李伟继续冷漠地说着，但眼眶渐渐地红了："在最初的惊恐过后，我心里充满了深深的恨和后悔……"

当李伟可以重新把握自己的一切的时候，这一切都已经发生了。他一度设想，当时大闹一场，甚至想过把那个中年女人和何于此打个半死，但这些行为，无法改变已经发生的一切。何于此和他背后的富婆，可以说，已经卑鄙无耻到无底线了，如果他们一口咬定，是李伟自愿的，是李伟为了出书出名这样做的，那可以说，李伟跳进黄河也洗不清了。李伟在巨大而从未遇到过的心理痛苦过后，无奈选择了沉默离去。

李伟一直认为这是一个严重的阴谋，这个阴谋的目的，就是何于此要“出卖”自己。后来的半年，当他一想到，自己被那个中年女人任意折磨的场景，还有那个难以忘记的“吃东西”一样的声音，他的心底和身体，就涌上来一阵浓重的恶心，挥之不去。何于此推荐他的文章，不断“询问关心”他文章的情况，都是阴谋。可他忘记了，实际上，其实是卢文学的好心提醒、卢文学的伯乐之说，把他推向了火坑。

一直到《青春系》倒闭，李伟都认为这是何于此的一个大阴谋。特别是当卢文学不断提及，当初是何于此发现了他、极力推荐了他这件事情的时候。

《青春系》各编辑本是同林鸟，大难临头各自飞。《青春系》杂志倒闭了，一班职员也在迅速地办好转岗手续后消失得无影无踪，可能各自今生都不再相见。

而在半年之前，李伟嗅到《青春系》出满三百期就可能被彻底停掉的味道后，就开始准备晋川师范大学的研究生考试。他竟然轻松考上了，而且还是半公半私的那种，也就是说，他的学费和生活费，国家管一半。这是他未曾想到的。

何于此“出卖”他的事情发生之后，李伟瞬间从“风花雪月的思想境界”一跃转到了“邪恶生活的思想境界”，他仿佛突然明白了，《三年二班》上，那些小资情调、那些时尚流行、那些甚至带着炫富特征的年纪轻轻的男男女女的光鲜背后，可能也有大量像他这样的隐忍和屈辱。原来，这些不是风花雪月的东西，而是残酷的现实，你无法反抗。难道，这就是成熟的代价吗？

李伟看似很淡然地接受了这个现实，这反而让何于此很惊讶，特别惊讶。这让人猝不及防，或许，何于此和他背后的富婆们已经习惯了被少男们怒斥或暴打的场景，遇到这种场景，反倒相当不适应。于是，他悄悄拿走了李伟的一张名片，于是，就有了后来李伟的大红大紫。

这件事情发生后的几个月，何于此曾经数次给李伟打电话约饭局，毫无疑问，何于此想帮某总重温旧梦，但李伟都拒绝了。直到《青春系》杂志倒闭，直到李伟考上晋川师范大学文学院的研究生，直到笔耕不辍、老喜欢舞文弄墨的李伟根据《青春系》一年来的感受和故事写成第二部长篇小说《青春系》。那是4月的初春，但李伟收到何于此的那个电话时，他心中一动，跟何于此说了自己新书的事情。何于此身为文学界的元老级推手人物，身为一年打造十数个畅销书作家的《三年二班》杂志的董事长级人物，当即答应了李伟，要帮他宣传、连载和出版，要让他大红大紫。

于是，李伟去见了何于此。何于此在看了李伟《青春系》的作品纲要后，大加赞赏，说经他手，此书必火。让何于此感到惊讶的是，李伟竟然把那段经历隐晦地写到了《青春系》里，并且细致入微，让人怦然心动。

在说完这些后，何于此眼睛里闪过贪婪的光芒，就好像他面前，是成堆成堆的黄金白银一样，这瞬间之后，他的眼睛就像一团熊熊燃烧的火焰了。然后，那个四十岁出头的中年女人某总出现了，并且，她说了一句让李伟恶心到吐的话："李伟，自从和你后，这几个月，我再没和人发生过，忘不掉你的感觉。"

李伟深刻地知道这句话背后的含义，但他强忍着恶心，装作没有听到。他把自己的书当场签给了何于此。某总还表示，会出一百万元，帮李伟宣传新书。李伟不置可否，全不理会，装聋作哑。

人生熙熙攘攘在世，为名为利，难有不为大名大利而动心者。李伟不能，起码他没有明确拒绝某总的帮助宣传提议，你我他，都不能。所以，想要平静生活，就不要用大名大利来考验自己。

何于此的能量，确实超出了李伟的想象。不过李伟认为，这种能量，明显有着那一百万元钱的影响。事后，何于此在当月的《三年二班》上安排了《青春系》的连载，并且动用了何于此能够想到的一切媒体资源，让《青春系》和李伟火了起来。《青春系》这本书甚至跨越了《青春系》和《三年二班》这两本原先互相看不起、水火不相容的作者界限，他们甚至互相讨论并称赞起这本书来。这种情况，何于此很是吃惊。只有李伟自己知道，那件事情发生之后，他每天不止一次想到它，并且厌恶它。这种想起和厌恶，不管他愿意不愿意，都已经跟他的生活、生理和心理，融成了一体，他的小说，语言、情节、内容和思想，自然也被加入了这种想起和回忆。但李伟本身依旧是刚来到《青春系》杂志所在城市时的单纯和简单，只是从一个客观叙述者的角度讲述了这个现象，这样的故事，这样的简单单纯，这样的真实性批判，自然而然受到了两派的大力欢迎。

《青春系》成名，让李伟扬眉吐气，他似乎从那场阴影中走了出来。何于此也重新退回到他道貌岸然的董事长位子上，他也自动不再提起这些事情，好像这些事情从来就没有发生过一样。李伟这时候才明白，自己绝不是第一个，也不是最后一个被何于此“祸害”和“出卖”的新星作家。

李伟在跟我们讲起这些的时候，据最新的数字统计，他的《青春系》全国销量，上市两个月，已经突破了一百万册，成为《三年二班》单行本出版史上销量第一高的长篇小说，他已经成为国内文学界一颗冉冉升起的超新星。

“那你为什么要在晋川师范大学搞这么隆重的一个求爱仪式呢？难道只签售，不求爱，不行吗？”玉琴一语中的，这也是我们四个人，我、萧雨、文星元和薛玉琴共同迫切关心的问题。

“那是我自己策划的一个阳谋。”李伟长长地出了一口气，仿佛刚才的一通倾诉，在他心中已经积压了非常漫长的时间，现在一吐为快了，才如释重负。

第十九章　阳谋

在李伟讲这个在我们看来只有故事中才可能存在的事实时，萧雨原先轻轻握着我的手，慢慢抓紧起来，整个故事听完，她的手心全是汗。

“这太可怕了！”

“这太可怕了！”

萧雨和玉琴共同说出这样一句话。

在我们四个人听来，李伟的经历，简直就像是一部大片，情节忽上忽下，跟过山车一样，当你还没有喊到最High的高潮时，结果就已经一个一个地出来了。

不管人们承认不承认，李伟目前在中国整个文学圈的地位，已经达到了“令人发指”的地步。我之所以用这个形容词，那也是为了形容这个极端的地位。现在，就算他随便写二十篇命题作文，都可以被攒成一本书，然后以每本二十五元的价格，牛哄哄地卖出去三十万册以上，这绝对不夸张。而且，喜爱他的人，也就是疯狂迷他的粉丝们，既有少男少女，也有成熟男女，更有中老年成功人士，甚至儿童，总之就是包罗了各个年龄阶层和层次地位的人群。

这样一个应该让我们高山仰止的中国文学界新神一般的人物，如今却向我们讲述了一场这样让人瞠目结舌的经历。我们除了惊讶和震惊，再没有别的感受。

“这些事，在我告诉你们之前，除了我和他，还有那个中年女人，不会再有第四个人知道，也永远不会有人说出这个事情。”李伟像是总结似的，又补了这样一句。

可他今天，确确实实把这些告诉我们四个了。这意味着什么，意味着我们掌握了超著名作家李伟最大的秘密，意味着他把我们当自己人？就在我们有些忐忑的时候，李伟开始讲他的“阳谋”。

“我一直想摆脱这件事情的阴影，《青春系》的成功，出乎我的意料，我一直以为，这样的成功，让我彻底摆脱了那件事情的阴影。当我站在晋川师范大学大礼堂里高声讲我的创作历程，高兴地签售着一本一本书，看着钱朝我的口袋哗啦啦流去的时候，我错把这种兴奋和喜悦当成了摆脱阴影的标志。可我错了，我大错特错了，这没有标志着我正常了，这只是一种兴奋，这只是一次喜悦。”李伟有些垂头丧气。

“于是，你想到了做什么？”萧雨突然问了这么一句，她好像意识到了什么。她开始更紧更用力地握着我的手。

“我有一种负罪感，一种好像做了极坏极伤风败俗事情后的负罪感。我怕！我极度害怕！我生怕哪一天被人知道，被全世界的人知道后，我会像一块破布一样，被人们踩在脚下，然后再唾一口痰上去。”李伟说完这句话，又深深地吸了一口气，好像吸气能够鼓起他继续说下去的勇气。

“我要用一个大事件来冲淡我的这种负罪感，我要向全世界的人宣布：我是一个正常的男人！我是一个正常的男人！”李伟很激动，我们都没有响应他。也许，这个时候，倾听就是最好的响应。

“于是，你策划了这场签售，策划了在这本《青春系》上写下那句‘献给我最深爱的美人鱼萧雨——永远爱你的不是王子的李伟’，策划了向我现场求爱，是不是？”我们没想到的是，萧雨成了最主要的询问者，她也有些激动。

“是，我联系了文学院院长，跟他表达了我想来晋川师范大学现场演讲签售的事情，并表达了想现场向我的初恋情人，书中的美人鱼何琪，也就是萧雨现场献书的想法。院长不假思索就答应了，这是为晋川师范大学增光添彩的事情。我当时觉得，或许开始一场轰轰烈烈的恋爱，可以让我彻底摆脱那种负罪感。”显然在说出最后一句的时候，李伟刚才的那种喜悦和兴奋的感觉又来了。

“不，我不是你的初恋情人。”萧雨断然否定了李伟的说法。

“我说错了，不是初恋情人，但总是暗恋情人吧？”李伟的表情很无奈，我们很沉默，唯独萧雨胸中有气，但对这个说法，她没有否认——暗恋是别人的事情，跟自己无关。

“这个事情会引起很大的关注，甚至是史无前例的关注。我让出版社在第三十万册售完加印的时候，接下来的书都加上那句‘献给’，加上那句‘献给’，可以说是预热，这句话，已经引起了相当多媒体和粉丝的猜测。我接下来的演讲，整整琢磨了一整天，我一直在想，要以什么样的方式，来打动现场那一万多人，要怎么样让人感觉非常自然，就是我的本性流露。可我错了，我根本不需要去准备，因为我真真切切地深爱过萧雨差不多一年，并且，现在还爱着她。”李伟这句话给了我震动，我紧紧地抓住萧雨的手，生怕我一松手，她就从我身边飞离而去。

“我就那么自然地，顺从自己的心演讲了出来，接下来就顺理成章，萧雨被大家拥上了讲台。那个时刻，我还没有看清萧雨的表情，我甚至有了很大的幻想，我觉得我的故事、我的经历打动了萧雨，至少是让她产生了好感。我没想过，萧雨已经有了男朋友。在那一刻，我甚至有想吻一下萧雨的冲动。可当我看到萧雨的表情时，我完全失望、彻底失望了，那是一个女人，看着一个陌生的、跟她完全没有关系的人的眼神，而她之所以走上台，是被热情的粉丝们‘推’上来的。她很惶恐，她不知道该怎么办。而就在这种情绪下，她默默地接受了我送给她的书，然后在院长打了圆场后，就迅速离开了。”李伟说到这里的时候，萧雨平静了下来，我握着她的手，能感觉到这一点。那确实是萧雨当时的感觉，我不由得又在心里责怪自己，如果我能够再勇敢一点，能够见过一点大场面，甚至连萧雨走上讲台这样的事情，都不会发生，可它已经发生了。

“可就算这样，我的目的也达到了。”李伟继续讲他的“阳谋”，“不仅媒体相信了这些，全国所有粉丝都相信了这些。我在完全未出名之前，就深爱着一个女孩，并且，我还把我的第二本书，我真正的成名作，献给了她，一个独一无二的她，而萧雨又是那样的美丽。这件事情，整整被媒体和粉丝们追踪了两个星期，他们每天都在讨论、关注和报道这个事情。我成功了！我真正地摆脱了那件事的阴影。我让所有人都相信，我是一个正常的男人！我是一个正常的男人！”

当李伟最后喊出这两句的时候，我突然有一种想笑的感觉。

“你没有成功。”玉琴冷冷地给李伟浇了一盆凉水，“没有人说你不正常，没有人提起过任何关于你说的那件事。”在“那件事”三个字上，玉琴明显加重了语气，“在你的这次‘阳谋’发生以前，是这样子，现在发生后，也还是这样子。但不同的是，你破坏了萧雨和沈伟的生活，让他们两个互相责怪，甚至差点分手。”

李伟听到这里，定定地望着我。玉琴继续说下去："可任何事情都没有注定的结果。如果没有你的这次签售事件，也许，萧雨和沈伟，不会这么快走到一起。你看，现在他们两个感情多深。"

我们分明看到，李伟刚才还闪烁异常的眼光，现在明显暗淡了下去。

一阵短暂的沉默后，李伟又开始了缓缓的叙述："我知道，从我离开晋川师范大学的那一天起，我就知道，萧雨永远不可能是我的了。我既没有耐心，又不曾为她做过什么，我只是一个偷偷的暗恋者，甚至萧雨都不曾知道我曾经这样疯狂地爱着她。也是从那一刻起，我已经不配拥有萧雨了。我策划了这次'阳谋'，自私地讲，就是为了让自己摆脱那次可怕事件的影响，可就像玉琴说的，我又失败了。一切，什么，都没有改变。我只是经历了一次时间更长的喜悦和兴奋，现在，这个喜悦和兴奋，已经到了尾声。"

"那我是什么，我是你喜悦和兴奋的工具吗？"萧雨的话，石破天惊，"你有没有考虑过我的感受？我虽然不是名人，但我也是一个人。"

"萧雨，原谅我，我真不知道你有男朋友，真不知道有沈伟。"李伟喃喃着，甚至后面的话都很难听清。

"我不知道该说什么。"萧雨用无助的眼神望着我。

"我也不知道该说什么。"我先是望向萧雨，然后又望向李伟，"李伟，你最大的秘密，现在有七个人知道了，除了你说的

《三年二班》的董事长何于此、那个中年女人，剩下我们四个人和你。就像你说的，这种事情，对何于此来说，再平常不过，被他‘出卖’的少男，可能每年都有不少，你只不过是其中一个。”说到这里的时候，我明显看到，李伟的眉毛尴尬地跳动了一下。

我没有顾忌这些：“如果没有你们揭发，他本人肯定永远不会说出这个秘密，而是继续自得他的乐、获他的钱和利。你这样告诉我们，算是怎么回事？是要把我们拉下水吗？是要逼着我们做你最好的朋友吗？”

李伟摇了摇头：“不，我不想让萧雨认为我是一个龌龊的人。我曾经那样爱她。”李伟的眼神，又恢复了原先的异彩神光，“虽然我不知道内情，但我一见到你们，就知道你们四个，是最亲密的人。我很快就明白了，我不可能做到，只把这个事情解释给萧雨听，而漏过你们三个。”

“李伟，你错了。你不应该来找我们，更不应该来向我们解释，你应该永远不要来找我们，就让这件事情这样结束，让它自然地结束。就像那些媒体记者，他们会在萧雨楼下等一周，但他们不可能永远等下去，有无数的焦点在等着他们。你是公众人物，无数人在讨论你、读着你的书。可你想过没有，如果你没有举动，没有说话，这无数的人，也只是讨论一下你的生平长相、你的书和书的内容，还有他们知道的关于你的有限经历。可你的这个举动，引来了他们的深挖和关注。欲盖弥彰，你越想掩盖的，就越容易被人发现。你说的那件可怕事情，其实已经过去了，真正的过去了，过不去的，只是你的内心。”

一直没有开口的文星元突然长篇大论了一番。李伟有些目瞪口呆地盯着他，或许他在想文星元最后那句话：“你说的那件可怕的事情，其实已经过去了，真正的过去了，过不去的，只是你的内心。”

我们四个，没人知道，那件可怕的事情，在李伟心里，到底过去了没有，没人知道。或许，连他自己也不知道。但我们唯一能够确认的是，在李伟准备把这件可怕的事情告诉我们，在我们准备完整听完这件可怕的事情的时候，我们四个，我、萧雨、玉琴、文星元，和李伟就已经紧紧地联系在一起了。

这也许就是传说中的命运，人是无法改变命运安排的，不管你是普通人，还是名人、超名人，都没有能力改变。今生注定要遇到一起、要在一起的人，就算是南辕北辙，两个人，也迟早要遇到一起。何况，你我还运用了各种阴谋阳谋。

第四季 我们都是彻底的牺牲品

第二十章　期末考试和招聘

伴随着茱锦市惨烈酷暑到来的，还有更惨烈的期末考试。

茱锦市是古晋国王都所在地，想当年，崤之战爆发的前夕，晋文公重耳的儿子晋襄公还在犹豫不决，怎么说，老爸重耳当上晋国这个国王，也是人家秦国秦穆公出的力，没有人家秦国，理论上讲，也没有自己的今天啊。但大臣先轸等的一席话点醒了他，翻译成白话文就是，咱们晋国表里山河，高山恶水，易守难攻，并且土地肥沃，人口众多，你怕它秦国干吗？有了这个底气，君臣一心，大败秦军，彻底遏制了秦军东进逐鹿中原的想法，为中原百姓获得了数百年休养生息的时间。但也造就了秦国没办法东进，就只好西进，称霸了西戎，为最终武力统一中原奠定了基础。

反观晋国，却越来越不济，本来有机会统一全中国的一个国家，最后竟然韩赵魏三家分晋。分也就分了，如果韩赵魏争气一点，也就不说了。结果分晋后，一家不如一家，最终全被秦国给灭了。

这也是天数吧，本来晋文公这个位置，就是人家秦国秦穆公送的。

小小说了一下茱锦市的光辉历史，其实最重要的就是那个表里山河。严格地说，茱锦市就是一块盆地，四周全是高山，只有进来的风，没有出去的风。古时候工业不发达，这敢情好啊，冬天暖暖的，夏天也热不到哪儿去。但现在茱锦市遍地的各种矿和各种厂，街上数不清的非人力车，除了导致温室效应严重上升外，空气污染得肉眼都能看出来了，到了夏天，那简直是可怕的煎熬了。茱锦市的夏天，除了酷热，还有空气中的各种颗粒物，瞬间让出门的你，鼻孔黑黑、手掌黑黑、小腿黑黑，你整个身体跟空气接触的地方，立刻黑黑。并且，你穿的任何浅色系的衣服，立刻就会变成浅灰系，甚至浅黑系的。

据说，茱锦市唯一的两个出风口，就是联通晋川省省会晋川市的高速公路和铁路，除此之外，再无他口。而高速公路和铁路，照例是深深的长长的山洞，凿穿整个山腹形成的。这样的出风口，我们只能说是聊胜于无。

白天在学校上课的时候还好，虽然阳光再怎么强烈，教学楼一来有高大的树木遮阳，二来窗户异常大，两个教室对开窗户，风穿堂而过，还不算难以忍受。最难以忍受的是晚上回宿舍睡觉，显然，校园宿舍绝对是不可以路不拾遗、夜不闭户的，失去了通风，男同学能够做的，就是赤条条躺在凉席上，并且，每睡两三个小时，就得下床到水房拿凉水冲一下全身。身体差的，也得拿毛巾沾凉水过过身，不然，皮肤的灼热感，让人无法忍受，睡着了，也会把你热醒。整个夏天，我曾将温度计放在宿舍内，度数从来没有低于过三十九摄氏度，几次冲破了四十二摄氏度大关，让我们目瞪口呆。这里，真的要感谢晋川师范大学，是他们提供了一天二十四小时从不间断的水房自来水。

就是在这样惨烈的气候环境，以及晋川师范大学自习室严重不足的情况下，那些绝不是少数派、平时不好好上课，甚至从来不看书的学生，要在不到两周的时间内，备战 5—12 门不等的闭卷考试课。等待他们的，必然是大汗淋漓地在宿舍、教室、自习室、校园的任何一个角落，像古希腊演讲家一样，大声地背诵着一些稀奇古怪的东西。跟演讲家不一样的是，他们手里一定拿着一沓厚厚的复印纸，不知是从哪个好学生处复印来的上课笔记，也即考试重点内容。

不夸张地说，超过一半以上的大学生，从大学里学到的知识方面的内容，就限于此了。一学期背两周的课堂笔记，以及考几门课程。除此之外，再无其他。

今年的期末考试，跟往年没什么不同。所不同的是，伴随着期末考试的到来，一个更大的消息把期末考试的风头和重要性，完全盖过了。那就是，晋川师范大学准备创刊一本文学期刊，名字叫《东方》，刊物分为中短篇版和长篇版，主要用于刊登新人新作以及著名作家原创首发的作品，并且，《东方》还专门准备了翻译小说作品版，也就是通常说的海外版，占整本杂志近三分之一的人员和精力。

这个消息，在晋川师范大学，在茱锦市，甚至在整个晋川省、整个国家，都产生了轰动性的效应。不过，期末考试结束，等成绩出来的时候，肯定要有一大批学生狂骂这本还没诞生的《东方》杂志了。因为这个消息，分散了他们本准备聚精会神的期末考复习，当然，复习不好，考试就很容易挂了。

《东方》杂志发布了看似相当庞大的招聘启事，分为四大机构：其一为编辑部，又细分为中短篇编辑部、长篇编辑部、海外编辑部；其二为广告部，又细分为市场推广部、广告部、发行部；其三为美工部，包括校对组、美术摄影组、网络组；最后为总编办，下辖总编室、人事行政部和读者服务部。

招聘启事看得全校学生眼花缭乱，但大家明显都看到了核心的内容，《东方》杂志主管单位是晋川省教育厅，主办单位是晋川师范大学。虽然很多专家在电视访谈中叫嚣，报刊杂志未来五年，就要全部倒闭了，而且，这种倒闭潮，已经在美国蔚然成风，就算没有倒闭的，也只出电子版，不出纸质版了。但我们丝毫看不出来中国的这种趋势，至少在晋川省看不出来，报刊杂志还是轰轰烈烈。

这些专家也确实挺不靠谱的，你一个发展中国家，跟这个地球上最发达的国家比个啥啊？如果说有一点道理的话，那也只能说，那是一个趋势，而这个趋势，还早着呢，至少要趋个十几二十年吧？那么远的事情，我们想象不到。于是，刚刚大四毕业和即将大四毕业的晋川师范大学学生，纷纷把简历投到了刚刚成立的《东方》杂志社办公室，省内和省外的简历，也以各种方式涌向了《东方》杂志社。据率先成立完备的人事行政部人员称，每日收到的电子和纸质简历高达一百份以上，而且新的简历还在不断投来。

文星元对此不感冒，他安然地当着自己的老师，现在他是助理讲师，今后逐渐变成副讲师、讲师、高级讲师、副教授、教授，甚至有可能副院长、院长、副校长、校长啥的，这个就有点远了。总而言之，就是他肯定不会投简历，也不会考虑到《东方》杂志社工作。

李伟也几乎没有什么兴趣，《青春系》和《三年二班》是他永远无法忘记的噩梦。他现在想的是，好好读他的研究生，好好写他的新小说。他选的是写作专业，这个专业几乎是新开设的，听他的说法，除了英语一关，几乎没有任何压力。说起这个的时候，他不忘记狠狠地抨击一下国内的教育制度，不管是大学生，还是研究生，几乎使用了学校生活一半还多的时间来学习英语，这是非常可怕的，大学本来是一个多读书狠读书的时间段，却全部被学习英语挤压占据了。而最悲剧的是，95% 以上的大学生和研究生，一出校门，一生中，几乎都没有时间用上英语这玩意儿，工作三五年后，除了能够看懂几部美国大片，英语就彻底失掉了，又还给该死的大学校园和大学老师。对这一点，我们都深表赞同。我要感谢李伟，他开诚布公地跟我们谈了一次。如果说在这以前，我还担心李伟会继续追求萧雨，继续施展他的无边魅力，这次谈话以后，我完全不会担心了。这次谈话造成了两个直接结果：第一就是我、文星元、李伟、萧雨、玉琴成了死党五人组；第二就是李伟和萧雨再无一丝丝在一起的可能。

除去这两位“老人”，我、萧雨和玉琴都对《东方》杂志的创刊和招聘异常热切和狂热。确实，每一个孩子，都曾有一个文学梦，梦想着能够写出文学巨著，并渴望到一家文学类的杂志社工作。只是，在成长的过程中，绝大多数孩子，都把这个梦想失掉了，换成了现实的梦想。每一个少年，都曾有这样的记忆，认真地写了一篇文章，然后严肃地落上自己的地址和名字，寄给从文学杂志上抄来的投稿地址，希望自己的文字，能够变成铅字印出。这样的人，从孩子走到少年再走到青年，绝大多数都在信件泥牛入海、踪迹全无的情形下，伤心地放弃了文学梦。但幸运的是，最终还是有数量稀少的一些孩子实现了自己的梦想，比如李伟。

李伟跟我们说的一席话，让我们震惊不已，但更增加了我们决心到《东方》杂志社工作的信心。李伟的开场白既否定又消极：别以为这些文学期刊很神圣，其实还是关系和人脉。接着他以《青春系》为例来证实他的论断，《青春系》算是名刊物吧？一个月一期，一期发三十到三十五篇文章不等，一年十二期，满打满算，一共四百二十篇文章。可你知道，《青春系》有多少签约作家吗？五百位，还有八百多位签约作者，你们用指头算一算，一千三百多人，光这些人轮一圈，就得三年。如果不是特例中的特例，你一名不见经传、刚刚开始写文章的人，就算写成个花，你有机会把自己的字变成铅字吗？两个字：没有。四个字：绝对没有。

而且最可怕的是，这种纸质发表的认可，往往是滞后的，特别是现在，一个写作者，只有在自己的圈子，比如某市文坛出名了，或者是在某文学网某小说网出名了，你才会受到这些文学杂志报刊的关注，你的作品，才会变成铅字。而在这样的过程中，绝大多数写作者都不幸被生活、被现实打垮了。一个根本的原因是：作家也要吃饭、养家，也有七情六欲，作家也是人。

我们对李伟回答得很坚决，我们要做一个有良知的编辑，坚决不看人，只看作品。李伟听完，诡异地笑了。

玉琴用手机把校园广告墙粘贴的招聘启事拍了下来，打印出了五份，我们人手一份。看得出来，《东方》杂志更倾向于招聘晋川师范大学的毕业生，而且，整个的招聘宣传，在晋川师范大学内的规模是最宏大的。这对我们是一大优势。

我直接放弃了对广告部和总编办的选择，虽然我更偏向于编辑部，但一个更现实的原因是，可能除了部门经理外，这两大部门的员工，都理所当然会被教职工子弟和各类人脉关系户所占据，像我们仨这种普通青年，根本不可能有机会。唯一有可能的，像广告部下边的广告部，美工部下边的网络组，未来大有可为，在杂志创立初，肯定是闲职，但既然是闲职，怎么可能有我这等天生干活人的份儿？

萧雨和玉琴使用了排除法，她们手中那张招聘启事，已经被划得惨不忍睹了。

我插了一句嘴：“萧雨，不是还有一个校对组吗？”

听到我这句话，萧雨和玉琴立刻以非常诧异的目光看着我，萧雨抛下一句：“我们没那么老！好吧？”文星元和李伟望着我苦笑。他们都认为，校对是一件既没前途又苦的差使。但我不这么以为，如果没有校对组的话，那刊物印出来，满篇错字别字，岂不让人笑掉大牙？况且，校对对校对者本身的文学素养、综合知识有很高要求，在这方面，与编辑是一致的，但相比编辑，校对的耐心、判断力可能还要更好一些。

“沈伟，你别忘了，萧雨和玉琴都是外语系英语专业的优等生，她们虽然在用排除法，但其实我和星元早就知道了，她们肯定选编辑部的海外编辑部。”说完，李伟和文星元哈哈大笑起来。

在他们的笑声里，我分明听到萧雨说了句：“就是它了。”

玉琴附和着：“对，就海外编辑部吧。”

说完，我分明看到，那块标明招聘职位的地方，就海外编辑部这一个地方没被她们俩圈上红圈。看来，如果从表征来看女人的选择，那真是太难了。我算是真正知道了什么叫欲擒故纵。

“沈伟，你准备报哪个部门啊？”萧雨放下手中的白板笔和招聘启事，望向我。紧接着，玉琴、文星元和李伟也望向我。

其实我早就在心底做了决定，但他们四个一致对校对组不看好，让我有一点说不出口。他们四个望着我，那三十秒钟，在我的感觉中，起码有半个小时，我想，他们肯定是准备听我“叹”一口气的，结果我却哈哈大笑了起来。

他们就很莫名其妙，其实我也想不通，我为什么要大笑。或许，只是一种放松吧。萧雨狠劲地揪了我一下，我疼得“哎哟”大叫了起来，笑声也随之而止。

“说，说，赶快说。”萧雨催促着我。

我喘了一口气，说出一个让他们都大吃一惊的答案：“我选择给美工部的校对组投简历。”

“为什么啊？”

“为什么啊？”

“为什么啊？”

“为什么啊？”

在我的预料之中，他们四个人，齐声发问，几乎一字不差。

我的答案很现实，第一，虽然我是文学院汉语言文学专业的，但我并不喜欢写文学作品，写写作文还差不多；第二，我虽然成绩不错，也有学生干部的经验，并且还是党员，但关键性的东西我没有，那就是人脉，也就是上边没人；第三，我毫无名气。如果非要说一个比较明显的长处的话，那就是我的身体条件了吧，我比大多数人都长得帅，当然，肯定是比文星元和李伟强多了。

这下轮到他们哈哈大笑了，他们笑，确实是有笑的理由。

我进一步补充我的见识：“校对组，在你们眼里，是一个没前途、辛苦而又初级的工作，那说明，在绝大多数人眼里，也是这样一个印象。有这样的印象，那向这个职位投简历的人，肯定非常少，至少是所有职位里最少的。但这个职位，又是不可或缺、必须存在的，并且，还不止一位，一共要招五位。这或许是我们这种无所专长的普通人唯一的职位机会吧。”

我说完后，大家都沉默了。这确实是一个现实情况。我虽然具备了一个良好校对人员所需要的综合知识、文学素养、文字素养和耐心细心，但具备这样素质的，先不说全省全国，仅仅在晋川师范大学，就成百上千。而我刚才嬉笑中说的唯一的身体条件优势，却不能真正视为优势，这不是选美选帅比赛，还是要看综合素质和现场面试表现的。

在这方面，我完全比不上萧雨和玉琴的优势。萧雨和玉琴是2003届外语系英语专业出了名的才女，并且又是晋川师范大学公推的二十大美女其二。她们拥有长期在校园广播电台主持全英文节目的经验，并且经常有绝不是豆腐块的探讨英文词汇的文章在《每周英语》上发表。在她们那个领域，这个就算论文了吧？

而《每周英语》，绝对是晋川师范大学的骄傲。这是一份风靡全中国，流行东南亚，甚至涉及全亚洲和海外华人的报纸。据称，这份学习类的报纸，发行量最高峰的时候，比著名的《参考消息》和《环球时报》单日发行量的总和还要多出百万之巨。你想，能够在这样牛哄哄的报刊上发表论文作品，那个海外编辑部，不就八字有一撇了吗？而那另外一捺，则由萧雨和玉琴的英文节目主持经历、青春靓丽的外表，还有优异的学业成绩划上了。我仿佛看到萧雨和玉琴的胸前，已经戴上了《东方》杂志社海外编辑部的胸牌，洋气地在《东方》杂志社的办公楼里上班。

文星元和李伟很赞同我的分析，萧雨和玉琴都说好，其实我心里知道，他们也是无话可说。说实在话，校对组可能是我唯一的机会了。其实，我们五个人，在心底都是对这个社会有恐惧感和恐慌感的。文星元已经工作了，按部就班；李伟在读研究生，而且他的稿费源源不断地涌来，并且可预见的未来，他会不断出新书，起码能够做到每年，甚至每半年就出一本，再远处，他不去想；而我、萧雨和玉琴，这个夏天过去的时候，就会成为大四学生，在我们眼前的，将不再是大学生活，而是就业。我们也会被冠以“应届毕业生”的称号。我们需要奔波在寻找就业单位的路上。

如果这些事情发生，那么，我们三个留在茱锦市的可能就会变得微乎其微，回家乡，到省城，甚至远赴首都寻找工作就会成为排行“123”的三个选择。而《东方》杂志社，给我们提供了一个留在茱锦市就能够实现我们远行梦想的机会，我们必须竭尽全力，把这个机会争取过来。

那一天，我们五个都很兴奋。如果几个朋友，能够知道未来的数年、十数年，甚至几十年可能都一直在一起度过，那一定只会比我们更兴奋。

我们都不知道，其实，这除了是一个大机会，更是一个大阴谋。一张巨网和这张巨网背后的那只大手，早就准备把我们攫住了。我们却像傻瓜一样，努力表演着，辛苦获得了它，却也在同时陷入了纠缠。

第二十一章　外教楼应聘

外教楼是暖绿色的，看上去很温馨阳光。顾名思义，这里就是晋川师范大学非中国籍教师的居住地。由于容居量比较大，这幢六层高的建筑，一共七个单元，一层五户，一个单元三十户，共计二百一十户。也就是说，如果外籍教师一人住一户的话，也至少可以住二百一十个外教。但显然，晋川师范大学只是一所中国北方内陆核心地区大校，外教总数绝对超不过人双手双脚的指头总数。剩下的近两百户就留给外籍留学生住。

虽然晋川师范大学对外宣称外籍留学生近一千人，但在刨除水分和四人一间的安排之后，外教楼还是空出来不少房间。由于没有新的外籍教师和留学生加入，这些空出来的房间就一直空着。直到学校准备成立大型文学期刊《东方》，外教楼空出来的这些房间才真正派上了用场。

外教楼是一个倒C形，自己有一个独立的小院，有一个宽敞可开车直入的大门，并且，这个大门从来没有关上过。经过学校的动员和努力，这个倒C形靠近外围的那一个单元最终被完全腾空，作为新成立的庞大机构《东方》杂志的办公楼。

《东方》杂志分为四大部门十二小部门，所以用一个单元来作为《东方》杂志的办公室已经绰绰有余。这样看来，学校创办这本杂志，那是真正下了决心的，也不枉我们辛苦准备应聘一场了。

我比萧雨和玉琴早一天接到面试通知，但就算是早一天，这时候的校园，也已经安静无比了。太阳热辣辣地照过校园的时候，只能炙烤到不多的几个行人。7月中旬的茱锦市，闷热异常，绝对是全国最不适合度夏的城市，记住，没有之一。感谢神创造了寒暑假，这个时间，晋川师范大学的绝大多数学生已经离开茱锦市，回到了各自认为舒服的家乡。

从宿舍走到外教楼，需要漫长的半个小时。可即便是这样，选择购买自行车的学生也不多，最主要的原因是，年轻气盛的我们走半个小时，没个啥，反正一路上有人聊天；其次的关键原因是，校园内自行车失盗现象太可怕了，学校有车棚，有停车点，但缺乏自行车看管员。其实，有自行车看管员，也起不到多大作用。明明锁好的自行车，办完事、上完课出来，丢了。甚至有学生，在丢了自行车后，当周周末到二手自行车市场上打算重新买一辆，分明看到自己丢失的那辆车在那里出售着。为这个原因，卖车的人少收了他五十元，并叮嘱他多加几把锁。但加把锁也没用，分明有同一个宿舍的，一排六辆自行车，每辆车都上锁，然后两两上大锁，最后再上一把最长的粗铁链锁。可短短两个小时的课结束后，六辆自行车和锁它们的锁，全不翼而飞。

他们哭丧着脸问该号教学楼的管理员大爷，管理员大爷答，确实看到有几个人在开锁，但开锁没费多大工夫，不像是偷车的，是自己的车吧。这种情况，只有打落牙齿往肚里吞。实在是：道高一尺，魔高十米啊。

所以，我选择了一辆破车。一辆破到骑起来全车上下没有一处不响的自行车，但它还能坚挺地骑行着，并且后座上还能坐上萧雨。我曾把它推到修车摊，想来个彻底修理，但修自行车的师傅很实在，就给我上下左右上了点润滑油，还说这辆车很结实，耐骑，放心骑着吧。

其实，我放心的是没有人会偷它。这样的自行车，卖废铁，也卖不了十块钱。

当我“咣当咣当”响着，路过滨河路，路过晋川师范大学西门，路过西田径场，路过音乐学院楼，路过 2、3、4 号教学楼的时候，阳光几乎把它的炽热施展到极限了。我虽然不觉得累，但已经浑身汗湿。我伸手看了一下表，十一点十五分。

已经能够远远看到外教楼的暖绿色外墙了。按照这样的时间安排，我想我可能是今天上午面试的最后一个人。

停好车，走十几步，然后右转，就能很清晰地看到外教楼的大门了。可以看到，最外边第一单元的入口处，只稀落着排出了十几人的队伍。

“应聘的人这么少啊？”我这样想着，就随口说了出来。

“谁说的，到中午了，都去吃饭了。”一个迎面朝我走过来、年龄跟我相仿的男生跟我说道。

“兄弟，你几点面试？”我和蔼地微笑着问他。

“下午两点半，下午第一个。”说完，他匆匆地就走了。

这次面试，是定时面试。也就是说，每一个面试者，只需要在通知自己的时间内到达面试现场并出现在面试人员面前，就可以了。

我还有三分钟。

面试的地方是外教楼第一单元 101 室，101 室的门上和门的右侧，已经用金属铭牌，清晰而庄重地钉上了“总编室、人事行政部”的字样，总编室在上，人事行政部在下。总编室兼人事行政部的对面是读者服务部兼市场推广部，同样崭新的铭牌。

十一点十九分，还没等我敲门，门已经被迅速地推开，一个看上去非常单薄的女生闪身出了门。她看到我，先是一愣，然后问道：“你是沈伟吧？里边叫你了。”

说完，不等我回答就一阵风似的走了。看样子，她也不准备等我回答。从她出门的那一刻起，我就明显看到一堆希望挂在了她的脸上。看来，这个面试，是现场出要不要你的结果的。想到这里，我一下紧张起来。

推门，进去。当我抬脸望向一张桌子后的四人面试组合时，刚才的紧张一扫而光，一丝惊喜涌上了我的心头。对面坐着的四个人，竟然有三个我既认识又非常熟悉。第一个是文学院团委书记赵燕，第二个是教师教育学院副团委书记师芹芹，第三个是校刊副刊部主编余芳，第四个人，后来我知道了，是文学院写作专业的学科带头人于化星。

赵燕是我们学院学生工作的负责人，在学生会活跃的我，当然是老熟人。师芹芹同时负责教师教育学院的课程安排，而我们文学院，有将近一半的课程，需要教师教育学院的讲师和教授们来讲授，我是自己班的班长，自然无不熟悉之理。至于余芳主编，那是因为我从大二开始，就以学生编辑和学生记者的双重身份，参与到校刊的采编校工作中。这一点值得大书大写一下，自从我进入校刊后，校刊的校对出错率就几乎降到没有了，起码是大家都检查不出来错。唯一一次印出样版后存在语句错误的情况，还是我坚持那是错的，而其他学生编辑记者坚持是对的，众口铄金，按大家的走了。最后的结果，就像电视电影里演的一样，我是对的，大家错了。于是，自此以后，我深受校刊各栏目主编信任，成为学生编辑和记者团队的负责人。

“沈伟，坐吧！”赵燕微笑着指了指她们四个面前的凳子。

“谢谢赵老师！”当我坐下，说出这句话的时候，我突然发现，面试的四个人，竟然没有一个男的。看来，《东方》杂志社，注定是要阴盛阳衰了。

“我们三个以前是干什么的，想必你很了解了。”赵燕还是一笑，“这第四位老师叫于化星，是原文学院写作专业的学科带头人，现在是《东方》杂志编辑部的部长。”

她顿了一顿，给了我一个问候时间：“于化星部长好。”

于化星老师先是点头微笑了一下，继之她们四个就哈哈大笑起来。确实，由称谓“老师”变成称谓“部长”，实在是一个很好玩的事情，值得开怀大笑。

“沈伟，你是面试者当中，第一个叫我‘部长’的人，他们都还是叫我老师。”说完她还点了点头。虽然于化星没有直接肯定，但这句话无疑带着赞扬的味道。

“沈伟，我很了解你。你非常胜任校对这个工作，说实话，当校对组组长也完全没有问题。”余芳老师接过了于化星老师的话头，“但我有一个疑问，你为什么不报名短篇编辑部或者长篇编辑部呢？你在校刊主要是编辑和撰写的工作，之后才是校对。”

“余主编，我的答案很现实，第一，虽然我是文学院汉语言文学专业的，但我并不喜欢写文学作品，写写公文和作文还差不多；第二，我有很强的责任心，做事细心，有耐心，并且，这三年来的大学生活，我基本上每周都读至少两本三百页以上的图书，这为我积累了丰富的基础知识，这对校对工作很有帮助；第三，在校刊做事的两年，除了撰写新闻稿外，我们学生编辑最基础和主要的工作还是校对，这个工作经验，对我现在面试校对编辑这个职位很重要。所以，我决定选这个职位。”在我说这些的过程中，四位老师不停地微笑和点头。当然，我肯定不会说出跟萧雨他们讲话时那些人脉、名气、关系之类的话。这些话，既永远上不了台面，也永远不能拿到阳光下来说。

“你刚才说的这些，对一个非校对编辑来讲，也很重要。”余芳老师神秘地一笑，然后突然严肃地说道，“恭喜你！沈伟，你已经被录取了，由你担任校对组的副组长。”

当我听完余芳老师的话时，我感觉到我的头“嗡”地响了一声，巨大的惊喜，短暂地让我甚至失去了几微秒的行动意识。

“啊！太好了！”我惊喜地叫出了声，“谢谢余老师、于老师、赵老师、师老师。”

我刚说完这些，四位老师又哈哈大笑起来。

赵燕还说道：“看，又变成老师了。”说得我脸一阵发热。

“哎，十一点四十了啊。再过半个小时就得吃饭了。”赵燕看了看手表，惊叫一声。

我发现了，她是这几个人的头领。可能是因为赵燕之前的行政职位最高吧。

就在这个间隙，于化星老师拿起面试台前的电话，轻声低语对着电话说了一些什么，然后放下电话，微笑着望着我。而她一放下电话，赵燕就对我说：“小沈，你到里间的人事行政部部长办公室，跟人事行政部的小李谈一下工资什么的。下一个应聘者该马上进来了。”赵燕朝我挥挥手。我转身向里间走的时候，她不忘记跟我说，“记得，下周一开始上班。你的学生生涯，再过几天就结束了。”说完，她还神秘地一笑。

第二十二章　校对组副组长

这个时候，我才有时间细细打量一下这间办公室。这是一个拥有宽敞客厅和充足阳光阳台的大两居，客厅被隔间式的办公桌分成了两个部分，左边是总编室的普通员工工位，右边是人事行政部普通员工的工位。剩下的两个卧室，一个被改造成总编室主任办公室，另一个被改造成人事行政部部长办公室。现在四位面试者所坐的位置，其实就是前台的位置，她们背后是《东方》杂志社的大 Logo，其实是晋川师范大学的校友、现在一位著名书法家题的字。据说，他的一个字，可以卖到十万以上了。而且，最难得的是，这位校友还健在，还在持续不断地创作作品。

剩下的地方，是阳台、厨房、小杂物间和厕所，独立厨房被改造成了茶水间，放了一些简单不占空间的桌椅，可以为休息和谈事情所用。

我轻轻敲了一下人事行政部长办公室的门，里边传来清脆的一声："请进。"

推门进去，一张恬静的笑脸展现在我面前的办公桌后。

这个女生的神情非常像邓丽君，微笑的样子也像。

正在愣神间，她先开口了："你是沈伟吧？"

没等我说完，她继续说了下去："于化星部长跟我说了你的情况了。我先给你介绍一下面试的四位。赵燕，人事行政部部长；师芹芹，读者服务部部长；余芳，总编室主任；于化星，编辑部部长；我是人事行政部的 HR 李玉。"

“谢谢李玉。”我微笑着，看着她。

她也一笑：“先别忙着谢。先听我说完吧。今天八点开始，五分钟左右一个，面试了六十多个人，但只有五个人成功应聘上了，我耐心着呢。”

我感觉她这句话好像有些问题，但一时也没反应过来，于是她继续：“沈伟，你下周一入职正式上班。你的职位是校对组副组长，按照《东方》杂志社的工资体系，你的月基本工资是三千五百元，各种补贴八百元，共计四千三百元。《东方》杂志社有完整的四险一金。每日工作时间是上午八点到十二点，下午两点半到五点半。”谈到这里，她抬头看了我一眼，笑笑。

我也只好尴尬地一笑，硬着头皮继续听下去。其实，我是费了很大的努力，才把那几乎按捺不住的兴奋劲压下去。我从来没有想过，像我这样一个差一年才要毕业的应届毕业生，能够当上一个副组长，能够拿到四千三百元月工资。

“你们校对组的办公室在三楼，你们拥有一间独立的办公室，不像我们人事行政部。”说到这里，她无奈地一笑，“你的职位是副组长，拥有一间自己的独立办公室。这里是一张入职基本信息表格，你需要填写完整，并提供一寸蓝底照片十二张，用于入档和办四险一金。”

我准备开口的时候，李玉继续说：“我知道你要说什么，户口和档案不用转，都还是晋川师范大学。”看来，李玉绝对是一个急性子。不过，这样的人我喜欢，有什么事情的话，她肯定是第一时间办好办妥。

“在这周五五点半前，把这张表格、你的身份证还有照片交给我，就 OK 了。”李玉终于说完了。

我伸手接过表格：“就这些吗？李玉。”

“对，就这些，没别的了。”李玉依旧微笑着，但脸上分明有一些模式化。

“我想知道咱们《东方》杂志社的社长和总编辑是谁？”我假装板着脸问李玉。

“我不知道，我级别不够。”李玉说完这句，我们俩都哈哈大笑起来。

突然，李玉赶紧捂住自己的嘴，并快速地对我“嘘”了一声，然后指了指外边。

我急刹车式地止住笑，低头看表，已经十一点五十五了。显然，我的面试时间严重超过了五分钟。

“李玉，咱们今后就是同事了。下周一见。”我起身准备离开。

“好啊！”李玉刚说完这句，又补了一句，“不对，你周五下班前，要把填好的表格、身份证和照片给我。”

说完这个，我们又“小声”地笑了起来。

李玉确实是太认真细致了。

我轻轻推开门，朝前台处展望，四位老师已经不在那里了。今天上午的面试，至少提前五分钟结束了。外教楼第一单元门口，还聚集着不少学生或老师模样的人。那应该都是茱锦市之外，特意赶来面试的应聘者。

李玉刚才简要介绍了下，《东方》杂志社各岗位的总应聘人数，超过了一万名，他们十几个人，从这一万个人里挑出最优秀的人。由于招聘人员较多，所以领导决定每一个应聘者面试结束后，当场决定用与不用，反正有三个月的试用期，试用期过后如果不行，还可以辞退。试用期间，只发 80% 的工资。

我问她："我怎么没出现这样的情况？"

李玉只说了一句："你是一个奇迹。"

我后来想了想，也挺有道理的。能有多少应聘者，对面坐的四个面试官，有三个竟然是自己的老师和老领导？

这样想来，我完全是自己人哈。

走出外教楼几步后，我回头望了望那幢暖绿色的建筑。心情已经平静下来的我，这时才发现，第一单元的顶部，分明已经有了金光闪闪、离老远就能够看清楚的"《东方》杂志社"几个大字。你没看错，确实有那个书名号。

我加快脚步，向宿舍区走去，我要把这个天大的好消息告诉萧雨，告诉玉琴，告诉文星元，告诉李伟，告诉全体室友：我不仅成功应聘上了《东方》杂志社，而且还是校对组的副组长，有自己的独立办公室。也许下周一，我就会有至少四个手下了。我清楚地记得招聘启事上写的，校对组要招五个人。

第二十三章　喜上加喜

文星元、玉琴、萧雨和李伟都在文星元的宿舍等我，这是我们约好的。我甚至不用去管自行车，只需要走一百米不到的距离，就能走到那座六层楼入口处。这是一座教工楼，土黄色的楼体，不管是外观，还是内部，都跟普通的学生宿舍没什么两样，所不同的是，学生宿舍，一个宿舍住4—8个人不等，而教工楼的宿舍，一个宿舍只住一个人。也只有那种刚刚开始教书生涯，或者是各学院各校园单位的行政人员，才住在这里。钱是个关键原因，住在这里，不收钱。大凡有点钱的老师们，都会选择在学校附近购置房产，实在钱少的，也会选择租一个一居两居的。住在教工楼的老师，肯定是工作未满五年的新人。

文星元的宿舍门敞开着，四个人很严肃地坐在那里，一言不发，玉琴和萧雨都在紧张地看着手中的A4纸，那是她们根据网上的应聘指南准备好的一些文字材料，她们正在一遍遍地默念。看到她们的紧张表情，我心里轻轻地笑了，其实，这种编辑常识的准备，真是多余。面试的人，甚至根本不会问到你要面试职位的工作常识。我是做校对的，但面试时的问题，除了我曾在晋川师范大学校报做过学生主编的事情外，其余跟校对工作根本没有任何关系。

我板着脸走进去，默默地坐在了萧雨旁边。不得不说，李伟是一个识趣的人。四双眼睛立刻盯紧了我。

“怎么样？”

“怎么样？”

“怎么样？”

“怎么样？”

四句“怎么样”几乎齐声地蹦向了我的耳朵。

我还是板着脸，看得出来，他们眼中的兴奋神色，在逐渐地衰退。

“哈哈，哈哈……”我终于憋不住，笑出声来。他们四个也“哈哈”地笑了起来。萧雨狠狠地用拳头砸了我两下，骂道：“笑啥笑，有啥好笑的啊？应聘失败了还要笑？”

她的拳头打在我身上，一点也不疼，但看上去动作很大。

“谁说失败了？没有失败。”我的脸已经布满了笑容。

“校对应该挺容易应聘上的吧？应聘这个职位的人，绝对是最少的，而且大部分是女生，你是万花丛中一点绿。”李伟停住了笑，有点嘻哈地说道。我突然觉得，这个人真不识趣，哈哈。

“谁说校对不重要了，要是你的《青春系》满篇都是语病、错别字，那还得了。”我狠狠地看了他一眼。

他哈哈大笑起来：“别介意，沈伟，跟你说着玩呢。”

“快点说说，到底怎么样了？”萧雨这急性子，如果我再不说，估计她就生气了。

“我应聘上校对了，下周一就要上班。”当我公布出这个消息的时候，他们脸上的表情根本没有任何改变。可能是我应聘前的分析太到位了，以至于他们一致认为我肯定是十拿九稳了。果然，让他们猜中了，并且，还有更大的惊喜。

“我被任命为校对组副组长了，目前还没有组长，也不知道以后有没有。”如果说上一个消息，他们的反应不够到位的话，那这一次的反应，简直就是非常到位。玉琴甚至惊讶地张大了嘴，半天合不拢。

“是真的，亲们，不要不相信好不好？”我说完拿出了入职登记表，上边应该《东方》杂志社填的内容，人事行政部的李玉已经填好了。看到了盖着《东方》杂志社公章、白纸黑字的入职登记表，他们的惊讶，迅速变成一种觉得我“幸运”的表情，好像这是天大的馅饼落在了我身上。

在萧雨的要求下，我详细到细枝末节，把我面试的情况讲述了一遍。这下，他们的表情，终于恢复到自然状态了。

玉琴和萧雨在选择哪个职位来应聘时的那种优越感，顿时消失不见了。其实，在我心底，不管是校对还是校对组副组长，本质上是没有任何区别的。有所区别的是，校对组副组长拿的钱多，刚毕业就可以实得每月工资三千六百多块。但拿的钱多，承担的责任就大。今后，凡《东方》杂志上，出现任何病句、错别字，那肯定第一责任人就是我了。别看工资多，如果错一个字扣一百两百的，任谁也是吃不消的。按我的经验，一般人看不出有任何语病和错别字，那也就是一个成功的校对了。绝对的无语病句、无错别字，只是一种理想状态罢了。

其实，我很为玉琴和萧雨担心。因为英语教育的严重泛滥，海外编辑部的应聘者数量和最终实际录取数量，据传说，已经达到了 500 ∶ 1 以上。海外编辑部只招四个人，而两个名额同时落到萧雨和玉琴头上的概率，虽然不能直接说等于零，但可以说无限接近。

萧雨和玉琴的面试都被安排在今天下午，两人相差约半个小时。我转头看着萧雨，她不再看手中的 A4 纸，而是愣愣地，看着未知的远方。我下意识握住了她的手，她的手一如既往冷冷的，我的手热热的。她一怔，回过神来："没事的，尽力去面试就好，不管结果如何。"

说完这句，我分明看到她的眼神有一些恓惶。

"你们两个，肯定会有一个应聘成功的。"我纯属是为了安慰她俩，却想不到说出了一句这样的话。一片黯然神伤，萧雨紧紧握住了我的手，她的手，更加冰凉。

自然，那天中午的午休不欢而散。午饭的钱是李伟统一结账的。他的版税收入源源不断，说千万富翁还有点过，但百万富翁，那是绝对没争议了。我们争不过他，渐渐也就不再争了。

玉琴先回来的，整个楼道都充满了她的欢声笑语。文星元在她身后默默跟着，不时地附和她几句。不用说，玉琴面试成功了，她梦寐以求的海外编辑部编辑。自从和文星元那深埋数年的感情爆发后，这个女孩就变得特别幸运，成为命运的宠儿。相对萧雨的有些任性、容易伤感，玉琴更随和、包容，这可能是她更容易成功的最主要原因吧。

一语成谶。想不到我那句话竟然成为现实。萧雨将近一个小时之后才回来，虽然她脸上很淡然，我们却能感觉到一股浓重的失望之气围绕着她。

这种深到心底的失望感，虽然萧雨已经明显压制着了，但还是体现在她的表情和身体语言上。或许，这正是我最喜欢她的一点。我喜欢两个人很坦诚，包括彼此的高兴与不高兴，都坦诚。生活本来就是非常累的一件事情了，如果再隐藏着自己的感情过，我觉得会很虚伪会更累。

这次应聘，只是找工作的一种可能，每个人都没有十拿九稳的把握，虽然《东方》杂志社已经倾向于晋川师范大学本校生了，但毕竟全国范围内高手如云。并且，校方已经明确表示，为了保证《东方》杂志社拥有一支真正的生力军，外校和外省的人事指标，必须占到65%以上。虽然乍一看这个65%太高了，但仔细想想，仅晋川师范大学一校，就占据了35%的职位，这个比例，是不是太高了？《东方》杂志社四个大部门、十二个小部门，除去大大小小的领导头目外，还有各级普通员工七十五位，也就是说，外省和外校要招聘四十九位，本校招聘二十六位。而在这二十六位本校招聘当中，保守地估计，可能有一半的职位已经人有所属。

据《东方》杂志社在本周一公布的招聘信息里，共计一万零五百四十人投了简历，其中，本校生有一千八百零五人，外校和外省人有八千七百三十五人。本校的一千八百零五人，比文学院、外语学院两大学院今年应届本科生和研究生毕业人数的总和还要多很多。晋川师范大学每年毕业学生总数在五千人上下，接近40%的人向《东方》杂志社投了简历，这是一个非常可怕的规模。理论上讲，招聘录取率高达26 ：1805，实际上，我们都懂的，这个数字可能最多只有16 ：1805，这绝对是百里挑一了。像编辑部这种职位，那是几百里挑一，如果算上外校和外省的，千里挑一都有可能。

看到萧雨慢慢腾腾地走过来，我急忙迎面走过去。在走到离宿舍门口仅有一米远的地方，萧雨再也控制不住自己的感情，扑倒在我身上，我赶忙抱住了她。她就在我的怀里“嘤嘤”地哭了起来。

很多时候，我也理解不了女生的感情。对我来说，这就是一次普通的面试，成功与不成功，可能会影响到我一时的心情，但也不至于这样伤心欲绝。我越来越觉得，萧雨是一个思想容易走极端的女生，而且她的占有欲特别强。就像她当初向文星元表白并最终失败的那次恋情，她竟然为此伤心了大半年，甚至差点影响她的正常生活。而《东方》杂志社这份海外编辑部的编辑工作，她在心底里，肯定是志在必得，如今得不到，就痛苦万分。

我也痛苦万分，如果可能，我真希望那个应聘失败的是我，我真希望我能代替萧雨来伤感、来痛苦。可是，我只能眼睁睁看着她在我怀里哭泣，却什么也做不了。文星元、玉琴和李伟听到我们的动静，赶忙来到门口，但走到门口，他们就停住了，我分明看到玉琴把放到胸前的入职登记表，迅速地拿到了身后。

玉琴这个好女孩懂得，在他人痛苦的时候，千万不要显示自己的快乐。

我坐在文星元的床边上，萧雨靠着我，还在轻轻地啜泣着。

这个时候，我真不知道说什么好，但我又不能不开口，我是萧雨的男朋友。本来，一般情况下，玉琴是可以劝一劝她的，但现在玉琴面试成功了，萧雨面试失败了，显然，一个面试成功的人，去劝一个面试失败的人，这是非常尴尬和滑稽的事情。

“萧雨，你不要太伤心了，这只是一次面试而已，没必要这样伤心啊。再说了，你还有机会的，面试通知不是说了吗，面试结束三天内，是会有补增名额的。我们再等等，也许你就在补增名额里边。”在说出这些时，其实我知道，这种机会微乎其微。

“嗯。”萧雨含混地答应了一下。不过，让我有点安心的是，她已经停止了哭泣。

“沈伟说得有道理，萧雨。”李伟也过来打圆场，“除去明年春天开始的实习，你们至少还有大半年时间待在学校学习，现在还没到找工作的时候。再说了，《东方》杂志社又不是完全没有希望了，补增名额下周三才出名单，我们先等等看，或许会有机会的。”

听了我们的话，萧雨似乎恢复了一些信心，重新振作起来。

不知道为什么，我的心隐隐发疼，我在内心深处隐隐感觉到，萧雨的性格，给我们的未来埋下了太多的不确定和不稳定。但现在，我唯一能想到的就是，好好珍惜和维护我们的关系。

而在此刻，我在心底也暗暗下了一个决心。我要帮萧雨，帮她成功进入《东方》杂志社，我相信，如果拿着萧雨的履历单和成绩表去找四位面试老师，我有这个把握说服她们，再给萧雨一次面试的机会。

而令人意想不到的是，如果我能够知道即将发生的一切，我绝不会采取这样的说服行动。可是，没有人有预知未来的能力。

第二十四章　赵燕

赵燕在成为文学院团委书记前，曾经当过一段时间的助理讲师。她是晋川大学的高才生，研究生学历，毕业后来到晋川师范大学文学院，开始担任学校一门叫《教师教学语言》的课程讲师。这个教学语言，内容是比较丰富的，大致包括口头语言、身体语言、心理语言等部分，其实就是一门综合心理、说话和行为的课程。

由于课程原因和学校教学提倡，每一节课都需要使用 PPT 教学。《教师教学语言》每周一节大课，就是九十分钟课堂时间，大二时，被安排在每周三晚上，在 2 号教学楼 3003 多媒体教室进行。每次上课前十分钟，我都会到一楼的管理室，把开电脑桌的钥匙和投影仪的控制器借到手。3003 多媒体教室，每天有近一半的时间是自由自习室。可以说，晋川师范大学可以用作教学场所的教室，基本上每天有一半的时间也是自由自习室。

为了防止自由自习的学生对电脑的破坏，甚至偷盗搬走，校方为笨重的台式机制造了一个铁质的大柜子。平时，就把电脑锁在里边，等到需要用电脑的时候，把铁柜子打开，直接用就行了。这个铁柜子，基本上是一个正方体，约有成年人三分之二那么高，被牢固地固定在教室地板上。

在赵燕老师上课之前，我会用钥匙把电脑打开，再把投影仪打开。这是在一堂课上，你唯一能区别出班长跟普通同学的地方。按道理，这种事情应该学习委员来干，可学习委员一般都是女的，所以，这种事情也一般都是男性班干部来干了，首当其冲就是男班长们。

无疑，这些电脑都是老古董。赵燕老师的 U 盘插在前边的 USB 接口上根本毫无反应。于是，照例，每次课前她都会叫我：

“沈伟，你来这里一下啊。”于是，我就过去，帮她把电脑主机拖出来，把U盘插在后边的USB接口上。我也习惯了每节课都坐在教室前排，班长，绝对是一个受苦受累的角色。

最要命的是，赵燕老师的声音，是那种娇滴滴又带点磁性的，带着几乎感觉不到的喘气声，虽然她可能不是晋川师范大学最年轻漂亮的女老师，但也肯定是排行前几的，而且最重要的是，她研究生刚毕业，未婚，也暂时没有男朋友。这引发了文学院所有男生的联想，每次上课结束，我都要被同班好事的男女们叫上不下二十遍：“沈伟，你来这里一下啊。”他们那拖长的声音，活像一只只叫春的猫。

而在课堂提问的时候，一旦没有学生主动回答，赵燕老师就会再次娇滴滴地说一声：“沈伟，你来回答一下啊。”

可想而知，大学校园里的主动回答问题，那可真是奇迹，就算有奇迹，也不会有人回答的。于是，我就只好硬着头皮，还得有条有理地把这个问题解答了，甚至有的时候还需要略带激情地演讲。

四十五分钟课程结束后的课间休息，一般赵燕老师也会叫我过去聊天。她实在太漂亮了，漂亮的女生，天然对其他女生有一种排斥力。而且赵燕这种漂亮，是一个成熟女人，懂得打扮自己，了解自己的身体怎么能达到最佳状态的女人的漂亮。而我的同班同级的女同学们，由于年龄加经历的原因，则远远没有这种韵味，只有羡慕嫉妒恨的份儿了。

那时候，人们很单纯，关系好就是关系好，几乎不存在传出师生恋的绯闻。就算师生真的恋在一起了，也不算什么绯闻轶事，舆论也已经能够进步到接受这种情形的地步了。

而我和赵燕，我自以为就是单纯的关系好。有一次聊天的时候，我甚至对赵燕说："赵燕老师，如果我真的留校了，那时候你还没结婚，我就娶了你哈。"

我记得，说完这句，她马上高兴地答应了："好啊！好啊！你一定要留校啊，我等着你娶我。"我说这句话的时候，根本没有好好想一想，只是随性而说，也没有想起，再过三年，我就要毕业了；再过三年，赵燕，也依然只是比我大五岁。

那时是大一下学期。大二上学期的时候，赵燕不再带课，她成为我们文学院的办公室教学秘书，负责文学院所有教师的课程安排。大三的时候，她成为我们学院的院团委书记。再之后，就是现在，她摇身一变，又成为《东方》杂志社的人事行政部部长。

可让人疑惑不解的是，就是这样一个漂亮能干的女人，依然独身一人。家庭和事业不能两全，或许，强悍有能力的女人，都是如此吧。

当我敲开赵燕远离校区的住所大门时，她先是满脸惊讶，然后脸上就涌上了妩媚的笑。我相信，没有任何男人能够抗拒这种微笑。而我，也是任何男人中的一个。

赵燕带我们课两年多的点点滴滴就突然涌上了我的心头，这种情绪在一瞬间放大到无以复加的地步。

我也不知道是怎么回事，在短暂的几十秒发愣后，我紧紧地抱住了赵燕，把唇印在了她的唇上。她的唇软软的、甜甜的，我完全忘记了我来到这里的初衷。是不是当年我潜意识地说出要娶赵燕的那刻，已经在心底深处一个我不知道的角落为她留下了爱的位置？这个问题，后来让我非常非常痛苦，痛苦的问题，现在就暂时忽略不去想它了。

赵燕似乎比我更主动，我有点汗湿的身体完全展现在她面前时，她似乎梦呓般说了一句："你的味道真好闻。"

那是汗湿的味道，也就是女人口中说的"臭男人"的"臭味道"。赵燕说它非常好闻，我似乎也闻到一股让我兴奋异常的味道，或许，这就是男男女女之间天然的吸引力吧。

这是我的第一次，有生以来第一次。似乎冥冥中有一种力量指引着我的方向，让我滑行到那正确的位置。在和赵燕相接的那一瞬间，仿佛整个世界都融化在我眼前。赵燕的眼睛，流出了轻轻的泪水，而我，已经泪流满面。

天气酷热。我们醒来的时候，已经是第二天的早上了，那只巨大的钟表刚刚敲完七下。我翻了个身，亚黄色的沙发上，有着斑斑点点的血渍。

我很吃惊，而接下来赵燕的话更让我吃惊，她说："我没有来例假。"

我真没有想到，这竟然是她的第一次。我在心里暗暗地苦笑了，天哪！我竟然是赵燕生命中的第一个男人。

第二次更顺利，更合拍。

赵燕突然"扑哧"一声笑了出来："你怎么总看墙上的钟啊？"

“我想看看过了多长时间。”我诚实地答道。

这引起了赵燕一阵大笑：“真是个孩子。说说，我是不是你生命中的第一个女人？”

“不是，是。”两个自相矛盾的答案，却一切尽在不言中了。我第一个相爱的女人是萧雨，但生命中的第一个女人，是赵燕。

那天上午，我竟然没有去找萧雨一起上自习。可我心底很明白，我和赵燕，其实就是一场两个成熟胴体的自然吸引和情不自禁。我真心还没来得及想，这样做是不是严重对不起萧雨，是不是背叛了我和萧雨的相爱？我心里始终有一个属于自己的单纯想法，我一没有金钱，二没有人脉，三没有名声，但我毕竟认识赵燕近三年了，我是想来求赵燕，让她再给萧雨一个面试机会的，而萧雨本身，不管放到哪个大学的外语学院都是出类拔萃的。但我从来没有想到过，来到赵燕这里会发生这样的“意外”。我跟赵燕熟悉，却是种种偶然，比如，我当上了班长，赵燕带我们的课程，赵燕跟我熟悉，赵燕成为《东方》杂志社的人事行政部部长，掌握了《东方》杂志社的用人大权，并且，赵燕还是年轻漂亮的单身女青年。这里边的偶然因素，实在是太多了。不管哪一个因素的缺失，我和赵燕都不可能是熟人。可它虽然具备了这所有条件，却还是不可逆转地失败了。在发生了这样的“意外”后，我根本没办法再张口要求赵燕给萧雨面试机会。或许一开始，我来找赵燕的这个决定本身就是荒唐错误至极的。这个决定，把我们四个人，我、萧雨、赵燕和李伟，推向了一次感情的冒险。我只能说，这是命运的决定。

我还清楚地记得2003年秋天开学的时候，我是怎样当上班长的。那个时候，我还没有长开，远远没有今天的身高和脸部轮廓。

在第一次全班同学到齐的班会上（除这次班会外，未来的四年，就算把散伙饭算上，全班同学也再没有到齐过），辅导员问了我们两个问题。第一个是，谁有手机。那个年代，不夸张地说，在整个晋川省，手机都是比较稀有的，连固定电话都少，人们打电话都到话吧。有点钱的人，会买个传呼机，传呼机也不能打电话啊。我恰好有手机了，大学开学的时候，五百块钱买的。班里确实还有十几个人有传呼机。于是，只有一个人举手了，那个人是我。我记得我还说了一句："老师，我有手机。"这句话引来其他五十双眼睛的侧目（我们班有五十名同学）。

第二个是，由于不熟悉，决定先任命班干部。大家说说，在中学时，都谁当过学生干部，现在想当什么学生干部。这句话，基本上已经把学生干部的人选圈得很窄了，估计也就十几个人。那个年代，我们还是很单纯的，于是各自报了自己中学时当过什么学生干部，当过班长的有三个人，我是其中一个。辅导员大口一张，说了句："就你吧，你来当班长。你叫什么？"

"我叫沈伟。"当我说出这句话的时候，我相信，全班四十九号同学外加辅导员，肯定记住了一个叫沈伟的有手机的男生，而且，他是本班的班长了。

这个真是太巧合了。那个年代，五百块钱是很大的一笔钱，是我一个学期三个月的饭钱和花销。我不知道我是怎么舍得花出去这笔巨款的。还好的是，汉语言文学是师范专业，第一学期，我们每个人每个月都有八十六元的饭补，再加上学校的饭菜确实足够便宜，我手中仅剩的钱加上饭补，也足够让我丰衣足食了。

而如果没有这一切因素，我就只可能认识赵燕，不可能跟她熟悉了。那句“老师，如果我真的留校了，那时候你还没结婚，我就娶了你哈”我始终认为只是一种理想。我从来没有想过，赵燕这种女人，漂亮、身材好、有学历、有能力、有人脉，能够有一天躺在我的怀里。可这一天，竟然就这么快到来了，并且，最让人惊讶的是，她之前还没有过任何男人。可是这样的“幸福”，这样两个相互间吸引的身体的情不自禁，最终却演变成一场悲伤而辛苦的爱情历程。

在淡淡的晨光下，赵燕的皮肤雪白雪白的，晃我的眼，她的肌肤紧贴着我，有一种柔滑湿润的感觉。

“我知道你想对我说什么，沈伟。”赵燕用她漆黑的大眼睛看着我，“放心吧，亲爱的，我已经把你的‘副’字去掉了。你的能力不需要我说什么，这也不是我一个人做的主，招聘组大家都同意。”

说完，赵燕扔给我完整的录取名单。她显然严重误会了我的意思，我心底完全没有这样的想法，对我来说，副组长已然相当于是“天上掉馅饼”了。我的眼光，先是落在了自己的名字上，前边的职位，果然变成了“组长”。

我的第二眼，落在了整个录取名单的最后增补名单里，我显然清楚异常地看到了“海外编辑部：萧雨”的字眼。我当时几乎就是眼前一黑，打落牙齿往肚里咽，多少苦水都自己吞。原来，萧雨已经被录取了。我……我……我这做的是什么事情啊，我为什么要来找赵燕？

现在该怎么办？难道真的就像我之前说过的，如果我留校了，我就娶她？我心底知道：坏菜了。也许说者无心，听者有意，我以前说的每句话，赵燕都当真了。我今后的行为，也肯定被她理解成之前言语的履行和最正常不过的男女相爱。我不想去想，也不敢去想。婚姻离我的生活还很远很远，远得就像小时候那些不可捉摸的梦想似的。

人生，我们只能走一步算一步。但是，我现在这一步，走错了，并且错得离谱。萧雨那样渴望着那个职位，在得不到它的时候，她是那样的伤心难过。现在她得到了这个职位，却跟我现在的行为，一毛钱关系也没有，我反而把我们两个，不，是我们三个，拖入了危险的境地。《东方》杂志社说得很明确，面试结束后的三天内，也就是下周三下班前，他们会公布增补的员工名单，增补的人员和应聘成功的人没有任何区别，同等对待。

这个增补，只有最具自信的外校外省人和本校应聘者才会等待，绝大多数人，应聘一结束马上四散离去了。等待的人，寥寥无几；增补的人，寥寥无几；增补的名单，只有区区招聘总数的10%，也就是七八位。

我现在似乎已经看到大红报喜纸贴出的《东方》杂志社招聘增补名单，上边第一个名字就是萧雨。毫无疑问，几天之后，这个想象就会成为铁一样的现实。

可我呢？我为什么就不能等这几天？就算萧雨应聘失败了，我为什么就不能坦然接受并安慰她？我为什么非要想着帮她成功呢？为什么要想着来求赵燕呢？是她的哭泣、伤心，还是我虚荣的自尊，想用这件事情来证明，我还是比李伟更有用，起码更对萧雨有用？我这次是彻底绝望地错了，而且，这种彻底绝望，还得彻底隐藏起来，让自己独自承受。而且，似乎是要证明那句招聘启事上的“增补的人员和应聘成功的人没有任何区别，同等对待”，萧雨和玉琴一样是初级编辑，月薪一千五百元，各种补贴三百五十元。如果没有像我那种“意外”，这对2007年的应届毕业生来讲，已经是一份很有吸引力的工资。何况，茱锦市虽然繁华，但毕竟是三级城市，消费力和物价还是相对较低的。

我已经在想象和萧雨、玉琴她们一起工作的场景。但我想不到的是，原来这种场景，是那样稀少。职位的不同决定了她们在工作中几乎跟我没有任何交集。

我的脑海，也会偶尔浮起赵燕的身影，她给我带来的冲击，实在太强烈了。我努力想驱逐掉这种印象，却怎么也挥之不去。

第二十五章　录用通知

我近来有一种懒洋洋的感觉，大三该考的试都过了，最棘手的英语四级，也早就考过了。虽然我的英语读、写、说、听能力都非常差，但我的考试能力很强，这种能力好像是十几年考试生涯带来的。当我看到一个英语选择题时，虽然我看不懂整句话的意思，但我能很准确地选出那个唯一的答案。这种方法，甚至用在听力题上也几乎能正确一半，总之听力题，我丢失的分，从来没有多过一半。

你说最后的写作题啊，这个简单，日常英语用语我还是会百八十句的，有了这百八十句，完全足够拼凑一篇毫无语法错误和单词错误的英文小作文了。你还别说，我这样的作文，虽然有可能初中生都能写出来，但它丝毫没有错误，写作题一半甚至以上的分，那肯定是十拿九稳了，甚至能够超过绝大多数呕心沥血写出来的高质量的英语作文。

也正因为这样，所以我在各种场合，包括应聘《东方》杂志社，也会认真地在面试表外语一栏勾上英语，然后写上“一般”两个字。估计，我也就能说说“好肚油肚”“奶死兔米替油”之类的欢迎词吧。这一点，赵燕说根本不用担心，校对组除我之外，实际招了六个人呢，暂时都归我管。中短篇编辑部一个校对，长篇编辑部两个校对，海外编辑部三个校对。海外编辑部的两个校对，估计英语学得都比最牛的英国本土大学生牛，而且至少是掌握两门外语的。不过她最后一句话吓住我了：“不过，出了校对问题的话，你还是要负主要责任的，你是组长。”

听了这句话的那时起，我就决定，《东方》杂志社三本杂志的每一期，我都要认真看两遍，保证错误出不去校对组。海外编辑部的主要职能，其实是翻译海外著名中短篇和长篇小说，以供《东方》外国文学版使用，目前只设日、韩、法、英美四个项目，除英美是两个编辑外，其他三种语言，都是一个编辑。我虽然对外语一窍不通，但这些编辑翻译过来的中文，那肯定就是我的长项了。

今天天气很热，空荡荡的校园到处是知了的叫声。我坐在校园广场最靠近中心喷泉的长椅上，把头靠在椅背上，伸长了腿，找到一个身体最舒服的姿态，然后就一动不动地发呆。能够有大把大把的时间坐着发呆，那简直是这辈子最幸福的事情。什么也不想，什么也不看，什么也不做，就这样发呆，任凭思想去到这儿到那儿。

萧雨跟我一块儿出来的，她去看招聘结果了。今天是《东方》杂志社招聘结果发榜的日子，但杂志社没说多会儿公布结果。于是，有很多人就站在外教楼大门外右侧那个很大的广告牌前等待。这种类型的广告牌，在晋川师范大学住着学生的地方，都能看到，住的学生越多，广告牌就越多，通常是用来张贴学校各类通知和活动的。而外教楼外边的这块广告牌，现在几乎成为《东方》杂志社的专用广告牌了，上边只张贴《东方》杂志社的最新消息和通知。

实际上，这个四米见方的广告牌，被分成了两半，右侧一半被一张《东方》杂志社部门分布图占据了，其实也就是外教楼第一单元的平面图，上边清晰地标注了《东方》杂志社十二个部门的分布楼层。左侧，则是张贴诸如招聘启事、招聘结果及其他一切需要张贴的东西，而这些东西，将来也是照例要放到《东方》杂志社官网上的。

《东方》杂志社所在办公楼为六层，一层两户，一个单元一共十二户，每户都是两居的格局，大概有九十平方米可使用面积。

从这点上看来，晋川师范大学校方是非常重视外教和留学生的，给了他们非常棒的住宿条件。而里边的生活设施一应俱全，基本上加上办公桌椅、电脑、电话，再安装好各个办公室的铭牌，就可以直接办公了。

101是总编室和人事行政部共用，102是读者服务部和市场推广部；201是中短篇编辑部，202是长篇编辑部；301是海外编辑部，302是我的校对组；401是美术摄影组和网络组共用，402是广告部；501是发行部，502是副社长兼副总编辑办公室；601是社长办公室，602是总编辑办公室。领导的职位和办公场所，那绝对是高高在上。

而现在，萧雨肯定和大多数人一样，正站在外教楼前的广告牌前，焦急地等待着，等待着那七个或者八个增补名额的出现。当然，照例行事，录取的所有人员名单，《东方》杂志社都会公布，而增补有所不同的是，名字后边会增加一个“增补”的字样。据赵燕讲，其实增补的，跟招聘时直接录取的，没有任何差别，增补只是为了保证能招到足够的人。如果面试最终结束后，本来要招六七十号人，但只有五十，甚至更少，怎么办，那就增补一批。

天气已经很热了，如果不是校园广场的这片人工水瀑布，我肯定受不了了，肚子也开始抗议。我知道，招聘结果一定已经出来。我伸展了一下胳膊和腰，把腿收了回来，以一个比较正常的姿态坐好。这些动作刚完成，我就看到了萧雨。她径自冲进了我怀里，竟然还“呜呜”地哭了起来。我努力抱着她，让她有着一个舒服的姿势。她哭得很短暂，哭完就坐了下来，直接坐在我身上，非常高兴地说："沈伟，我被录用了，杂志社一共七十二个人，这次录用了六十二个，增补竟然有十二个，太棒了。"

听了萧雨的话，我不得不装出很惊讶的样子。不过，也还是有一些惊讶的因素在里边的。第一个是，竟然增补了十二个，比那天我看到的还要多一倍；第二个是，那十个没有经过招聘程序就直接上岗的人，都有谁？萧雨见我惊讶，从口袋里掏出一张A4纸给我看。原来，《东方》杂志社将最终杂志社招聘录取名单以职位表的形式打印了出来，在现场等结果的人，人手一份，发了有上百份。当然，这上百个人，大多数人在领到这张纸的时候，都非常失望。

我仔细浏览着这张纸，除了我已经熟悉的赵燕、李玉、师芹芹、余芳和于化星外，社长被晋川师范大学一名副校长兼任了，这也体现出校方对这本杂志的重视程度，学校的其他刊物，社长顶多是一个学校部门的部长而已。另外还有三位学校具体院系的副院长一类的人员担任了副社长、副总编辑的职务。总编辑被一个叫卢文学的名字占据着，我觉得这个名字好熟悉，可就是一时想不起来。

萧雨盯着这个名字看了一会儿，突然大叫起来："是那个卢文学，就是他！"

叫得我一头雾水："对啊，卢文学啊，哪个卢文学？"

"《青春系》杂志的那个，倒闭的《青春系》杂志，就李伟工作的那个单位。"萧雨很急促地说了出来。

我的脑袋猛然就有灵光一现的感觉，对了，就是他。这个世界上，不可能再有第二个卢文学了，一定是他。

我们顿时有些不太理解学校的安排，难道《东方》杂志要走经典文学的路线吗？按照招聘启事，这将是一本纯小说的刊物，只发表国内外短中长篇小说，并且完全是以简体中文的方式在中国大陆地区发行。它所要求的作品，国内的，必须是原创首发，这个没的商量；国外的，也必须是中文版原创首发，这个也没的商量。校方下这样大的力度，却将这本杂志交给了卢文学？《青春系》可是在他手里倒闭的，而且，因为李伟事件，我对卢文学，实质上没什么好感。

“竟然请了卢文学？”李伟也很是惊讶。

其实，按我的想法，学校应该请李伟来担任总编辑。可校方竟然没这样做，而且丝毫没有这样的想法。

当我把这个想法告诉李伟时，李伟笑了：“晋川师范大学是想做一本比较严肃比较正统的大型小说月刊，我写的虽然也是纯文学，但毕竟偏流行读物了，这不太可能。学校的这个决定，我非常支持。如果所有杂志社和出版社，都一味是读者想要什么就给什么，中国文学，也就完蛋了。中国文学，现在需要《东方》这样的杂志。”

这样想来，学校请卢文学，那真是请对了。

李伟进一步给我们分析，《青春系》的倒闭，几乎不能怪卢文学。卢文学只是一个总编辑，无非给人打工的，他只做得了杂志内容用哪个作者的主，杂志的风格、倾向，甚至板块、版面的设计，都是副社长、社长们决定的，他这个总编辑的权力很小。

《青春系》是他一手创立的，从1992年创立，一直到2003年，都是中国最庞大的阅读群体青春类读者最喜欢的刊物，发行量几乎占据整个青春读物的半壁江山。而早在2003年下半年，卢文学就提出了一份内容和版式改变计划，要改变《青春系》一味风花雪月的做法，他直接将风花雪月的一篇篇小说或散文指作无聊老调。他的想法很大胆，主要思想有三个：第一，将《青春系》主刊做成一本比较严肃深刻的大型文学月刊，引入时事评论、休闲和悬疑侦破的内容；第二，创立《青春系》中短篇小说月刊，专门用来刊登优秀的中短篇小说，并把其中好的小说，推荐给省编剧导演协会，看能不能改拍成电影；第三，创立《青春系》长篇小说双月刊，每两月出一期，这个很能占据一块阅读市场。

毫无疑问，这些大胆的计划，被社领导们否定了。社领导没有看到未来的方向，也不想去看，他们只想抱着现状过下去，只要不出错就好了。可遗憾的是，市场不这样想。随着以《三年二班》为代表的新一批杂志的崛起，《青春系》迅速地衰落，简直可以用一落千丈来形容，顶峰时一期四百万册的销售量，在三年多一点的时间内，下降到三万册左右。最终以严重入不敷出的处境，而落得倒闭的下场。

“卢文学是一个非常有潜力的主编，正当盛年，如果给他足够的权力，他的成功，会让你大吃一惊。”这是李伟对他下的最终断语。

我想，如果李伟知道卢文学背后还有人的话，卢文学的印象，在他心目中也就不会这么高大完美了。不过，有一点他真的说对了，卢文学真是一个经营文学的天才，《东方》杂志社在他手里，最终成为一个奇迹。

第二十六章　入职第一天

这段时间以来，我其实一直在想着萧雨，具体是想着她的性格。其实，我打心眼里不喜欢她这种钻牛角尖的性格。第一个，她追求文星元的这件事情，在我看来，恋爱是多么稀松平常的事情，如果你觉得遇到真爱了，那就努力去追，如果费老鼻子劲儿追了一回，对方还不把你当根葱，那八成这个真爱不是你的，是别人的，可萧雨在一份并非真爱的感情里深陷泥潭。第二个，这次应聘《东方》杂志社的海外编辑部，这个事情本来就是一个实力、运气、人情加希望的事情，应聘成功的概率甚至比考国家公务员还要低一些，可萧雨竟然深受打击郁郁寡欢的样子。这让我也很揪心，如果萧雨一直是这个样子，那我们生命生活中该会遇到多少本不应该发生的悲和伤啊？

“到了！”我正胡思乱想的时候，萧雨脆生生的声音把我拉到了现实中来，玉琴在一旁笑眯眯的。

我今天特意穿了一套黑色西服，白衬衫，打了一条蓝色带白格的领带，脚下是一双黑皮鞋，头发油亮而妥帖地偏分着。按萧雨和玉琴的话说，那简直就是帅得一塌糊涂。我也有点小得意，却把这种得意深深埋藏起来。帅气，对真正的工作，是没有任何决定性意义的。

在三楼，玉琴和萧雨往左，我往右，她们是301，我是

302。我们到得并不早，七点五十五分，离上班时间只有五分钟了。

我刚进到办公室里，一阵挪动椅子和起立的声音“吓”了我一跳，客厅改作员工办公区的地方齐刷刷站着六个人，几乎齐声喊了一句：“沈组长上午好！”

我确实被吓了一跳，如果不是控制得好，身子可能也要往后跳一下了，我有点小声地说：“我是副组长，不是正组长。”等到说完了，我才意识到自己失言了。我，已经是组长了。

这一句话，让大家都笑起来，看得出来，他们都憋着笑。

确实有些尴尬。这时，最靠边位置一个眉清目秀，但明显要比我年长几岁的男同事离开自己的工位，走出一步，对我说：“没错的，沈组长。赵燕部长说了，职位表上也印着，您就是正组长。沈组长，我叫马喻，是外文校对组的，负责日英美。”

这个时候，我才有时间慢慢打量一下自己的六个同事。四女两男，目测年龄（排除长得太老相的因素），估计没有二十五岁以下的。后来了解中知道，最小的是马喻，二十四岁，毕业于中国最负盛名的大学京津学堂。最大的叫姚玉立，同样是一位男同胞，今年二十七岁，刚刚毕业于晋川师范大学文学院写作系，文学硕士。看来，两个极点都是男生。中间年龄是另外四位女同胞。

赵燕非常体贴，想来，在我们到来之前，她已经到各个部门做了妥善安排。我深深吸了一口气，突然就很怀念跟她单独在一起的时刻。

用力摇一下脑袋，回到工作中来。

“今天没什么事情，大家熟悉一下工作环境，把自己负责的事情理顺就好了。”我扔下一句话，转身回了自己的办公室。显然，是写着“组长”的办公室，而不是另一间写着“副组长”的办公室。

在聊天的过程中，我看到每个人的桌子上，都摆放着一张白底黑字的A4纸，上面肯定明晰地写好了自己的工作职责。显然，这是赵燕的安排。不用说，所有的办公用品用具，她肯定一一为大家配备完整并一一调试好。赵燕真是一个神奇的女人。

推开办公室的门，就有一股清新的气味扑面而来，是绿植。我惊喜地发现，我的办公室，放着至少五盆不同种类的绿植，有一盆，已经开放着绚丽的花朵，花朵就像一个个倒挂的铃铛，由内向外，紫红色的色泽越来越浅，并且有一种淡淡的香。这也是我唯一认识的一盆，叫倒挂金钟，但好像是比较少见的品种。

桌子是那种组装起来后特别厚重的红木桌，也是学校院长及以上领导经常使用的那种，手感特别舒服。不过，我这个受办公区域的影响，要明显小一圈。桌子的中心，放着一台黑色的商务笔记本，十三英寸，我喜欢的尺寸和颜色。右侧放着笔筒、印着晋川师范大学字样的16开纸张，以及一个钢制水杯，水杯上没有印晋川师范大学的字眼。我好奇地掀开杯盖，一股清晰而隐隐透出淡香的茶味扑鼻而来，我喜欢的绿茶。果然，在办公桌右侧再往下的地方，放着一盒绿茶，已经开封了。

电脑左侧，也是一张白底黑字的A4纸，上边简明扼要地写了我的工作职责、权力和工作汇报人。我再一次佩服赵燕的工作能力，虽然这样为赵燕和她的人事行政部增加了至少半天的工作量，却成为《东方》杂志社开工第一天最亮丽的风景，赵燕和她的人事行政部成了绝对的焦点。

我管六个人，他们各有分工，向我汇报工作，我负责审核和监督他们的工作。姚玉立的中短篇校对组一人，马喻的外文校对组三人，还有一个女同事叫北然负责长篇校对组两人。北然是一个看上去非常干练的女人，但有些紧张的感觉。不过，我喜欢紧张，工作嘛，不紧张就没有做好它的压力和动力了。

我的权力和义务看上去很大，第一项是人事方面，简单地说，就是决定了我管的六个人的薪酬和职位升降与否，当然，他们的所有工作，我都得监督和推进。第二项是工作内容，也就是校对组得保证《东方》杂志社出品的每一篇文章每一个页面，没有错别字，没有语病句，没有常识错误，当然，我们也有权利要求撤下我们认为很差的小说内容。我们不用管排版和美工，这是美工组的事情，但也有义务提出意见。第三项是年终奖，杂志社实行工资和年终奖制度，年终奖的发放，根据当年的杂志发行和广告收入而定，但根据市场预期，年终奖最差也要超过全年工资总额，而给部门员工发多少、怎么发，由我决定。

我的汇报对象有两个人，也就是说我的领导，第一个是总编室主任余芳，第二个是主管广告部和美工部的何副社长。余芳主任我很早就认识了，向她汇报工作没什么惊讶的。但看到何副社长这个名称时，我有点不明所以，因为整个通讯录，就他一个人没有名字。后来我才明白，面对这个名字时，我应该有更大的惊讶和异常。因为这个何副社长背后的名字，给我带来的冲击实在是太强烈了，那种强烈，还远没有从我的脑海中消失。我现在都能想象到他灌醉李伟利用李伟进行“钱色”交易的狰狞可恶样子。

使劲地摇一下头，我企图把何于此的这种样子从思想里驱走，但我失败了。我打起精神，把剩下的内容看完。最后的内容，其一是杂志社配给每个人的邮箱账号密码及邮箱地址；其二就是上午十一点四十五分，大家一起到聚贤苑就餐，互相认识一下。聚贤苑名义上是第六学生餐厅，但说实话，绝大多数学生是消费不起的。在这里就餐的，主要是教职工和个别有钱或有权的学生。而晋川师范大学校方，也经常把各类招待和聚餐类的事务，放在聚贤苑举办。这里的设施，绝不输于社会上的大饭店大酒店。

“走吧！到聚贤苑吧。”上午的工作时间几乎可以忽略不计。差十分到十一点的时候，我就出了自己的办公室，对六位同事打招呼。他们的身体僵硬着，脸上也有僵硬的表情，离聚餐的时间还很久，不敢动窝。马喻有点职业化地笑了一下，说：“沈组长您先去，我们随后就到。”

我也微笑一下，自顾自走了。其实，我很不喜欢马喻这样会来事儿的人，但我非常需要这样一个人。如果我说了“走吧”的话后，没有一个人回应，那是不是很尴尬？我喜欢那些埋头把事情干好的人，但这样的人，经常会让你尴尬。

我没有到对面去叫玉琴和萧雨，我们暂时都不想让社里知道我们的关系。其实，这种关系的敏感，在任何企业和机构都是一样的。萧雨不想让人知道她是我的女朋友，同样，我也不想让人知道我是萧雨的男朋友。我下到一楼转角处的时候，手机响了，是赵燕打来的。我刚接起来，就听到她那悦耳的声音：“沈伟，你快来找我一下。”

右耳的手机和左耳朵里同时传来她的声音，她正好在一楼办公室外边，楼道里没有其他人。

“沈伟，快跟我来。”赵燕一看到我，就快步走了过来，拉着我往上一层楼走。我有一点惊慌，她笑了：“怕什么，离聚餐还有一个小时呢，楼道里没人。”

我笑了，脸有一点红，好像做了什么错事一样。

赵燕一直拉着我来到601的社长办公室门前。她穿着一套粉红色的职业装，完美衬托出了她的曼妙身形，尤其是胸部和臀部两个位置，让见到她的人，都恨不得摸上两把。如果再把眼光转到脸上，那真恨不得紧紧抱在怀里，狠狠地啃上几口。

赵燕掏出一把钥匙，打开了社长办公室的门。在门关上的一瞬间，她跟我说：“沈伟，社长是不可能来这间办公室的，他都没这儿的钥匙。”

她还要说什么，我一阵欢呼，从后边抱住了她，狠狠地吻她的脖子、她的耳朵、她的面颊、她的嘴……赵燕刚开始还说了一句：“沈伟，别闹，来这儿有正事。”等到我吻到她的耳朵时，她轻轻呻吟了一声，然后开始热烈地回吻我。

我也在想，我是不是变成了一只被“身体”掌控的动物，我已经彻底背叛了萧雨和我们之间的爱。但在这样的情形和情不自禁下，我向“错误”的深渊迅速地滑下去。在思想的深处，我真有些恍惚，我是不是已经深刻地爱上了赵燕，而不再爱萧雨，只是由于已经形成的事实（虽然没有实质的行为，但我毕竟和萧雨确定了男女朋友关系），而不去做出任何改变。但事实上，现在已经改变到连我也不能控制了。

社长办公室空调刚才已经被赵燕顺手打开，一进门就是宽大的一组沙发。我们就像疯了一样，甩去了身上的负累，全身心地投入到这种亘古以来最自然的事情当中。突然，身体猛地一激灵，赵燕口中轻轻梦呓了一声：“小伟……”我一抬眼，看到了头顶挂的一只大钟，看到钟的那一刻，它正好指向了11：30。“当”的一声报时声传了出来，一下把我和赵燕完全惊醒过来。

“啊！”赵燕惊叫出来，“都怪你，都十一点半了。”她娇骂着我，但看得出来，她一点也不生气，“赶紧，用纸巾把沙发擦干净，收拾了现场，我去冲一下凉，换衣服。”

她临进浴室时，又回头冲我说了一句：“小浑蛋，这两次都没有避孕，让你爽了。回头怀上了，就是你的。”

听完这句，我的脸“唰”一下就红了。我根本没想过这种事情，更谈不上这种事情的后果。

我在五分钟内迅速清洁整理好沙发，并把赵燕的衣服叠好放在了沙发上。这个时候，赵燕一边擦着头发，一边从浴室走了出来。不得不感叹，还是社长的办公室牛。赵燕一边走，一边冲我说：“你拉开门厅旁边那个推拉柜，里边有一套新西服，下边的鞋柜有新鞋，你穿上。你身上现在这套，顶天了就两百块，先放沙发上吧。”

我拉开那个推拉柜。天哪！里边竟然有一排女人穿的衣服。敢情赵燕把社长办公室变成自己家的衣橱了。果然，最外列有一套崭新的黑色西服，我顺手拿了出来，没见标签，可能已经被细心的赵燕剪去了。这身西服那色泽、那手感，跟我原先穿的那一套，简直是天壤之别，当然，我的是壤。里边的衬衫和领带也是高级货色，跟西服也很匹配。鞋柜里，也放满了赵燕的各种鞋，最外边有一双黑色无带皮鞋，一双黑色真丝袜子。

我正准备把裤子穿上，赵燕又冲我喊起来："小浑蛋，不穿内裤了啊？你不怕下边荡得慌啊？内裤在衣柜往里另一个柜子。"

我打开那个柜子，最上边一格，放着一盒内裤，全是黑色的，我取了一条看了看，是我的尺寸。我又好奇地取下所有的内裤看了一下，全是我的尺寸。

这个举动让赵燕大笑起来："放心吧！那内裤全是你的。我也只有你这么一个男人。"

我的脸更红了，赵燕这句话，也让我的身体起了明显的变化。我一看时间，已经十一点四十分了，便加快穿衣的速度。几乎是一分钟内，我穿好了所有。之前学打领带的三个小时，帮了我大忙，我现在基本上能够在十五秒钟内就打出一个非常棒的领带。

赵燕已经换好了一身跟之前一模一样的职业装出来，我的装束，她只是帮我拨弄了几下领带和头发，就 OK 了。

"我家的小浑蛋，领带打得蛮不错。"

不知道为什么，我已经在心底接受了她的这个调情称呼，并且感觉心安理得。

我们出门的时候是十一点四十四分，楼道里还是一片宁静。我想，按照国人的一贯习惯，至少要到十一点五十分，楼道里才会热闹起来。

赵燕锁上了社长办公室的门，轻轻对我说："我先下去，要到一楼取点东西。你直接到聚贤苑去吧。"

我"嗯"并点了一下头。赵燕轻轻穿过总编辑办公室的门前过道，然后迅速下楼去了。我停顿了一下，看着赵燕的身影消失了，也准备下楼去。

这个时候，心里突然涌上来一股念头，如果这个时候，总编辑办公室的卢文学突然打开办公室的门走出来，会是什么效果。我正这样想的时候，那扇门突然响了一下，我迅速闪身而过，往楼梯下走去。

"好险！"我转弯的时候，分明看到有一个人从总编辑办公室走了出来。我心里一惊，如果我和赵燕从社长办公室走出来时，卢文学出来，那会不会有些尴尬？我想会的。

第二十七章　午宴

按照晋川人的习惯，如果聚餐的地方离得很近，那上章所说的十一点四十五，就不是午宴开始的时间，而是自己出门的时间。而且，职位越高，迟到的时间就越长。晋川师范大学的人，也自然是国人。并且，就像所有高校一样，晋川师范大学从普通职员到最高领导（校党委书记）有着很漫长的官阶。于是，每一次会议和宴会，最主要的工作和时间，就是等待领导的到来。

到三楼的时候，我遇到了马喻、北然他们六个。他们停下来等我的时候，整个《东方》杂志社楼都开始有喧嚣和响动了。毕竟，准备去参加午宴的人，绝大多数在这里了。我淡淡一笑，和他们一起朝楼下走去。其实，我那个淡淡一笑，是为了掩饰自己的尴尬和心虚。虽然我自信自己能够干好这份工作，但二十岁的年龄和外貌出卖了我。或许，在马喻、姚玉立，甚至北然他们心目中，我就是靠裙带关系，甚至更肮脏的做法而冒上来的人物。一个破小孩子，却带领着这帮已经工作经验丰富的人，却是这帮人的领导。按照常规的想法，坐在那个组长办公室里的，应该可能是他们六个当中的任意一个，而不是我。我应该是坐在最不好的，甚至是实习生的位置。可这一切都反了个个儿，我是坐在那个组长办公室里的人。这个位置，也给了我淡淡的笑和矜持。

稀稀拉拉的人群，三三五五向聚贤苑，也就是俗称第六学生食堂的地方走去。显然，我们这七个，成为最大的一群。

我们进到聚贤苑右侧靠里的小餐厅时，能够容纳两百余人的小餐厅，猛一眼看去，人烟稀少，仔细看一眼，其实已经人满为患，只不过大多数人都三五成群地站着，每一桌其实还有不少空位。

小餐厅的布局，其实就是大礼堂会议厅，把主席台的会议桌和座位撤掉，把下边的长条会议桌撤掉，直接换成了圆桌，其他基本上没有任何改动。哦，我忽略了一点，现在的主席台没会议厅那么高，会议厅的，起码有一米多，甚至两米高。而小餐厅的主席台，只有半米高，主席台两侧的步阶，也只有矮矮的两阶。照例是大红地毯，漂亮的讲台，讲台上怒放的鲜花，鲜花旁是锃亮的立式话筒，非常高端的那种，只要你站在讲台旁，就算嘴巴离话筒半米远，照样发声，保证小餐厅的人全部听到。

《东方》杂志社只有七十二名员工，但实际上现场摆了十六桌，每桌八把椅子。也就是说，可能会到场一百二十人。换一种说法就是，到场的晋川师范大学各级别的领导们，将会有五十六个之多。用赵燕的话说，那就是，领导来得越多越好，说明学校重视。另外，餐费从《东方》杂志社走。这么贵的地方，吃人家手短，以后《东方》杂志社找学校要什么资源，都起码可以开口说了。

其实我一进来的时候，就看到赵燕在台上指手画脚，她一边忙着试话筒音量，一边把不识好歹，竟然往专门空出来的中间六张桌子上坐的人赶走。某种意义上讲，在杂志社社长和校领导们没进来之前，赵燕就是最大的领导了，甚至比卢文学这个总编辑还大。

小餐厅内从主席台望过去，几乎是一个正方形，十六张圆桌摆成了四竖排，一横排四张，共四横排。靠近主席台的第一排四桌和第二排中间两桌，六张桌子，共计四十八人的位置，都暂时空了出来。一切就绪，只欠东风，不，只欠领导了。

我正在愣神的时候，余芳主任向我招手。我赶忙微笑着迎了上去，并回头示意马喻他们去后排随意找位置坐下。

“余芳老师来得好早啊！”我一边往余芳老师那里走，一边笑着说。

“我们这些老年人，当然得早点来啊。不像你们这些年轻人，拖拖拉拉的。”余芳老师边朝我说着，还边看了主席台上的赵燕一眼，貌似饱含深意。旁边站的师芹芹部长、于化星部长一起大笑起来。

除了这三位，还有热闹的六男四女，应该是其他部门的头头脑脑们。余芳老师见我已经过来，就随口跟大家说了句："这是校对组的组长沈伟。"

除了师芹芹和于化星外，其他人都分别说着："你好。"

我一边回着，一边说了句："是副组长，不是组长。"

这句话又引起了一阵大笑，赵燕有点责怪地回头看了看我们，大家赶忙刹住了笑声。

看来，我还是一下子转不过弯来。

余芳老师不忘记补上一句："你呀！真是一个孩子。"

那六男四女中，独独一个男的，给我留下了深刻的印象。你根本看不出他的具体年龄，却感觉非常年轻精干。他的脸庞，有一种雕刻的感觉，虽然每一个部位单独看上去都不惹眼，但整个放一块儿，却感觉异常灵活和动人，让人忍不住生出一种想上去抚摸一下的冲动。尤其是他的身材，如果仅按比例算，那应该是男模一类了。可惜的是，他身高比较矮，目测也就一米六零上下。

"余老师，那个男的是谁啊？"我偷偷凑到余老师身旁问道。

"怎么样，遇到对手了吧，《东方》杂志社有比你更帅、更有味道的小伙子了吧？"余芳老师边说边低低地笑了起来，"听赵燕说，那是广告部和美工部的整体负责人，从外边请来的，没有经过招聘程序。说起来，是你的顶头上司。我看啊，你们俩应该有很多共同语言。"

不知道怎么的，我听余芳老师这样一说，脸突然就红了。

到十二点的时候，领导们，终于像羊拉屎一样，星星点点地出现在小餐厅的入口。于是，等在门口的我们，就努力做出一副翘首以盼、兴高采烈的表情迎上去，欢迎领导的到来，当然，赵燕是在我们所有人前面，也是由她把领导领到该坐的座位上。

这里，我们不得不佩服两点。第一点，就是赵燕，竟然能把每个领导坐在哪儿，近五十号人，一一安排妥帖，而且他们都满意，没有怨言。第二点，就是这些领导真牛，绝不会出现两个一起来，甚至更多一起来的情况。往往都是单独一个一个过来，很方便我们引领。就算旁边跟着一个人，也往往是领导的秘书或助手，人家特别有眼色，知道自己该往哪儿坐。我不知道，这样神奇的默契，需要多少年才能够养成。在我想来，这需要很多很多年。但神奇的是，他们已经养成了。

那六张桌子，终于在十二点超过四十分的时候稀稀拉拉地坐满了。而赵燕还在不停地接打着手机。终于，她收好了手机。而那个时候，时间已经指向了一点整。领导们照例在圆桌上高谈阔论、指点江山，丝毫没有任何介意的表情。我想，他们早已经修炼得道，见怪不怪了。

谢副校长，也就是现任《东方》杂志社的社长，已经坐在了第一排靠左边的圆桌上，以左为贵，那一桌，自然是晋川师范大学党委系统的高层们。靠右的一桌，卢文学以总编辑的身份坐在了那里，围绕他的，或者不如说，他陪桌的，自然是校长系统的高层们。还有三个原先是具体学院副院长的领导，现在分别担任副总编和副社长的，分别配坐三桌。最后的一桌，由赵燕来陪坐。我们剩下十四个社里的部门领导，随机补充了没来领导的空位。

我下意识地坐在了赵燕那一桌的座位上，她满意地冲我笑了一下。我心里“咯噔”一下，还好我算是坐对了。如果我“不幸”选了去别的座位上，赵燕肯定会生气的。这就叫瞎猫逮着死耗子，或者说撞大运吧。

接下来，赵燕离开座位，跑主席台上去了。原来，她是主持人。

她的声音清脆圆润，甚至在她讲话的时候，我都陶醉在她的气息里，想象着她在我耳边说话时那种滋味。我甚至没有注意，玉琴和萧雨到底来没来，坐在了哪个角落。她们肯定来了，一定来了。

我注意到，至少先后有八位领导上台讲话，照例老套陈词，但被他们说得天花乱坠，激情昂扬。毫无疑问，这绝对也是本事。总之我们只听出了两个意思：第一个就是祝贺《东方》杂志社成立，这是客套话；第二个就是，今后晋川师范大学从上到下，各部门鼎力支持，类似有事你说话那种。这个是实在话，学校这次是玩真的了。

然后是谢社长讲话、卢文学总编讲话。谢社长讲得神采飞扬，让人恨不得相信，《东方》杂志社三年就能上市。卢文学却很实干，谈了现在严峻的形势，以及他的设想和当前急需做的事情。说实话，没人喜欢他的讲话，但大家都需要他这样干事的人。

两位社领导讲完话，赵燕撺掇着一起干了杯酒，然后就进入了觥筹交错、大快朵颐的时光。我下意识地看了下手机，指针明显地指向了两点整。

那天的菜和饭都非常好吃，特别好吃，真的。因为，我们确实都饿得不行了。

然后，吃着吃着，人们说话的声音就越来越大；吃着吃着，各种荤段子就登上了大雅之堂；吃着吃着，“哈哈”“嘻嘻”“呵呵”“嘿嘿”等各处笑声就刺耳起来。我分明听到一个男人的笑声，就像猫被踩着了尾巴时发出的叫声一样，却没有人注意他的笑声。再吃着吃着，人就越来越少。等到前两排领导几近走光的时候，我偷偷看了一下手表，时间好像是五点。

记不清，我被强逼着喝了多少酒，总之，我感觉头晕晕的，身体似乎一直在不由自主地晃动。我，喝醉了！

我第一个念头是，下午的班，算是废了。不过，这用不着我操心。后面八桌坐的，都是《东方》杂志社的员工，他们会去办公室，把今天该干的事情干完。

我后来才知道，那天下午，应该说是晚上，饭局结束后，玉琴给文星元和李伟打了电话，把我架到了李伟在校内租的房子内。赵燕，则被余芳和师芹芹送回了家。那天，超过一半人都喝醉了，这其中，也包括萧雨。

五点之后发生了什么，我一概不知。现在想来，应该是没喝醉的领导们，看喝醉领导的笑话；后排的员工们，看前排领导们的笑话。自然，谢社长和卢总编早在晋川师范大学的领导们离开后，已经离开了。谢社长在离开时还谦虚了一句：“我在的话，大家拘束。我先走一步，大家放开了吃喝。”卢文学跟着“呵呵”笑了一声，也拍拍屁股，离开了。

第五季 捏碎那最后的疯狂时刻

第二十八章　李伟的秘密

等到我身体有知觉的时候，我迅速翻了个身。醉酒的感觉好奇怪，心里特别明白，可身体的每一个器官，甚至连指头尖、舌尖都不听你的指挥了，它们都静静沉默着。于是，我就很害怕，想起小时候邻居奶奶跟我们说的被鬼压着的事情。

邻居奶奶已经八十多岁了，她讲故事的能力很一般，但她舒缓而漏气的语言，加上很多的停顿以及极其慢的动作，给故事增加了无穷色彩，能够吸引我们这些小孩子的注意。

那是她七八岁的时候，她的奶奶跟她现在一样，也已经八十多岁了。那天也像是今天这样一个夏天天气，阴沉得要命，却一点不闷热，一点雨滴的样子也没有。她蹦跳着走进奶奶的房间，还没反应过来，突然听到奶奶说："丫头，帮我……"然后，奶奶的声音突然停顿，一只手指着她，像她的身体一样，已经浑浊的眼睛同样一动不动，就僵坐在了床边。

邻居奶奶惊吓过度，就那样愣愣地站在那里，在她的感觉中，似乎过去了很长很长时间。之后，她“啊”一声大叫了起来，并迅速地通过一句“妈,看奶奶怎么了”把奶奶的现状告诉了全家人。

等到全家人都集中到奶奶面前的时候，一起观看了一幕现实版恐怖剧。奶奶先是眼珠可以活动了，然后指出的手一点一点地收回去，然后头动了，身子动了，之后，奶奶长长地出了一口气，仿佛这僵硬的一段时间，连呼吸都停止了。在长出一口气后，奶奶狠狠地冲地上吐出一口浓痰，然后说：“呸！我被鬼压着了。”

全家人一下子放松了，作鸟兽散。可这一幕，给了邻居奶奶极大的震撼。于是，在那之后，她成了家里对鬼神佛魔最感兴趣的人。

没有让我们失望，就在我们听完这个故事的最后一个字后，邻居奶奶仿佛重现当年的情景一样，完美“表演”了一次被“鬼压身”的情况，我们在非常惊恐非常惊讶的心情下完整看完了邻居奶奶的“表演”。我也是多年以后，才想到用“表演”这个词。或许，当年邻居奶奶并不是表演。这位奶奶，一直活到九十五岁才无疾而终。

醉酒后的感觉，跟“鬼压身”非常相似。知觉一点一点地在我身上恢复，我开始能够一点一点地控制自己的身体。当我的控制能力达到一定程度的时候，我迅速地翻了一个身，猛然碰到了一个温温的身体，一声尖细而模糊的“啊”让我进一步清醒，可我还是抬不起疲惫而依然醉酒的双眼皮。似乎是一股热量夹杂着酒精的作用突然涌了上来，我伸出双手，抱住了旁边这个身体，阻隔我们的那层炎夏薄衣，很快就被褪下身体。一丝不要继续的念头迅速闪现在我的脑海里，但旋即就被这种热情冲散得无影无踪。我和赵燕是在一个桌上喝酒的，自然也是赵燕把我“带”回了家，而我身边躺着的，必然也是赵燕。我紧紧抱着赵燕，那种温温的感觉愈加强烈，我毫无目的地吻着，每一次吻到她的身体，都激起我们不同的战栗。

我似乎听到门那边有声响传来，但两个如火如荼的人，怎么能够顾及周围的声响。再说，这里是赵燕租住的房子，宽敞的两居，除了我们，这间房子不会有人进来的。

醉酒后的赵燕似乎略显生涩，感觉有些不知所措。但那种事情是天生的，随着心意而走。在那个自然而然、亘古不变的姿势契合点之后，我们俩越来越顺利……

不知过去多久，突然感觉身边有动静，我猛地睁开眼，一幅让人瞠目结舌的画面展现在我眼前。我一时不敢相信自己的眼睛，不禁愣神起来。而心中，悔恨、愤怒、惊讶、无助等复杂的感情一涌而来。

是李伟，他竟然在吻我旁边的赵燕，不，是萧雨的脸，然后是脖子、嘴唇。我旁边躺着的，竟然是萧雨而不是赵燕，我也立刻明白，这里是李伟那个宽敞豪华的三居，而不是赵燕的那个两居。刚才那疯狂的一幕，竟然是我和萧雨。老天，我到底做了什么事情？

萧雨竟然也没在意，任凭他吻下去。萧雨闭着眼，她或许认为那是我，也不可能再有其他人了。一次疯狂的酗酒加一次疯狂的做爱后，她已经无暇顾及这些事情。她当时唯一的念头可能就是："沈伟真坏。"

后来，李伟向我诉说："沈伟，我真的是情不自禁！当时，萧雨主动而热烈地回吻着我，那种感觉很奇特，前所未有。它带着前所未有的奇特感觉，让我的身体，带着穿越一切的力量，迅速地膨胀起来。在我的情绪逐渐上来的时候，你的拳头就猛烈地撞击在我的头上。你别不相信，我确实什么都没来得及做。"

在刚睁开眼睛，那一瞬间最震惊的时刻过去后，我就重重地挥起拳头，砸在李伟的脑袋上，这一拳头，直接把他从床上砸到了地板上。他被我打蒙了。

他还没来得及从地板上爬起来，我就跳下床，用力一巴掌再把他扇倒在地板上。这个卑鄙无耻下流可恶的"贼"一样的人。怕惊醒萧雨，我惊恐地向床的内侧一看，还好，萧雨轻轻打着鼾，正熟睡着。

我知道，如果萧雨知道真相，知道刚才那不是我在吻她，再知道我把她当成了赵燕，那后果将非常可怕。

李伟好像吓了一大跳，迅速起身，然后猛地回头，把右手中指放在自己嘴唇上，对我说了一声："嘘！"

我和李伟现在都在他的房间，当然，我们都穿着衣服。如果萧雨醒来，她会发现，我们刚才还如漆似胶的房间，现在只剩下她一个人。

我已经出离愤怒了，可我想不到的是，原来出离愤怒就是无话可说和冷静沉默。

“沈伟，我实在没有预料到，当我被肮脏无耻地出卖以后，我以为我再也不会有正常的性生活了，可我面对自己的‘初恋情人’，竟然有反应了。”李伟很平静地说出这句话，可我竟然就明白他说的意思了。

我又一次无话可说。

“沈伟，那个富婆对我的所作所为，我一开始没有想到会对我影响如此之深。我一直以为，我会忘掉那个中年女人，然后重新开始正常的美好生活。可是没有。”李伟叹了一口气，继续说下去，“《青春系》顺利上市出版后，也就是我离开《青春系》杂志后，为了尽快摆脱自己内心的不安，我前后找到三个女朋友，都非常漂亮。我不怕你笑话，我们最后都发展到了上床的关系，可在床上，不管她们的胴体多么诱人，我就是一点反应也没有。她们笑话我无能，都先后离开了我。”

“可是……”我很吃惊。

“先听我说，沈伟。我知道你惊讶的是什么。”他继续说下去，“你惊讶我刚才……”听到这里，我立刻又恨不得再往他脸上补几拳。

“你惊讶我刚才，为什么又正常了。这正是我痛苦的原因。女朋友先后离开我，有一晚，我下意识地想到追求萧雨的那些日子，我发现，我又正常了。当我发现这点的时候，我雀跃到不能自已，就像今天晚上这样兴奋。当我看到我曾经心爱无比的萧雨，将整个鲜美的身体呈现在我面前的时候，我竟然变回一个正常男人了。”

我什么也没说，深陷在自己的痛苦和悔恨当中。

“于是，我变得不顾一切。我甚至一点也没有把目光移动到你身上，我彻底地忽略掉你。那个要成为一个正常男人的想法，让我彻底崩溃了，这种崩溃和痛苦，压倒了我的一切理智。当我看到你和萧雨沉沉睡去的时候，我脱光了自己的衣服，不顾一切来到了萧雨面前……后来，你都知道了……我什么也没有做的，你的拳头就砸过来了。”

李伟痛苦的目光望向我：“可就算这样，沈伟，我现在也是一个彻头彻尾的无耻之人了。”

今天晚上，我第三次无话可说。我确实不知道该说什么好。李伟说的，虽然我都听到了，但我还处在自己的悔恨和痛苦当中。赵燕已经是我生命中的第一个女人了，但今晚的这种阴错阳差，把萧雨送到了我身边。我也确实没想到，事情会是这个样子。我更没有想到，李伟在何于此事件上受到的影响，会深刻到这种程度。

可残酷的现实是，不管过程怎么样，不管我怎么阴错阳差，不管李伟多么荷尔蒙冲动加卑鄙无耻，我和萧雨，确实发生了超越友谊的性关系，而萧雨和李伟，如果不是我及时醒来阻止，也要发生无法挽回的事情。现在，我强力地去压制，极力回避去想这一幕，生怕自己会做出可怕的事情，狂揍李伟一顿，或者立刻失去萧雨。这是不是说明，我本质上，还是一个怯懦的人？而我去狂揍李伟，我又有什么资格？起码李伟是一直深刻地爱着萧雨，而我，在身体上背叛了萧雨，投入了赵燕的怀抱。

我突然从心底深深地认识到，如果不是李伟第二次去找何于此，如果不是为了出版这本《青春系》，这样畸形畅销的可怕长篇小说，李伟也绝不会成为一个他口中所说的不正常的男人。你的选择，注定了你的结果。突然，我开始有点恨起自己和李伟来。

“李伟，就将今天的一切，当作什么也没有发生吧。”我痛苦异常地说出这样的一句话，当作今天的事件的结束语。

李伟愣愣地看了我一会儿，然后说：“好。”

直到这时，我才想起仔细地打量一下李伟。李伟的身材非常匀称，给人的感觉仿佛是精雕细琢出来的，对了，我想出一个形容词来，那就是“精致”，没有比“精致”更好的了。如果李伟再拥有一张精致的脸，那他肯定就是娱乐圈的宠儿了。可这个世间，没有所谓完美无缺，上帝吝啬得没有给他一张精致的脸。

他狐疑地看着我，我们都有一种被命运捉弄的无奈。

这是一个令人痛苦无比的暂时结尾，命运永远是那样的不可思议和不可掌握。或许，我自己的怯懦和害怕失去，已经注定了这样的结尾。虽然我心底无比抗拒着，但我无奈地接受了这件事情。除此，我现在想不到解决这件事情的办法，我自己不能告诉萧雨，我也害怕李伟告诉萧雨。妥协，似乎是目前唯一的选择。

接下来，我们探讨了李伟有没有可能，就算没有“初恋情人”这样一个因子，也能从一个受害者变成一个正常男人，这种探讨完全是无聊和无意义的。不过，我们也达成了一致意见，我们觉得，只要李伟不再想他和那个中年女人在一起时的情景，只要他恢复平常的生活，在未来几年内恢复到正常情况，这应该不是什么难题。可我实在没有想到的是，这个问题，竟然还是回归到原点解决了。这个原点，就是李伟的初恋情人、我的现任女友萧雨。

在今天晚上我和萧雨酒后混乱之前，我一度设想，既然木已成舟了，我就跟赵燕在一起，李伟和萧雨在一起得了。但这明显是我个人的臆想。而如果真是这样，那我也是一个无耻之人了。但我没有想到的是，这个问题，竟然是以那样可怕轰动的方式解决的。而且，参与这个事件的，竟然都是我熟悉得不得了的人。

我回到房间的时候，萧雨还沉沉睡着。从李伟那里知道，其实，今天的午宴，萧雨也喝了不少酒，可能只是比我这种意识全无好一点而已。

本来，赵燕确实是想把我带走的，但她自己已经喝得五迷三道了。于是，最后文星元、李伟和玉琴，把我和萧雨就近带回了李伟家。余芳老师他们，把赵燕就近送回了杂志社601社长办公室。

萧雨以一个非常诱人的姿势熟睡着。她背向着我，但她的左腿迈向了内侧，于是，春色一览无遗。

我突然意识到，酒精竟然还有这样凶狠的残余留在我的身体里。想不到，内心的挣扎竟然是如此可怕，在身体的驱使下，我一度想凶猛地扑上去。但这时，她轻轻地转了个身，然后脸上有着甜甜的笑。酒在她身上起的反应还没有退去，她的脸潮红潮红的。看到她的幸福表情，我的心猛地就低沉了下来，我慢慢地闭上眼睛，眼眶涌出了悲伤和深刻的痛。

不可否认的是，我知道了李伟的又一个大秘密，而且可能只有我一个人知道。

第二十九章　招标会流产

编辑部部长于化星老师在周一例会上说，《东方》杂志社的三种期刊，《东方》中短篇小说版、《东方》国内长篇小说版和《东方》海外小说版已经准备好前两期，是该考虑发行和广告招商的事情了，尤其紧急的是发行。

《东方》杂志创刊的消息，在整个晋川省，甚至整个国家，凶猛点形容的话，就是已经炸开了锅。很多学者专家怀疑晋川师范大学是在炒作自己，因为这几年以来，纸质刊物的发行，可以用每况愈下来形容，特别是纯文学小说类的刊物，除了昙花一现的类型文学杂志外，基本上已经淡出主流阅读市场。

前几年，我们看过一则公益广告，一个男士在街道上行走，手中的杂志文件快要掉下来了，最顶上的，肯定是显眼的文学类文摘杂志，然后，一个小女孩托住了这些将要掉下来的杂志文件，让人很感慨。但这样的场景几乎一去不复返了。不仅手拿文学类书籍的人越来越少，甚至手拿书籍的人也越来越少。

这样的情况，让这些学者和专家，对晋川师范大学进行了体无完肤式的批判，总之就是一个意思，一所省级著名、全国有影响力的大学，竟然搞这些炒作，无耻至极。

面对这种情况，我们的谢副校长，也就是《东方》杂志社社长专程邀请晋川师范大学校长、党委书记，三人一起开了一个发布会。表示不仅要做这样一本杂志，而且进程要加快，晋川师范大学不仅不迎合社会主流低俗恶俗的阅读倾向，而且还要改变这种倾向，我们就是要做这样的一本，不，是三本纯文学杂志。于是，晋川师范大学以迅速的招聘开始，给这些学者专家狠狠扇去了一记耳光。

于是，社会和网络舆论开始了一边倒的支持。如果历史有记载的话，那有可能2006年的夏天，就是这个国家阅读风向标指向改变最重要的一年。

尚未出师战已捷。《东方》杂志还没有上市发行，就成为销售预期巨量可观的杂志。招标靠谱的发行公司，成为当务之急。这个任务，落到了杂志社实际权力人物、人事行政部部长赵燕以及读者服务部部长师芹芹身上，而实际上，师芹芹仅仅是充当门面，赵燕才是最终的决定人物。

我发现，我待在101赵燕办公室的时间，要远远多于我待在302我自己办公室的时间。赵燕有些兴奋地跟我讲着发行的事情，这根本不是我所能了解的，也插不进嘴，估计，赵燕把这种说服，当成了说服社长的预演吧。

“沈伟，你觉得发行招标，最终应该怎么选啊？”她摆出一副饶有兴致的模样。

我头都大了，这个我根本不了解啊，但又不能扫了她的兴，便道：“我觉得，肯定第一个要选择邮局啊，你想，全国多少报刊亭啊。其他的，我完全不清楚了。”

我刚说完，赵燕就笑了起来：“就喜欢你这种诚实的样子。好吧，我说，你听着。”

其实，赵燕在这之前，已经跟校领导们沟通过一遍了，领导们普遍的预期，就是三本杂志的总销量，第一期能够接近一百万册，那就谢天谢地了，如果能够突破一百万册，那真是烧了高香了。校领导也没指望能够从杂志发行上赚钱，他们赚钱的希望，一个是在广告组的广告招商，一个是在网络部未来的发展，领导们的眼光很毒。而发行，就是赚名气和人气的一种必须有而不可或缺的手段和基础。

赵燕已经想好了，全国的渠道，肯定是交给邮局的报刊亭来做了，这个根本没有招商的必要。而招商的重点，是另外三个方面，一个是北上广深这四个超级人口一线城市的铺货，另一个是全国各地书店、候机候车亭书店的铺货，第三个就是网络和商超的铺货。这个当然是，谁家承诺的发行量高，拿货价格高，就给谁家。三本杂志都是带封面一百二十九页，其中有十页的广告页面，每本零售价均是十元。

赵燕笑得很灿烂，尤其是在一场激烈的运动过后，她面色微红，身上散发着淡淡的香气，我紧紧地把她抱在怀里。

她淡淡地吐出一句："招标会流产了。"

"什么？"在问这句话的时候，其实我已经听清楚了，只是我有点不相信自己的耳朵。

"招标会流产了。"赵燕离开我的怀抱，坐起来，又说了一遍，然后就哈哈大笑起来，"你应该知道啊，怎么可能有招标会呢？《东方》杂志社虽然是晋川师范大学控股，但本质上是一个私营企业啊，除了做好杂志内容本身，其他一切都以赚钱为先导的，哪家给的条件好，当然就选哪家了，招什么标啊。"

我这才明白，原来，晋川师范大学和一家私营的大型出版集团合作成立《东方》杂志社，晋川师范大学占股51%，这家大型出版集团占股49%，晋川师范大学负责解决杂志的刊号和审核、办公场所、人员编制工资、杂志社内容制作、一切行政开支及其他所有运营工作，而这家大型出版集团负责印制、广告、发行和推广，赚到的钱，除了扣除运营费用，晋川师范大学拿三成，该大型出版集团拿七成。

“那《东方》杂志一年到底能赚多少钱啊？”我对这个问题很好奇，也感觉校方这个三成实在拿得太少了。

“你是觉得学校这个三成拿得很少吗？”赵燕微微笑着看着我的眼。

我猛地点头，这家伙，看到我的心里去了。

赵燕顺手从包里拖出一个大信封，随手扔给了我：“亲爱的，这是你的了。”

我一愣神，接在手里，不用看，是厚厚的一沓钱。不过，我还是掀开信封口看了一下，目测有五万块。

“快收好，别看了，是五万块。”她顿了一顿，笑了，“以后啊，每个月，就有这样五万块。”

“你们就这样把学校给卖了啊？”我突然感觉好不舒服。

赵燕哈哈大笑了一阵：“傻小子，我们怎么可能把学校给卖了。你看看，赚的所有钱，扣除所有成本费用，学校还能拿三成的利润，并且，这本《东方》杂志所有权是学校的啊，就算它以后做成了中国第一、世界一流的杂志，它永远是晋川师范大学所有的啊。”

我怔住了，这确实是。就算这家私营出版集团赚得再多，也是人家应得的啊，印制、广告发行和市场推广，都是人家在做着，而且绝对是花费巨大。

“再说了，你也知道杂志社的情况。头头脑脑们，除了总编辑卢文学，剩下的社长、副社长和副总编辑，哪个不是兼职的，哪个人不是挂着空衔领工资。”赵燕又笑了，“你见过他们来吗？”

我正准备回答，她自己接上了：“他们肯定不会来的。所以，面对这些吃白食的人，我就得操心啊。我这样操心费力，凭什么不能拿点合理的钱。”

“你说，这叫什么钱呢？”她一边皱着眉头，一边问我。

“销售提成？”困惑和震惊的我试探着问了一句。

“哈哈，你太聪明了。”赵燕直起身子，向我扑了过来，口里还喊着，“对，就是销售提成。”

“你……衣服……衣服……”赵燕像一只跳出水面的美人鱼一样，跳到我的怀里。

我心里在想：“我只要把校对工作做好了，保证不出错别字、不出语法错误，这就 OK 了，其他的，关我什么事情。”这也符合一个好员工好管理的标准，把分内事情做好，不要去想分外的，至少在没有做好分内事情之前，不要去想分外的。

赵燕后来跟我说，《东方》杂志靠卖杂志本身的钱，能够支付员工工资、印刷、设计、文图稿费、市场推广和一切行政开销，这一块，基本上可以做到收支平衡，甚至略有盈余。而那个3：7的分成，其实是单指广告费来说的。三本杂志，一共有三十页的广告页面，每页广告费用平均是十二万元，出版一期的广告收入不低于三百六十万元，一年十二期，广告收入将不低于四千三百二十万元，这四千三百二十万元，晋川师范大学将拿一千二百九十六万元，而那家私营的出版集团，将拿到三千零二十四万元。但可以肯定地说，有不止几十上百万元，已经以“销售提成”的形式，转到了“赵燕们”的口袋。

这虽然是他们努力工作应得的，但我的心底总觉得有一些不舒服。算了，不管这些了，做好自己的工作才是最重要的。

那天，赵燕告诉了我两个惊人的消息，这两个消息，一个比一个让人觉得惊恐，让我有一些透不过气来。

我其实一直很享受跟赵燕的交往，是这个美丽的女人，让我体验到了人类最欢愉的行为。而且，也是这个女人，既把我招进了《东方》杂志社，还把萧雨也增补招了进来。在面对赵燕的时候，我感觉到自己是一种完全的释放和自由，而且不需要隐藏什么。但在面对萧雨的时候，我却有一种怎么也挥之不去的矜持，不管我怎么做，这种矜持，一直存在着。

最纠结的是，在和萧雨发生实质性的事情后，虽然我再也不提这个事情，但心里始终有了一种怎么也挥之不去的心结，不能释怀。我现在其实也很难搞懂，到底是萧雨是我的第十三号女友，还是赵燕是我的第十三号女友，或者，她们两个，都是我的第十三号女友。我强迫自己不去想这个问题，一点也不去想。

“那个私营大型出版集团，叫三年二班。”赵燕只是轻描淡写地说出了这句话。但她没有想到，这句话在我心里产生了大地震大海啸般的震撼。这家大型出版集团竟然就是那家著名的《三年二班》杂志社，他们竟然来做纯文学了。

我突然陷入了失语状态，赵燕笑着用拳头轻捶我：“不至于吧，《三年二班》再著名，也不至于把你震惊成这样啊？”她哪里知道，这背后复杂而阴险的故事；她哪里知道，那个著名的作家李伟的“悲惨”遭遇。

“他们的主编，是叫何于此吧？”我有些喃喃地说出了这个词，我真希望不是。

“对，没错，以前叫主编，现在应该叫董事长吧。他们公司的董事长，就是何于此。”赵燕说得很坦然，她显然不知道何于此是一个什么样的人，我想，如果她知道了，肯定会抡起巴掌，直接甩到何于此的脸上去。

“那他现在，除了投钱，跟《东方》杂志还有其他关系吗？”我现在真心希望，他只是投资人，除了钱外，跟《东方》杂志没有任何关系。否则，我感觉这就是一个巨大的圈套，一个针对李伟的巨大圈套。在下意识里，不管发生过什么事情，我、萧雨、文星元和玉琴，已经把李伟当成了这辈子最好的朋友和最可靠的人。

“在月初的午宴上，你应该看到他了啊，何于此。他现在是《东方》杂志社发行、广告和市场一肩挑的领导啊，职位是副社长。”听到赵燕这样说，我立刻目瞪口呆。突然想起了那天那个令人印象深刻的男子。

“那六男四女中，独独一个男的，给我留下了深刻的印象。你根本看不出他的具体年龄，但感觉非常年轻精干。他的脸庞，有一种雕刻的感觉，虽然每一个部位单独看上去都不惹眼，但整个放一块儿，却感觉异常灵活和动人。尤其是他的身材，如果仅按比例算，那应该是男模一类了。可惜的是，他身高比较矮，目测也就一米六零以下。”

当我把这个印象告诉赵燕的时候，她立刻说：“对，就是他，如果从成熟度来考虑的话，绝对比你帅。不过，我还是喜欢幼稚点的。”

汗！跟何于此相比，我竟然是幼稚点的。不过，这也是实话。

竟然是《三年二班》，竟然是何于此。我现在恨不得立刻跑到萧雨他们身边，把这个惊人的消息告诉他们。但我还得等，一天的上班时间，才刚刚开始一个多小时。

可就算这个消息，比起另一个消息来说，也真的不算震惊了。

赵燕突然不说话了，低着头，有点半郁闷地望着软软舒适的这张大床。

“怎么了，亲爱的老婆？”我边说边用手捧起了她的脸，她“扑哧”一声就笑了，一笑而止，然后就突然说了那句让我崩溃的话。

“我这个月例假没来。”说完她就看着我。

我不是幼稚园的儿童，毕竟已经是大四学生了，我知道这意味着什么。

我没有说话，拿眼睛瞪着她。

她又缓缓地说出一句："我测了，确实有了。"她还补了一句，"咱们每次做那事，都没有避孕。"

我脑袋"轰"一声，突然就不知道该怎么办了。

赵燕却立刻哈哈大笑起来："你急什么啊，我都不急，放心吧，离肚子大起来，还有四五个月，时间足够长了。"

我苦笑着说："确实足够长了，对结婚来说。"

"结婚？"赵燕一脸惊讶，"我还没有想过结婚的事情啊。我说的是，还有四五个月时间，我的肚子才会大起来，在这个过程中，我能想到解决方案。"

听了这话，估计我的脸不仅拉下来了，而且绿了："哎！那可是我的孩子啊。你不跟我结婚，跟谁结婚？"

"那你的那个小情人，萧雨呢？"赵燕慢慢吐出这几个字，但每一个字，都像大鼓一样敲在我的心上。赵燕竟然连萧雨的事情都知道了，可见女强人的身份并不是虚的。最可怕的还有，可见赵燕此刻开始，已经心里有我了。或许，如果没有萧雨，那结婚也就顺理成章了。但……

对，萧雨怎么办？我突然很恨自己的邪恶。我怎么能同时爱两个女人，放不下两个女人？这一切，到底是怎么发生的？怎么走到今天这一步的？

我确实，快要崩溃了。

赵燕说的很现实，只能走一步算一步了。

第三十章　李伟出山

《东方》中短篇小说版、《东方》国内长篇小说版和《东方》海外小说版创刊号一炮走红，三种杂志销售总量超过了一百五十万册，尤其是《东方》海外小说版创刊号，竟然达到了七十万册，几乎占到一半分量。《东方》杂志取得了空前的成功，也破了中国一个纪录，一本杂志的创刊号，从来没有达到这样高的发行量。这个纪录，在纸质书逐渐明日黄花的情况下，也许就成为一个前无古人后无来者的数字了。

谢副校长，也就是《东方》杂志社的社长一高兴，就大肆奖励。最重要的政策是，社里所有员工，每个人本月发双薪，然后，各级领导发奖金，社长、总编辑、副社长、副总编辑等，每人奖三万，一级部门正副负责人，每人奖两万，二级部门正副负责人，每人奖一万，每个部门由部门领导提议一名员工，奖五千元。我们校对组，我提了马喻，因为其他人，我都没有留下深刻的印象。

为此，《东方》杂志社专门进行了表彰大会暨晚宴，简直就是杂志社成立宴的复制，不同的是，增加了发奖金环节。校长和党委书记以及晋川师范大学数得上号的领导们，全出席了。无疑，原先不被学校领导们看好的《东方》杂志社项目，如今变得炙手可热。项目负责人，谢副校长，虽然不具体负责什么事情，却成了学校的大红人，而赵燕，这个人事行政部部长，成为各方势力拉拢的最主要人物。

而在《东方》杂志社成立之前，已经有出版方面的专家预言，世界纸质出版，将在五年内消亡，中国纸质出版，将在十到十五年内消亡。纸质书，今后将成为用于送礼的精致礼品，或者奢侈收藏品。而世界大报大刊的相继停刊，及只推出电子刊的演进，在不断应验着他的论文。而中国报刊的领头军，已经由当初单期一刊所有分类超过一千万的发行量，在短短三年，下降到几百万册。先前校园内人手一册《读者》的盛景，如今已经变成：就算你很努力地寻找，也很难发现，谁手中拿着一本《读者》。

所谓盛极必衰，创刊号和良好的刊出预期，以及纯文学大刊的名号，在《东方》杂志发行上，起到了相当大的感召效应。第二期《东方》杂志的发行，就直线下跌，除了海外小说版仍然保持了七十万册的高位外，国内中短篇小说版和长篇小说版，发行量分别下降到二十万册略多。也就是说，相对第一期，发行量整整减少了四十万册。虽然短期内，广告收入不会受到任何影响，但如果不采取措施，那半年后，广告收入也会垂直下降，减少到原先的三分之一，也是正常。

于是，一场非常重要的拯救《东方》杂志社发行量的会议召开了。

谢社长难得地参加了会议，卢文学、何于此、赵燕、师芹芹、余芳、于化星还有我，参加了这次会议。所有员工，都对发行下降的情况一无所知，我们不能因为发行下降，打扰他们的工作热情，从而影响到杂志从设计到内容到排版、校对的整体质量。

而实际上，这次会议，除了卢文学和何于此，剩下的所有人，都只是听众。因为，我们对发行确实是一窍不通，而卢文学和何于此是这方面的专家。

何于此紧绷着他那张精致得像精心雕刻过的脸，一言不发。和他在一起，你往往因为他的脸，还有他刻意保养的身材，而忘记他身高上的缺陷。

卢文学带领着大家一起分析了种种可能的原因。首先是《东方》杂志的内容和作家影响力，毫无疑问，这两期刊登的文章，可以说是齐集了当前中外文坛上最火热的名作家，当然，还有一部分非常出彩的不知名作家的文章，可以说篇篇都是精品。

一位曾在一本出名文学大刊工作二十年的老编辑曾经对我说，对一本文学刊物来讲，一期三十来篇文章，有四五篇能够打动人心，就已经非常不容易了。我不能说，剩下的二十几篇都是垃圾，但绝对都是非常普通的文章，就是你我，也能写出来的普通文章。

《东方》杂志的每一篇文章，我都仔细看过，无论中短长篇，还是海外版小说，真可以说是篇篇精品，不仅语言流畅优美，而且故事情节、人物特征，都达到了文学类教科书小说范文的水平。我自己心底深信，若干年后，《东方》杂志出的每一期，都将成为传奇，这本杂志，也将成为传奇。

排除了内容外，那就是发行渠道。这个被卢文学自己否认了。我们占据了国内最主流的发行渠道，邮政报刊亭、新华书店、私营独立书店、商超图书区、机场高铁学者书店，几乎每一处，都摆了最好的堆头，《东方》杂志绚丽简雅而大气的封面，都成为每一处图书售卖店最抢眼的风光。

接下来是宣传，这个应该是我们自信的地方。我们甚至可以说，只要是有阅读习惯的人、只要在一周内能够买一次纸质书的人、只要是关注任何一种传媒的人，都能够知道《东方》杂志已经创刊上市了。

最后一个可能就是《东方》杂志的设计风格和排版方式，这一点被我们否认了，我们通过最权威的调研公司，确认了最为流行和吸引人眼球的杂志开本和色泽搭配方式，并且，广告页面也以不影响杂志阅读为宗旨，以整页可迅速翻过的广告插页为主。

正当我们在继续绞尽脑汁分析的时候，何于此说话了："这些都不是原因。"他的话语，明显带着一些不屑。不过，这些我们早就习惯了，他就是这样说话的，任何一个访谈、任何一个发布会。好像他是高高在上的神，而我们都是他的臣民。但令人崩溃的是，这个神总是一语中的。这次也是。

"真正的原因是，我们的编辑团队里，没有名人，作家界的超级名人。"何于此一句话，总结完了整个会议。

我提出了自己的疑问："那卢文学老师和您，不就是我们的名人吗？"

我这个提问，换来何于此一阵嗤笑："此名人非彼名人，而且，我们已经过气了。"

面对大家的疑问，他继续说："我和卢文学，都是编辑，也就是发现好作者和好作品的人，但我们自己没有任何作品。另外，我们已经出名很多年了，那都是过去的事情了。现在，我们顶多算幕后，幕后，懂吗？"

面对着我们“哦”及一脸明白的表情，他这种“神”般的得意之情，更加暴露。如果他不是《东方》杂志社的大股东，我真想一拳打过去，让他那个精致的鼻子立刻出血。

“我们需要一个当红的青年作家，必须非常红，有超级畅销的作品，国内有成百上千万的读者，愿意为他和他的作品埋单。”何于此结束了自己的谈话。

“可上哪里找这样的作家啊？”当我问出这个问题的时候，我才明白，为何我目前只适合当一个校对组的组长了。

“有了，李伟，那个写出《美人鱼》和《青春系》的畅销书作家。”赵燕的回答，解决了这个问题。这也表明了，也只有她这样思维敏捷的人，才能够成为《东方》杂志社的核心和灵魂人物。

如今，为李伟这两本书埋单的读者，已经超过了一千万，如果加上盗版和网络、手机阅读，这个数字，其实早已经轻松超过了亿级。这样的一个畅销书作家，在2006年的秋天，那简直是史无前例的。

毋庸讳言，李伟因为这两本书的各种收入，已经高达数千万元。签下《美人鱼》和《青春系》影视版权的金钱数，分别达到一千万和一千五百万元。而这两个金钱数，除了个人所得税，剩下的，全部收入了李伟自己的腰包。他出席一场活动的费用，已经跟大陆或港台二线明星等量齐观。

这样的当红青年畅销书作家出山，担任《东方》杂志社的副总编辑职位，那必然能够引发《东方》杂志社新一轮的狂潮，解决当前突然面临的发行问题。

这次必将载入《东方》杂志社历史的重要会议，最后做出了决定，由赵燕和卢文学，代表《东方》杂志社，前去邀请李伟入职《东方》杂志社，担任副总编辑。当然，这个职位，只是虚名，李伟需要做的，一是挂名，二是每期上一篇由他署名的小文章，三是在未来首先由《东方》杂志社连载他的第三部长篇作品。

谢副校长虽然各种执行力很差，但在这件关系他前途命运的事情上，执行力那叫一个强。他立刻在现场给李伟所在文学院的院长和党委书记打了电话，做出了安排，为赵燕和卢文学下一步的工作铺平了道路。

我仿佛看到，李伟已经欣然答应，出任《东方》杂志社的副总编辑。因为，不管是他，还是我以及我们，都丝毫找不到拒绝的理由。

而比较可怕的是，因为不知道该怎么开口，再加上我自己的私心，担心他们四个人知道后，会选择辞职离开杂志社。我还没有把何于此已经投资《东方》杂志社并且出任重要职位的消息，告诉李伟他们。

晚饭是我们五个一起吃的，我、文星元、萧雨、玉琴和李伟。相比之前的无话不谈，我们突然发现，除了具体的事情外，我们已经没有那么多感叹，五个人静静地吃着、沉默着，似乎各怀心事。

五个人里，最没有心事、最不忧伤的，应该是玉琴和文星元，他们在多年的相爱后，终于圆满走在了一起。除了萧雨的突然闯入，我没有看到他们的任何阻碍，他们被满满的幸福包围着。如果人生在世，能够像他们一样，那绝对是一种真正的幸福，虽然成不了大名，赚不了大钱，却能够安稳、快乐、满足地生活在一起。我想，这大抵就是人们终其一生追求的幸福生活吧。

而萧雨，好像已经隐约知道了我和赵燕的事情，但暂时没有任何证据，所以我们仍旧“恩爱”着。我和李伟，却拥有着那么多甚至无法启齿的秘密。我现在必然还不是赵燕喜欢的那种类型，也不可能跟赵燕结婚，但赵燕坚决不同意打掉这个孩子，她要把他生下来。在没有任何解决办法之前，她的原则是：走一步算一步。

就在我胡思乱想的时候，李伟首先说话了：“祝贺我吧！我已经答应出任《东方》杂志社的副总编辑了，做你们三个人的领导。”

虽然明知有这么一回事，但它到来了，我还是吃惊。这算不算我的私心？把李伟又推到了何于此的“火炉”里。我惊讶地一下把手中喝汤的勺子“咣当”一声掉在地上，并溅了一身汤。萧雨边帮我擦，边埋怨我怎么回事。

“告诉你们一个惊人的消息。”我故意顿了一下，大家的眼光都集中在我身上。

我终于抛开了所有顾忌：“其实，你们应该能猜到。《三年二班》是《东方》杂志社的大股东，何于此已经出任《东方》杂志的副社长，分管发行和广告美工方面的工作，他现在人已经在我们晋川师范大学了。”好像费了很大的力气，我才把话说完。在我说话的过程中，除了文星元外，萧雨、玉琴和李伟，不断用“不会吧不会吧”的表情表达着自己的吃惊。

“也就是说，我们现在，都成为给何于此打工的人了。”玉琴发出这一声感叹。

李伟的反应最强烈：“妈的，我已经答应赵燕和卢文学了，当《东方》的副总编辑。这！这没有理由不答应啊。”他垂下了头。

是的，确实没有理由。这么好的条件，这么好的待遇，而且，最重要的是，对李伟的文学创作道路，也是一大促进。他找不到任何一个不答应的负面理由。

“大家不要泄气。”还是年龄最大、经事最多的文星元出来说话了，“虽然何于此是《东方》杂志社的大股东、副社长，但《东方》杂志社说穿了，还是国企控股，不是他自己的那一亩三分地《三年二班》，我想，不管明的暗的，他都不敢乱来的。”

在我们频频点头的瞬间，他停顿了一下继续道：“萧雨、玉琴和沈伟，你们做好自己的工作就行，何于此不会关注你们的。我想，何于此除了投资赚钱，另外最大的目标，就是李伟。难听点讲，就是想让李伟跟那个中年女人重修‘旧好’。”

除了李伟涨红了脸，剩下我们四个都无心地哈哈大笑起来。想来，这一年多的时光，何于此贪不义之财的喜好，那是一点也没有改变。谁不知道，有几个年轻帅气的青年男作家已经“毁”或者“成功”在他手里了。

目前看来，也就只能按照赵燕说的那句了，走一步算一步吧！

第三十一章　起“死”回生

我想，李伟可能对何于此，已经到了厌恶透顶的地步。就像我们厌恶着魔鬼，却又犹豫不决于魔鬼给你的巨大名与利。在李伟的任职会上，李伟一言不发，而何于此兴奋得滔滔不绝。去掉他所有的废话，总结为两点，第一是开一场盛大的新闻发布会，宣布李伟入职《东方》杂志社；第二是答应国内人气最高的面对面访谈电视节目《南南有约》再三的邀请，为李伟做一期访谈，必要的话，何于此和卢文学也可以作为嘉宾助阵。

李伟拒绝了何于此做嘉宾的提议，只同意卢文学可以做嘉宾。这一点反正也没人关心，他们俩只是陪衬，《南南有约》想要访的人，只是李伟而已。

发布会的举办场地，可谓一波三折。原来计划在校园广场举办，壮观的大阶梯、喷泉、学界巨人塑像、绿植，拍摄确实很有现场效果感，但考虑到9月底的茱锦市依旧是烈日炎炎，就放弃了。后来想改到校园演播厅，谁知道，报名的记者和读者实在是太多了，区区演播厅只能放下一百人。最后，就只有唯一的选择——大礼堂了。算上坐着和站着的，大礼堂容纳将近一万人，那绝对是没有任何问题的。

大礼堂，也是李伟那次极成功的“求爱”策划的“犯案”实施现场，那场求爱，确实也一度给我们带来很大的困扰。我真心地希望，这次李伟加盟《东方》杂志的发布会，不会成为另一次困扰。

大礼堂只是进行了简单的布置，主席台上没有桌子也没有座位，只有一个讲台，讲台上只有一个“话筒+鲜花”。主席台下的座位席上，前三排摆了名签，后边有六排，每一排的第一个座位，都写了“媒体区”三个字。再往后，就是读者随意可坐的了，当然，你得来得足够早。

最显眼的地方有两处，一处是大礼堂主席台顶部挂的横幅，上边写着“热烈祝贺著名作家李伟担任《东方》杂志社副总编辑”。每一个字都很大很显眼，红底金黄色字，横贯整个大礼堂宽度。需要说明的是，大礼堂一排座位能坐八十个人，一共六十排，分成二十人、四十人、二十人三个区域，区域之间有两条过道。仅仅舒服地就座，就能坐四千八百人。可实际上，大礼堂两侧和后部，还有二层和三层，每层也能容纳一千人左右。每逢大型活动，整个过道都站满了人，虽然没有具体统计过，但绝对超过一万人了。这里，特别要谢谢校学生会，如果不是他们全员出动，维持秩序，学校不知该发生多少次严重的踩踏事故了。

发布会的流程简洁而高效。先是主持人介绍《东方》杂志社厚实的背景、巨大发行量、高效的团队和实力超强的作家还有高昂的稿费，以及立志成为中国文学圣刊（借圣地的含义）的愿景。

之后主持人再介绍李伟的作品《美人鱼》和《青春系》是多么史无前例的畅销，语言文字在80、90后作家中是多么难得的纯文学，人物塑造和环境描写多么的反映现实。然后总结是两好合一好。

这通本应该是谢社长说的大话，被主持人说完了。第二项，就是谢社长讲话。对了，忘记告诉大家了，主持人就是《东方》杂志社人事行政部部长赵燕。谢社长的讲话简短有力，就是说晋川师范大学作为一所拥有近六十年校龄，文化底蕴深厚，出过很多著名作家的全国知名师范类大学，今后也必将在人力、物力、财力上，全力支持《东方》杂志社。领导讲话简短，才是最受欢迎的。确实，每出一期《东方》杂志，学校都净赚两千多万，这样的好事，为什么不尽人力、物力、财力支持呢。

接下来是李伟讲话，还是他那富有磁性、干净和清晰的声音。他每说半句话，就能换来一片尖叫声，各种叫声都有，大抵就是李伟的名字加肉麻支持的话，并且以少男少女为主。当时给我们的感觉是，学校怎么突然就冒出这么多中学生啊。每一次尖叫结束，我都会小声说一句“我去，至于吗”，这也引来玉琴和萧雨的侧目。好吧，我承认，我就是赤裸裸的羡慕嫉妒恨。

李伟的讲话时间，是谢社长的十倍不止，因为他每说几个字，都被各种尖叫声打断。我第一次体会到，粉丝原来是这么可怕的一件事情。好像整个现场，没有几个人不是李伟的粉丝，所不同的是，前面几排坐的嘉宾领导和记者朋友，比较克制一点。但除了这克制的几百人外，剩下的一万多人，那就是彻底疯狂了。

李伟的话，其实就是表达了三个意思，第一，晋川师范大学是自己的母校，并且，自己现在在这里读文学硕士，理应为母校出力；第二，《东方》杂志社是国内领军的大型文学期刊，非常难得，愿意为中国文学出一份力；第三，他加入《东方》杂志后，将分别启动少年作家和青年作家计划，分别从中小学、大学及社会作家作者当中选拔，每年重点推出百位作家。

他说的话信息量实在太大了，几乎每一句话，都是亮点，都可以被记者加工成几千字的报道。我突然想到，第三点，李伟完全是兴之所至，冲到场的中学生、大学生们说的，所谓投其所好所想。另外，他这三点说得很完美，这让我认识到，李伟能够成为当红的畅销书作家，那绝对不是靠长相及机遇的，也还有他强大的实力。想到这里，他给我带来的不快，也略微减轻了一些。

发布会第三个环节，就是谢社长代表《东方》杂志社和晋川师范大学，给李伟发聘书。

聘书上书：聘书，兹聘任李伟，担任《东方》杂志社副总编辑一职。落款“晋川师范大学＋《东方》杂志社”，日期2006年9月23日。当然，少不了两个大红章。

接下来是记者提问时间，主持人规定只能问五个，这稍稍让到场记者有些失望。但五个就五个吧，总比没有强。

赵燕记性很好，眼睛很刁，专挑有影响力的报刊类来提问，只给了网络媒体一个机会，因为何于此告诉过她，如果一家报刊发了，那肯定会有几十家网媒转载的，为何还要浪费机会给网媒？不过，为了照顾到场数量众多的网媒，最后一个问题，还是给了网媒。

以下是李伟的问答实录：

问：您上次现场“求爱”的萧雨，结果怎么样了？

李伟答：那是我大学期间曾经暗恋的女生，我们现在只是朋友。

问：那她现在有男朋友吗，你们还会不会在一起，您还爱她吗？

赵燕：请注意，这是第二、三和四个问题了。

赵燕这句话引起全场一阵哄笑。

李伟答：这是她的私人情况，我不太清楚，希望她幸福就是了。我说过了，我曾经暗恋她。我们还会以朋友的身份经常见面，因为我们现在都在晋川师范大学读书哈。

问：您加入《东方》后，卢文学总编辑负责什么，你们两个有什么分工吗？

李伟答：卢总编是国内传统文学的泰斗级编辑，他会重点负责传统领域的作家作者，并全面把控《东方》杂志社所刊登文章的文学水准。至于我嘛，会重点负责网络作家群体。

李伟的最后一句话，引起了全场阵阵尖叫，尖叫时间长达一分钟之久。这也说明了，以传统文学自居的《东方》杂志，以接纳李伟的形式，正式接纳了拥有超过四点五亿读者群的网络文学。而卢文学所负责的传统文学读者，按他的说法，已经萎缩到不足五千万人。

问：李伟，这是不是意味着，《东方》杂志社将正式进军网络文学领域，你们有什么具体规划吗？

李伟答：大家都知道，我们现在只有《东方》国内中短篇、长篇及海外版三种刊物，官网也是在建设中。未来，网络作家们，肯定还是以刊发在《东方》杂志上，或者做一些增刊为主。至于其他，随后再说。

问：您的第三部作品，什么时候出版？

李伟答：正在创作当中，时间是以我离开《青春系》杂志社到现在这段时间。剧情暂时保密。

然后问答环节就结束了。

最后的环节，是为很多不远千里、辛苦来到《东方》杂志社所在城市的李伟的粉丝和记者们准备的，李伟牺牲了近半个小时的“宝贵”时间，亲笔签名了各二十本《东方》（国内中篇小说版）、《东方》（国内长篇小说版）、《东方》（海外小说版）以及他的《美人鱼》和《青春系》。进礼堂门的时候，每个人都收到了一张小硬纸片，上边是号码，我记得，印了五千份。

这时候，礼堂主席台两侧的大投影幕放了下来，投影仪也打了上去，上边显示出数字抽奖，编号自然是从“0001”到“5000”地滚动。李伟喊停，然后就抽出十位获奖者，总共抽十次，十次分别上台领奖品。

我数了一下，李伟被握手一百次，被强抱五十七次，被强吻二十一次，不过，只有两次被吻到嘴唇。这就是偶像的代价吧？

这次发布会，取得了空前的好效果。第一个反应是，发布会结束后的一周内，全国各地，不管纸媒网媒，都开始针对李伟和《东方》杂志社的联姻，在文娱版进行各种形式的专题盘点，甚至有地方报刊，专门针对李伟的前暗恋女友，做了整整一个版面的内容。并且，还登了几张萧雨和一位帅哥的侧面和背影合照，使用了类似“萧雨抛弃前畅销书作家男友，投入高帅富官二代怀抱”，宣传这位尚不知姓名的帅气男生，是晋川省某高官的独子，其母亲是晋川省某知名上市企业的拥有人，这位高帅富纵横晋川省官商两界，身家至少在十个亿以上。

我们边看这篇报道，边哈哈大笑。其实，捕风捉影到这种程度也是很好玩的事情。萧雨一直不高兴，但也在看完这篇报道后露出了笑容，这篇报道实在太好玩了。“高帅富官”四个字，其实我也符合了两个，那是高、帅。富和官，真不敢说。别说身家十亿，现在就连身家十万也没有，如果不是赵燕“赐”给我的那五万块钱，我的身家，估计就是每月工资数了。

第二个反应更是轰动，《东方》杂志社前两期，立刻变得洛阳纸贵，杂志社根据售卖方的反馈，紧急各自加印了一百万册投放市场，整整三百万册，在半个月内销售一空。乘着媒体大力宣传的机会，《东方》杂志社决定再版李伟的《美人鱼》和《青春系》，何于此大胆决定将两本书的再版首印定到了一百五十万。这几乎是一个赌博式的决定。但他赢了，同样是两周的时间，这三百万册销售大半。

快马加鞭，何于此迅速安排好了李伟上《南南有约》这档国内人气最高的面对面访谈电视节目。主持人南南在《青春系》这本书刚火起来的时候，就想邀请李伟做一期节目，但李伟还是对自己的外貌不太自信，并且觉得那档节目，基本上去的人，不是明星大腕就是当前有争议的话题人物，这两类，自己都不是，于是就拒绝了。

我们，自然是没有资格去北京的，只有坐在李伟那越来越豪华的家里，看电视直播《南南有约》。何于此在再三保证不做嘉宾，只做沟通和联系工作后，跟卢文学和李伟一起踏上了飞往中国首都北京的飞机。

南南照例以其爽朗的语言风格和同样爽朗的大笑声，以及简单而又循循善诱的提问方式，散发着她巨大的魅力，诱使李伟全盘说出了自己晋川师范大学求学、大学期间没有恋爱过、对自己的外貌不自信（南南这时进行了客观的评价，说其实李伟挺帅的，并且身材很棒，同时，她又强调李伟现在已经是身家超过一亿，中国最年轻的富豪了，凭自己的能力赚到这么多钱的富豪。南南说到这里的时候，坐在电视机旁的我们也很激动，为拥有这样的好朋友而自豪）、暗恋萧雨不得、爱意写成《美人鱼》、幸得原老牌文学杂志《青春系》卢文学主编推荐出版、到《青春系》工作一年、将《青春系》工作经历写成小说出版意外走红、决定考研回到晋川师范大学、考研成功边学习边写作和受到《东方》杂志社邀请、决定加入《东方》杂志社整个经历说了个一干二净。

其间，还插播了两段李伟的恋爱经历，但最终都不欢而散了。南南还调侃，如果那两个前女友，知道你现在是身家上亿的高帅富了，她们怎么想？如果我是南南，我想，我肯定会大笑着说，她们一定会回来的吧。可惜，南南没有这样说。

看到这里，节目也快接近尾声了。我心里嘀咕，她们一定不会回来的。那两个女孩，已经知道了李伟一到关键时刻就硬不起来的事实，她们怎么可能再回来呢。这个世界上，有很多东西，还是比金钱重要得多。

看完这期《南南有约》的感觉是，南南依旧那么好玩，李伟这个作家确实应该成名应该大红大紫，《东方》杂志社真是一个好地方。

这期访谈，对确定李伟通吃“传统＋网络”一线作家的地位、确定《东方》杂志社中国文学类第一刊的地位，起到了很大作用，并且，也达到了这样的效果。但意想不到的是，它给我们的生活和工作带来了这样的麻烦。

我讲到这里的时候，距离那次访谈结束，已经整整两个月，赵燕的肚子虽然还没有达到让人一看就知道是孕妇的程度，但明显已经微微隆起了。她却毫不在意，好像胸有成竹的样子，见了我，还冲我笑。我整个人，都被她整蒙了，我想不到原来她是那样的设计。

自从《南南有约》李伟访谈结束那天开始，《东方》杂志社的独幢办公楼下，每天天刚亮，一直到天黑，都会有一群人站在那里等着。这些人，一看就是以中学生大学生为主，兼有一些毕业没几年的年轻男女。我原来以为是来办什么事情的，可天天这样，一直持续到现在，那就不是办事了。在好奇心的驱使下，我问了其中一个，在这里等什么。她的回答是：“我要在李伟工作的地方守着，等着看他一眼。”

我听完差点晕过去，真有这么夸张吗？这也充分说明了我是多么的理性，因为我中学和大一大二时，也有超级喜欢的偶像，但我完全没喜欢到坐交通工具到偶像所在的城市去见见他的狂热地步。我不狂热，自然有成百成千成万的人狂热。这不，《东方》杂志社办公楼下就有一堆，而且，这一堆人在这几个月时间内，一直没有减少，有所不同的是，不断有“老人”满足后离开，又有“新人”加入进来。

卢文学和李伟从北京回来了，何于此却没有回来。官方的消息是，何于此回《三年二班》处理一些事情，短期内不回来，他的相关工作由他多年的副手继续负责，保证不耽误《东方》杂志的任何事情。那位副手是个精干的大龄女青年，看上去能力比何于此还要强。

卢文学丢下一句："具体的问李伟吧。"就"逃"回了自己的602办公室。李伟黑着脸，一脸悲愤又凄凉的表情。我们知道，已经有很大的事情发生了，心情开始忐忑。

李伟终于吐出一句："这期《南南有约》并不是直播，也没有那么顺利快乐，现场发生了意想不到的事情。在播出之后的一天留京期，又发生了一件大事。"我看到，李伟说出"一件大事"这句话时，他的手微微发抖。我隐约觉得，这件事情，一定是发生在他和何于此之间。

第三十二章　《南南有约》现场"打"起来了

《南南有约》一贯号称完全直播，没有任何滞后，也没有任何剪辑。但李伟说出真相后，我们才知道，这绝对是一个善意的骗局。直播不直播，其实就是电视节目右上角的那两个字打出来的，跟实际情况半毛钱关系也没有。

卢文学、何于此和李伟一行到北京后，基本一宿无话，第二天就直接到了《南南有约》的录制现场。中间有一个插曲，他们三个要了旅馆三个房间，这充分表明，三个人，都是各怀心事。李伟准备睡觉的时候，他的房间突然响起了敲门声，声音不是太响，估计敲门的人怕其他房间的人听到。每隔十几秒，就“砰砰”地响几下。李伟知道是何于此，他戴上耳机，装作没有听到。后来敲门声消失了。

就像《南南有约》所谓“直播”里播出的那样，三分之二的节目录制，都是非常顺利和好玩的，但问题出在了现场观众互动和提问环节上。现场观众互动和提问刚进行五分钟就一片混乱。

一开始，大家都没有注意。一个长相非常清秀，甚至有一些甜美的男生，在互动环节一开始，尚未等主持人现场指认互动观众时，就匆匆跑上了录制节目的舞台，并且还细声细语地说：“南南姐，希望给我一个提问的机会。我特别喜欢李伟哥的作品。”但心思细腻的李伟发现，何于此看到这个男生时，脸色立刻变了。

南南虽然有些不悦，但也默许了这种行为。以下是李伟讲述话语的实录：

“大家好，我叫方宇。我是一位不知名的写手，靠给各杂志网站写文章为生，虽然还没有任何一篇出名的文章、任何一本畅销书出版，但我很努力地写着。我在今年5月认识了何于此，并经他的介绍，在《三年二班》杂志上发表了几篇文章。但我想不到的是，何于此竟然是一个无信无义的大骗子。”

方宇说到这里的时候，全场一阵惊呼。南南并没有制止方宇说下去，而是迅速对摄影师做了一个手势，告诉他接下来不要再录。但后来的事实表明，摄影师并没有顺从南南的意思，不知道是摄影师有意为之，还是这件事情太过于震惊，他忘记关摄影机。

“在6月份的作者见面会上，我还因为见到自己的所谓伯乐、恩人何于此而高兴，但想不到的是，这一场为期三天四晚的见面会，成了我噩梦的开始。我毫不避讳地说，可能因为我是当月作者见面会上脸长得最好的吧（这句话说出来，何于此明显有些反应，就像有人扇了他一巴掌一样），何于此邀请我到他房间单独聊一聊，说想把我作为重点作者培养。

“我很高兴地答应了。如果我知道后来发生的事情，我绝对不会答应，绝对会远离这个恶魔。我们边喝啤酒边聊，见到伯乐并被伯乐选中的兴奋，让我很激动，啤酒一杯接着一杯，不知不觉中，我就喝得醉醺醺了。

“等我醒来的时候，竟然有一个丰满的中年女人，正在我身上忙碌着（说到这句话的时候，我想，何于此当时恨不得找个地缝钻进去，或者一头撞死算了。连带卢文学和李伟也大受牵连。说实话，如果这段录制播出来的话，那《东方》杂志可能也就跟着受牵累了）。我这时，才感觉到浑身酸痛，我的整个身体都疼得厉害。我这才知道，我被这个恶魔出卖了。而这个中年女人，竟然还说非常非常爱我，一看到我就爱上我了，并且还说要出钱帮我宣传新书。这让我无比恶心！恶心！

“这时候，何于此来了。我恨恨地盯着他，当时恨不得把他吞掉。但他好言哄我，说什么要给我做一期《三年二班》的专辑，说什么要给我出单行本，把我捧成像李伟一样的超人气红作家。当时，我鬼使神差地，又害怕其他人知道这件丑事，竟然没有发作，答应了这家伙的要求。

“他也算守信用，果然给我做了专辑，果然给我出了书，而且发行量还不错。如果我持续写下去，应该会成为他所说的超人气红作家。

“但，我实在受不了了。我现在只要看到何于此的照片、这三个字、他本人，只要想起那个中年富婆，就恶心得不行。我尊重每一个相爱的人，尊重他们的选择，但我深恶痛绝何于此的这种做法。我相信，我不是何于此祸害的第一个人，也绝不是最后一个。但我要站出来，揭穿这个骗子的这种行为。我要让他再没有机会害人，让道貌岸然、衣冠禽兽的他身败名裂，失去现在拥有的一切。

“我不再顾忌，反正我已经被他毁了。我把我的经历说出来，以免他再毁更多像我一样的人。我也想，那些曾经被他陷害的人，能够像个男人一样站出来，把这个家伙，还有那几个富婆送进监狱。”

说完这句话，这个叫方宇的男生哭了起来，这是压抑了几个月的眼泪。南南姐走上前来，把这个小自己二十几岁的男生搂在了怀里。

全场两百多位观众，都怒视着“恶魔”何于此，恨不得当场把他碎尸万段。

接下来，南南姐做了一个出乎人们意料的举动，她一反往常欢声笑语的说话方式，很粗暴地对何于此说道：“何于此，请离开《南南有约》的录制现场，立刻离开，我要慎重考虑咱俩的交情了。”

何于此听到这句话，先是一愣，然后迅速地退出了现场。虽然南南姐的粗暴的“离开”是一种心情表达，但对何于此来说，却是多么好的一个台阶。

何于此离开以后，整个现场虽然恢复了正常秩序，可明显已经尴尬异常了，在匆匆几个无关痛痒的问题后，这期节目终于录完了。南南不得已，动用了彩排时的提问场景。

但没有人肯相信，这件事情就这么过去了。

李伟给我们分析道，接下来，何于此可能将面临一场全网民的声讨，他可能将无“地”自容，这还有可能伤害到《东方》杂志的整体形象。

但接下来的情况，真是我们无法想象的，真正印证了一些成语：树倒猢狲散，墙倒众人推，落井下石……不过，这也正是何于此这种金钱熏心、道貌岸然的禽兽应该得到的下场。

说完这件事情，李伟突然有些犹豫、有些羞涩了，就好像一个脱光了衣服、准备献身给自己情人的女子，却又害羞地不敢过来。

李伟在叹了几口气后，终于还是把比刚才还大的事情说出来了。第一，何于此并没有回《三年二班》处理事情，也并没有离开北京；第二，他受了“重伤”，差点没有保住命，正在北京接受治疗。给他伤害的人，就是李伟，但何于此坚持没有报警。

听完这个，不知道其他三个人怎么想。我自己的震惊，已经落满了一地，怎么拾也不可能拾完了。我想不通李伟怎么就给何于此造成了重大伤害。

还是继续听李伟说吧。

第三十三章　亲手毁掉这个恶魔

不知道何于此是恶性难改，还是想最后地疯狂。那天晚上回到宾馆后，他竟然又去找李伟的“事儿”。

我绝不提倡富婆跟少男结婚，除了真正相爱，其他的这种情况，我认为就是一种畸形的存在。但我不能忽视，确实有这样一个群体的存在。不管是哪种方式的恋爱，大家各活各的，这没什么事情。但何于此这种人呢，说得难听点，也就是一个看上去满身斯文、实际上满脑子都是男盗女娼的拉皮条的。见到漂亮点的男性年轻作家，就想利用他来赚一笔。如果真像方宇说的那种情况，那几个富婆，肯定得为她们的行为付出坐牢的代价。至于何于此，如果每个他祸害过的人，都站出来指证他，估计都够判死刑了。我不信他不知道这一点。

基于以上认识，那他找李伟那晚，估计就是想最后疯狂一把了。别人是石榴裙下死，做鬼也风流。道貌岸然的何于此就是，金钱到手，不择手段。

而难以理解的是，卢文学也为这件事情，小出了一把力，不知道是有意还是无意，总之，李伟从北京回来后，就再不理他，他也不再理李伟。真心希望他们两个不要内斗。

录完节目后，三人回到宾馆，本来约定，接下来的三天时间，三人分头在北京游玩会友一番，互不相扰。可想不到，当天晚上就出事了。

回来后，卢文学、何于此，都来到李伟的房间，三人略谈了一下今天访谈的事情，最后的总结报告，交给老卢来完成。李伟本来不想参与，但毕竟是同事，只谈事就可以了。但想不到快说完的时候，卢文学说去看一个东西，就抢先一步走了，剩下何于此和李伟“孤男寡男”两个人。

不知道为什么，李伟直到现在，面对何于此时，还是有一种恐慌的感觉。一方面，因为何于此确实是他的伯乐，如果没有何于此，绝对没有今天他李伟的万千荣光；另外一方面，何于此是出卖和屈辱李伟的最大和唯一推手，在犯罪心理学上，被冒犯者总会对犯罪实施人有一些恐惧。

在这恍惚的一瞬间，门开了，进来的却不是卢文学，而是那个毁掉李伟的中年富婆。这个富婆一进门，就突然拉住了李伟的手，动情地对李伟说，她是单身，她从第一眼就爱上了李伟，希望两人来一场真正轰轰烈烈的恋爱。

李伟还处于最初的震惊当中，他心里也存在着一种侥幸心理。这位富婆肯定不会做什么出格的事情了，何于此已经处于全线崩溃的前夜，何况他背后的几个富婆。《南南有约》上发生的事情，绝不会像他们想象中这么轻易就结束。方宇站出来，起了一种示范效应，早几年不说了，但他这两年多来祸害的少男们，肯定会有几位站出来的。只要站出来的人超过三位，这件事情就会变成全国震惊的大事、大丑闻，特别是在这个时代，富婆配少男还是仅限于地下活动。而且，何于此的行为，远远超出了介绍恋爱对象行为本身，而是涉及犯罪了。

接下来，富婆的举动，就明显超出了正常的边界。也不知道怎么回事，李伟这一年多来累积的对何于此的恨，突然就全部爆发出来了。这应该就是传说中的量变到质变的过程。他心里突然涌起了对何于此的强烈憎恨，一种想把何于此置之死地而后快的感觉迅速涌上了心头。

他睁开眼睛，转过身，动作迅速又凶猛地推开身旁纠缠不清的富婆。

而这时，何于此又不合时宜地说了一句："哈哈，你终于肯转过身来看看我了。"

如果何于此不说这句话的话，他可能会逃过一劫，但他说了，所以，这是天注定的。

李伟站起身来，疾走两步，猛地弯腰，伸出右手，直冲向何于此的下体。他清晰地听到，类似一种水泡破碎的声音，何于此先是尖细而高亢地叫了一声，然后他的身体迅速地软了下去，脸涨得血红，大张着口，似乎喘不过气来一样，"呼哧"地倒抽着冷气，就是不再发声。

李伟吓坏了，他一度以为何于此可能被他捏死了。他知道那种"蛋疼"会有多疼，真可以把一个人疼死，疼得翻来覆去不得解脱。但何于此很幸运，他成了活过来的那个偶然。这也直接证明了一句话的一定哲理性：好人不长命，祸害活千年。

虽然经历了绝大多数历史上、现在和未来人类都不会体验到的巨大痛苦，何于此还是在三分钟后"活"了过来，而且，他还口齿清晰地对李伟说了两个字："医院。"

这个时候，那个富婆，刚刚从可怕的震惊中恢复过来。她一把抓起自己的外套，刚准备尖叫，何于此竟然还有力气跟她说了句“不要报警”。她硬生生地把尖叫咽回了自己肚子里。

120 救护车在十五分钟后赶来，将何于此拉走了。何于此的下体，真正塌成了一堆。

他把这个恶魔，给亲手毁了。

何于此住院了，原因就是睾丸碎了。这种碎裂时的疼痛非常可怕，所以才有“蛋疼”两个字，这种疼，会让一个人疼死。但何于此没有疼死，这个祸害，是不是还要继续活下去，继续在各种文学领域驰骋？但让人放心的是，他再也没有机会去出卖祸害他人了。

我跟李伟说，这是功德事。

我们没想到，更功德的是，他最终也没能够再在各种文学领域驰骋，他和他的无耻，被整个行业抛弃了，他最终被判入狱二十年。而且，这还是根据他毕竟曾是企业家、社会名人，并且认罪态度好、积极良好赔偿，获得了原告及原告家属谅解，法律酌情减轻罪行的结果。

对金钱的欲望，能让一个人到此地步。我只能说两个字：活该！

显而易见，《三年二班》杂志社和《东方》杂志社必将面临一场大变化。何于此在经营上，绝对是一个天才，如果他能够只在这方面显示他的天才，那该多好。但人类的历史告诉我们，相对善良，天才往往更容易被恶魔诱惑，跟恶魔相伴相行。而何于此的天才，既用对了地方，也用错了地方。

虽然男生女生都喜欢看《三年二班》里那些时尚流行和新颖的或长或短的文章，但真正接受你身边的某某人，或者这本杂志曾经的主编现任董事长，是一个恶魔般祸害了无数少男的无耻之徒，做了无数恶心勾当时，那确实难以接受。而且，如果公众知道了何于此竟然是《东方》杂志社主管发行、广告和美工的高管时，《东方》杂志的销量，也必将出现雪崩。

还有更可怕的问题，李伟也是《三年二班》和何于此捧红的作家，现在红得发紫，公众自然要质疑李伟是不是也曾是何于此出卖的“男宠”。幸好，李伟不是小白脸的帅哥，只是一个中等长相的男人，不特别帅也不特别丑，有一点型而已。

我想到这里，当天晚上就急急忙忙跑到赵燕家里，向她报告这个消息。《东方》杂志社，确实是她的心血。说一句不负责任的话，就算《东方》杂志社倒闭了，我也不会有任何伤心，顶多是重新找一份工作；但对赵燕来讲，却完全不一样，这是她的事业，她的心血，她的一切。

当我敲响赵燕家门的时候，她没有立刻打开门。我可以确信，她肯定已经第一时间从猫眼里知道是我了。门还是没有打开，我感觉仿佛是迟疑了有一分钟之久，于是我再次重重地敲响了门，这次只是等待了十几秒，房间门就被她打开了。

还是那张成熟而媚人的脸，我猛然发现，她隆起的肚子，现在已经大到能够一眼看出来的地步了。如果这个时候，她跟人说她吃胖了，可以想见，那个人无知弱智到什么程度才会相信。我几乎惊了一下，然后下意识地往回缩了一步。

赵燕哈哈大笑起来：“怎么，小东西，怕我吃了你啊。”

她突然做出一副“你知道就知道吧，反正我也不在乎”的表情，然后侧转了身。与此同时，我发现李伟在她身后站着，神秘地冲我一笑。

根本不必知道赵燕和李伟在说什么，我一切都明白了。

赵燕和李伟好上了。而接下来的一句话，几乎让我把前几天吃的东西都喷出来。李伟冲我说：“我和赵燕，决定下周六结婚。”

赵燕笑着添了一句：“小东西，准备大红包啊。”

我有点目瞪口呆，这个转变真有点大，我原来还是赵燕的“老公”，她肚子里孩子的爹，现在立刻变成了弟弟般的人物，孩子的“舅舅”。这个转变实在太大了，任谁也转不过弯来。

就在这时，赵燕突然凑了上来，紧紧地抱着我，然后轻轻地吻上了我的唇，这个吻是这样的长，这样的轻柔，仿佛时间停止了一样。李伟在后边，甜蜜地微笑着看着我们。

我睁着眼睛，眼泪就“哗哗”地流下来，一直流到我的嘴里和赵燕的嘴里。她放开我，转过身，有些哽咽地说了句：“这小家伙，还挺有感情的。”

猛烈的爱情，就像来时那样突然，而去得也是那样突然。我和赵燕，一瞬间相爱，却又一瞬间分开。而且，分开得这样彻底。

赵燕正式通知我，下周六，她和李伟正式结婚，明天就开始发各种请柬。

我提了三个问题，他们都给了圆满的解答。

第一个，为什么你们两个突然相爱了？

综合两人的回答，这并不突然。李伟刚来晋川师范大学读研究生的时候，赵燕已经跟他接触了，特别是《东方》杂志社成立后，这种接触已经成为每周必备课目，而《东方》杂志社，本来是想让李伟来当总编辑的，因为当时李伟拒绝了，而后才选择了卢文学。而这几个月的接触，几乎变成了每天。

赵燕就是李伟想象中的那种女人，成熟妩媚，善解人意而又事业心强。而李伟，也正好是赵燕心目中的那个样子，红得发紫，但不是太帅，又正当创作盛期。

这样看来，两人真是天作之合。

第二个，你介意赵燕肚子里的我的孩子吗？

李伟回答："不介意，真不介意。我肯定会把他当成亲儿子好好养大的，反正你沈伟也每天能看到我，如果我对他不好，你就揍我吧。再说，赵燕也坚决不会同意的，爱屋及乌，我爱赵燕，更会爱她和我的孩子。"

我信了他，就凭那句下意识说出的"我爱赵燕，更会爱她和我的孩子"。

第三个，你不是跟女人一到关键时刻就不行吗？

主要是李伟回答："这个问题，在捏碎何于此的睾丸后，竟然再不存在了，我又可以了，我又是一个真正的男人了。赵燕说，这是心结，心结没有了，自然也不会再不行了。"

说完，她的脸红红的。

我有些发怒，你们今天？他们俩脸都红了。我更怒："该死，我的儿子。"

“错！是我们的儿子，不是你的。”赵燕和李伟竟然同时说出。

我只好投降：“对，跟我没关系，是你们的儿子。”

赵燕说没关系，已经快四个月了，孩子已经稳固了。但为了安全起见，孩子出生前，她不再容许李伟碰她。今天是一个特例。

我理解了这个特例，是指李伟捏碎何于此的睾丸，心结解除的事情。

在激动的情绪控制下，我当时竟然丝毫没有去想，他们竟然对我撒下了弥天大谎，从头到尾，赵燕和李伟，相互间都是清清白白的。

回去的路上，我心释然了，这对我，何尝不是件好事，我可以专心地爱始终爱着我的萧雨了。但我心里也开始忐忑，对我和赵燕的事情，她到底知道不知道，知道多少？

或许，该到一个了结的时候了，如果我真的爱萧雨，我就应该告诉她一切。当然，除了那个我的“儿子”的事情。

第三十四章　罪有应得

那位在《南南有约》现场揭开何于此真实面目的男生方宇并没有因此罢休。卢文学、李伟和何于此共同参与的这期《南南有约》结束后，先是有网友在网上公布了那段节目中被删除、方宇指控何于此残害出卖了众多少男作家，尤其是美少男作家丑事的视频。至于是谁公布的，网民们在人肉一番后，也不了了之了。

但这段视频彻底炸开了锅，何于此的文学造梦者形象一下子荡然无存，成百上千愤怒的《三年二班》粉丝和读者，拥挤在《三年二班》杂志社那幢十八层的大楼下，举着各种詈骂何于此的标语和恶搞漫画，要他出来谢罪。我想，如果这个时候，何于此真的出现在这里，那他有可能直接被读者们群殴致死。

《南南有约》所签约的电视台录制大楼门下，也出现了类似的围观场景，不过人数相对很少。观众要求《南南有约》的主持人南南出面解释。一个号称百分百直播、百分百完整的节目，一个王牌的对话栏目，竟然出现了这样“缺斤少两”的剪辑，观众进而质疑之前每期《南南有约》的真实性和完整性。

那段被剪辑掉的视频，在网上疯狂转发，并被网友制作成各种恶搞帖，这下何于此彻底成了“公众人物”，全中国五亿网友，全部认识了他，他也成为现实中人们茶余饭后闲聊的最佳谈资。

而首先中枪的，就是《三年二班》杂志社所有签约捧红的作家作者，尤其是那些漂亮的、年轻的男女作家，纷纷被怀疑曾被何于此出卖过。而李伟，作为被《三年二班》捧红的最红、知名度最大的作家，自然受到了最多的质疑。

这些作家作者，已经到了崩溃的边缘。不管他们出面回应否认质疑，还是沉默不发声，他们的名声，都已经受到了巨大的损害。

就在人们等待这件事情发展的时候，一件可怕事情的突然发生，让这种等待，瞬间就提前结束了。一切事情，按照，或者不按照人们的预期，迅疾地发展了下去。

那位在《南南有约》上指责何于此的少男作家方宇，因为承受不住巨大的压力，被父母发现在家里吃安眠药自杀。虽然生命算是抢救过来了，但方宇至今还在昏迷中，没有苏醒。

这件可怕的事情，起到了一石激起千层浪的作用。

方宇的父母，立刻报警，并准备向法院起诉何于此。

方宇的自杀，让这件本属于娱乐范围的事情，马上变成了危害极大的刑事案件。主流媒体的迅速跟进，也意味着何于此的结局，可能是刚从医院出来，就得进监狱蹲着了。就算只有方宇的事情，也可能得蹲个十年八载了。

方宇的母亲是一个集优雅与柔弱于一身的女子，虽然已经快四十岁了，但依然有着让人动容的面容和身材。她用一种冷静、悲伤和温柔的语调说着："我年少不经事的孩子，就因为有着一个文学的理想，一个作家的梦想，就被这个叫何于此的恶魔给出卖玷污了。他出第一本书那年，只有十七岁，十七岁。这个该千刀万剐的恶魔。"

我们从影像和声音的结合上，对她的痛苦，感同身受，也恨不得何于此这个恶魔立刻死在我们眼前。

而让人悲伤的是，方宇的事情，包括方宇、方宇的父母，都是被像我们一样的千千万万的普通人，硬推到台前来的，特别是那个上传了那段视频的人。

公安局派人调查了视频是如何流出来的，但因为接触过那段视频的人员超过了二十个，这也几乎等于《南南有约》这个节目组的所有人。如果再加上所有播出《南南有约》这个节目的十家省级卫视，那接触到这个视频的人，将远远超出二十人。因此，最终这个调查不了了之。

或许是受方宇事件的刺激，或许是被方宇母亲的哭诉打动，最终，据可靠消息人士透露，全国各地，已经有超过二十起针对何于此的报案或起诉，至于其中的内容，跟方宇事件大同小异。

仅仅过去三天，一份完整版的名单，已经被人上传到了网上。名单上边，罗列了最近五年以来，《三年二班》杂志社捧出来的最红、知名度最好、书也卖得最好的二十位作者。不过让人惊讶的是，这份名单里，竟然没有李伟的名字。

这个名单出现不到二十四小时，就有十五家地方法院或公安局出来辟谣，说当地根本没有接到某某某或某某作家的起诉或报案，如果未来一旦接到这样的起诉和报案，必将依法处理。

辟谣却进一步让人知道，这二十个作者，竟然分布在十五个省份。我们在感叹《三年二班》杂志社实力强大的同时，也在惊叹何于此邪恶的“触手”竟然如此广泛，简直就是丧心病狂。

南南首先坐不住了，她带着她的核心团队，召开了新闻发布会。首先，对让何于此这样的社会败类上《南南有约》这个观众喜欢的王牌节目表示痛心和道歉。并解释，在上节目之前，确实一点也不知道何于此的种种恶行。第二，对本期著名作家李伟做客《南南有约》，作家方宇现场指责何于此的一段视频无法实况播出，不管什么原因，都先向全国几亿观众道歉。不能实播的原因，是因为这个事情影响太恶劣了，如果在《南南有约》节目播出，社会危害性太大。她在发布会现场，决定邀请不少于十位观众，担任《南南有约》节目的监督员，今后负责监督《南南有约》节目的现场实播工作。

南南眼含热泪地说：不是她不想实播，而是这个世界变化太快。类似何于此这样的事情，确实让她和她的节目组都无法接受。南南说，她甚至可以理解一对无性婚姻恋人，但对何于此这样大范围的、无耻的“出卖”行为，她完全无法接受。她宣布，她将断绝跟何于此的一切交往，永久无期限地结束两人之前的好朋友关系。

南南还专门就相关视频的流出，对方宇和方宇父母造成的困扰，表示深刻致歉。南南承诺，一定会全额承担作家方宇的所有治疗费用和康复费用。她还诚挚邀请，方宇恢复健康后，到《南南有约》担任节目的文字编辑。

南南的发布会，实在地起了两个效果：第一个效果，总算是为《南南有约》挽回了面子和观众；第二个效果，就是把何于此事件的影响力和知晓度，进一步从五亿网友，推向了更大范围的非网民。一起网络热议事件，变成了一起全民热议事件。

接下来出场的是《三年二班》杂志社，杂志社所属公司董事会宣布，鉴于这件事情的恶劣影响和对公司声誉造成的重大损害，特别是对《三年二班》杂志社声誉相当于核弹式的破坏作用，公司决定与何于此解除劳动关系，并结束何于此在《三年二班》杂志社和所属公司的一切职务。

宣布这个决定的那位严肃中年男士同时说道：“至于何于此先生所持有的公司股份，公司将派律师同何于此先生协商，由公司出钱收购。不过大家不必担心，何于此先生持有的股份，完全不会影响到公司及《三年二班》杂志社的一切事情和正常运行。”

这位男士顿了一下，看看现场聚集的几十家媒体的长枪短炮，继续说道：“并且，最近两年以来，何于此先生，已经不再参与到《三年二班》杂志及杂志社所出版图书的任何工作当中，他主要是负责广告和发行方面的工作。因此，《三年二班》杂志和图书出版工作，不会因他的离开，受到任何影响。至于广告和发行，我们已经邀请到徐路路先生来负责。”

当这位男士说出徐路路这个名字时，全场记者倒吸了一口气。为了挽回名声，《三年二班》真是下足了血本。单纯从广告和发行方面来讲，就算十个何于此，也不如这一个徐路路。

后来李伟告诉我，当时在电视机前看现场直播的他和赵燕也松了一口气。其实，赵燕和李伟，是准备开一个发布会的。这个发布会，一是要宣布，李伟和赵燕准备在近期结婚，属于奉子成婚，赵燕肚子里的孩子已经快四个月了。二是要宣布，李伟所出图书《美人鱼》和《青春系》的编辑，均不是何于此，他既不认识何于此也没有跟他接触过。”

虽然这样的发布会，会有一定效果，但显然无法完满地说服他人，必然会引起种种争议。但如果不出面，李伟将面临更加糟糕的局面，甚至会全面影响到《东方》杂志的发行。

但李伟和赵燕听到电视里，《三年二班》杂志社的代表在发布会上说出那句何于此最近两年，只抓发行和广告，已经不再接触内容编辑时，他们大大地松了一口气。李伟由《三年二班》出的《青春系》，是最近不到一年内出版上市的。也就是说，他是属于跟何于此没有任何接触的作家，他是“干净纯洁”的，他跟何于此事件无关。他，也不用再单独召开发布会了。

第三个出场的是《东方》杂志社，其实是《东方》杂志社加《三年二班》杂志社。《东方》杂志社是赵燕登台的，她的肚子已经很明显了，但显然，社里没有比她更能控场的人了。发布会很简短，完全不像晋川师范大学一贯的风格。就宣布了两个事情，第一个，鉴于何于此的恶劣行径，《东方》杂志社决定解除他广告部兼美工部负责人的职务，因其为《三年二班》杂志社外派来的员工，不存在劳动合同问题。第二个，就是《东方》杂志社和《三年二班》杂志社将更加密切合作，《东方》杂志社的内容加上《三年二班》的发行渠道，为中国纯文学的发展持续做出贡献。

我知道，这不叫落井下石，这叫罪有应得，而且，可以肯定的是，何于此彻底完蛋了。

也因为何于此事件的突然，赵燕和李伟，不得不重新通知亲朋好友，两人的喜宴，要改期举办了，至于改到何期，再另行发请柬通知。

第六季 命运处处充满峰回路转

第三十五章 李伟花好月圆了

我记得那天是2006年金秋10月的第二个周日，10月15号，国庆七天长假刚刚结束后的第一周。太阳明亮明亮的，却一点也不热了，空气也没有了茱锦市酷夏时的凝滞不动，风带动着空气，吹送来阵阵凉爽。

就像庆功会一样。我们六个人，我和萧雨、文星元和薛玉琴、赵燕和李伟，一起约好，起了个大早，往茱锦市茱锦区民政局赶去。

当然，去办理结婚登记的是赵燕和李伟。其他四个，就是去凑热闹的。现在的李伟，绝对不是孤单的，不仅有了娇妻，而且马上就要有“骄子”了。

看着赵燕已经明显隆起的肚子，我真的感觉有点醋味涌上心头。我轻轻地抱住萧雨，突然吻了一下她的左脸颊，轻轻地在她耳边说道：“萧雨，我们也赶快生一个宝宝吧。”

这个动作，吓得她身上一颤抖，半靠在了我的怀里。虽然惊讶，但我也能看到她眼里的幸福味儿。

茱锦区民政局离晋川师范大学的东门很近，出了东门，就能够看到民政局的招牌了，走路不到五分钟，就可以站到民政局工作人员面前了。

民政局的招牌虽大，但办公楼很小很矮，基本上就像是一个四面都盖了房子的农家院。两层灰黄色的建筑，临街的一面，大门紧靠最右，左侧是办理结婚登记和离婚登记的办公室，里边中部是一大一小两个会议室，二层是五个办公室。两侧上下加起来，各有大小不一的六个办公室。

我们走到办结婚登记和离婚登记的临街办公室。这个办公室里边分成了两个部分，左边部分是一个小间，用来办事，往右是另一个小间，用来照相和普及生育知识。说实话，除了照相的是一个年轻小伙子外，剩下的四个工作人员几乎全是大妈级别的了。

赵燕把她和李伟的身份证和户口本递给了头上再往上一米外，悬挂着“结婚办理”字样铭牌的那位大妈手中。大妈非官僚式，而是欢乐式地提问：“你们要婚检吗？”

李伟马上说：“不要！”

赵燕微笑着不说话，指了指自己的肚子。

“哦，原来是奉子成婚啊！”大妈笑了起来，声音洪亮。这导致这间办公室的另外两个人以及另外一间办公室的两个人，同样哈哈大笑起来。我们六个，也跟着笑起来，整个屋子充满了快活的因子。

大妈分别给了赵燕和李伟两张表，表格很简单，基本上相当于我们入职《东方》杂志社时填写的那些内容，但不同的是，增加了婚姻方面的情况。

填完这张表，缴纳了八十八元的费用后，大妈就高喊着说：“照相的，该你了啊！”

隔壁的小伙子这时候叫了起来：“过来，来我这里吧！”

小伙子让赵燕和李伟男左女右地站在一起，拍他们上身。连续拍了几张，都不太满意，最后终于定了一张。等到小伙子打印出来时，相片上的赵燕和李伟严肃得不得了，一脸苦大仇深的样子，根本没有快乐的感觉。

小伙子笑了，说道：“紧张！结婚照都是这样。就这张吧！毕竟第一次结婚。”

说完这句，他自己可能意识到说错了话，马上哈哈大笑起来，笑得赵燕和李伟尴尬无比。

而这时候，同在这个办公室工作的另一位大妈，已经拿出了打印好的结婚证，赵燕和李伟分别在属于自己的那份证书上贴上了两人的结婚照片，再经大妈加盖民政局公章后，两人法律意义上的结婚就全部完成了，他们已经成为国家法律认可、受国家法律保护的合法夫妻。

我们正准备转身离去，这位发证的大妈又拿出一张结婚须知ABC光盘、一盒明显是药的东西，递给了赵燕，并说道：“这个光盘是送给你们看的，里边讲了一些夫妻知识。”大妈说出这句话，我们都感觉自己有点脸热，肯定都明白，这个夫妻知识指的是什么了。

大妈不管我们的尴尬，继续说道："这个药盒里，是六瓶叶酸片。准备怀孕前三个月，怀孕后三个月，要每天固定时间吃一片啊。可以预防婴儿神经发育出问题。"

李伟立刻插嘴："我们俩都吃吗？"

他的问话，又引起了该办公区域五位人员的哈哈大笑。

大妈边笑边说："傻孩子，当然是你老婆一个人吃了，你吃个啥啊？"

李伟立刻窘得脸红脖子粗。

其实，我们都不知道这一点。不过，这个大妈叫李伟孩子，绝对够格了，不管怎么样的眼光看她，她都快到退休年龄了。

我们临走出民政局的门口时，那个快乐的小伙子还冲我们喊了句："另外两对，什么时候来领证啊？"

说完，他自己又哈哈笑了起来。

我心里想着：民政局，是不是中国所有政府部门里最快乐的一个地方啊。

这样想着，我口里又说了出来。三个女人，一齐回答了我："那可真不是啊，也是最悲伤的一个地方。"

我突然想起，在我们办结婚手续的右边，就是离婚办理处，那儿也坐着一位和蔼而爱笑的大妈。

快乐和悲伤，原来就是一线之隔的邻居。

"你们要吃什么，我请客。"挺着大肚子的赵燕兴奋地叫道。

"我出钱！"李伟也兴奋地叫道。

“小样儿！都马上妇唱夫随了。”我这句话立刻招来赵燕和李伟的攻击，他们说我这是赤裸裸的嫉妒。

“去吃白家牛肉丸子面吧！”当玉琴说出这句话的时候，我们突然都伤感了起来。

因为，我、萧雨和玉琴，已经是大四了。虽然我们不用离开学校，会继续在校园内的《东方》杂志社工作，但我们的身份，再也不是青春美好年华的大学生了,而转身成了职场人。这个转变，让我们彻底离开了这座一直以来，永远不担心会离开的象牙塔。

一种浓重的忧伤，突然笼罩了我们。我、萧雨、玉琴和李伟，都是晋川师范大学的学生，自然这种忧伤，对我们更深刻。但赵燕和文星元，也同样有过这样深重的忧伤，所不同的是，这种忧伤，是在他们大学母校所在的城市里。

白家牛肉丸子面，在茱锦市，或者不如说在晋川师范大学很多学生心目中，是一个标志性的地方。白家牛肉丸子面，就是简单的汤、牛肉、手拉的圆面条，再配上红油辣椒，面有粗细几种，辣椒视个人口味，牛肉可以加双份。但来到这里的人，无不大加特加辣椒，搞得自己浑身出汗，泪流满面，酣畅淋漓。

而白家牛肉丸子面极鲜美，味在汤上。

我觉得，这是一个伤心地，一个深深刻在我们心目中的地方。这里从来不见情侣，往往是形单影只的个人或者相聚的几个人，坐在那里，每个人抱着一大碗面，狂加红油辣椒，然后一口一口慢慢地吃，吃不足四分之一，却早已是浑身汗湿、泪流满面。难道，这不是一种伤心和情感的发泄吗？

而我们现在的心情，就正是这样。

于是，不约而同，我们两两相跟着，向晋川师范大学的西门走去。

第三十六章　白家牛肉丸子面

我想，每一个在茱锦市读过晋川师范大学的学生，都来过至少是听过这个地方。这是一个伤心而香辣的地方，它成为记载我们上一段伤心的地方，也成为我们重新站起来，走向新生活、旧生活、混乱生活或颓丧生活的起点。

白底红字，雪白的底，血亮的红，“白家牛肉丸子面”七个大字夺人心魄。虽然旁边的其他面馆、菜馆，也试着学习白家牛肉丸子面这样的招牌，但无一例外失败了。他们可能有白家牛肉丸子的面，有白家牛肉丸子的丸子，甚至也有这样的牛肉、这样的辣椒、这样的水，但他们没有白家牛肉丸子面的汤料。于是，画虎不成反类犬。除了白家牛肉丸子面的兴盛，周围的面馆、菜馆，都苟延残喘着，就像我们常说的，混口饭吃。如果说白家牛肉丸子面是赚钱，那其他面馆、菜馆就是混口饭吃了。

我们去的时候不是饭点，刚刚十点多，但已经人满为患，只剩下一张能够容下四人的位置。李伟这个大作家，就搬了一张凳子，坐在两张桌子相邻的过道里，赵燕、萧雨和玉琴三个，挤在了一面。我突然就感觉，这样六个人，紧紧地坐在一起等待着六碗牛肉面的场景，是那样的温馨。我只想紧紧抓住这样的温馨，生怕一放松，它们立刻就从我手中溜走。

赵燕要了三份牛肉，不带辣，我们其余五个，都要了一份牛肉、中辣。普通的北方人，中辣其实已经顶级了，反正我在尝试过一次顶级辣后，一个星期内，不管吃什么，都感觉得到辣。后来再也不敢尝试，辣能生鲜，但过辣过鲜就变成一种味觉的折磨了。

面已上来，我们是最兴高采烈的一桌，跟周围的蒙蒙愁气形成了鲜明对比。

“啊！我感觉到他动了，他动了！”赵燕突然叫了起来。她的叫声让我心里一紧，一旁的李伟“呵呵”笑着，然后抚摸着赵燕的肚子，是那样温馨，那样温柔。

一阵无法言语的痛涌上了我的心头，感觉眼中有几滴古老的液体涌了上来。如果不是白家牛肉丸子面的热气腾腾，让每一个吃它的人都满头大汗、热泪满眶，我真的就要出丑了。

这四个月以来，我第一次真切地感觉到，赵燕肚子中，是我的孩子，不是任何人的，更不是李伟的。而之前对赵燕的逢场作戏情不自禁，现在却全部变成了深刻的爱。但这一刻面对萧雨，我却产生了一种淡然的隔膜。我不知道这对不对得起萧雨，我爱上她的时候，她正深陷在一场独角戏式的暗恋失败后不能自拔的情绪中，是我和玉琴，她的闺密，也是事件的当事人之一，费尽九牛二虎之力，才把她从那场恋爱中解脱出来，进而投入了我和她的新世界。

这个新的世界，现在却因为我，出现了深刻的裂痕。如果我没有去找赵燕，如果那天晚上，我没有喝醉，没有睡得那么死，该多好。那样的话，李伟也就没有机会可耻地乘“虚”而入、情不自禁了。可这个世界上，既没有如果也没有后悔药。

我还记得萧雨在第一次生硬地拒绝并离开我后，被我定性为第十三次失败的恋爱经历，成为我的所谓第十三号女友。这段恋爱，是深刻的，让我心动的。

第二次见萧雨的时候，是我大三暑假结束后的深秋。她答应了那次见面，让我兴奋异常，但我向4号教学楼前的长椅狂奔而去的时候，就已经看到了她那窈窕的身影。她侧身站在那里，显得很孤单寂寞，除了她身后的那张长椅，其他地方的长椅，早已人烟稠密，成双成对。

她转过身来，正好迎上了我热切的目光，于是，轻轻在长椅上坐下。我分明听到她发出了一声长长的叹息。

我们那次见面话不多，只是我道歉说，弄错了相亲对象，这样很糊涂，让她见笑了。她没有笑，只是淡淡地说一句，没事。然后又加一句："就像你一样，那时候，我也弄错了。"那时，我已经知道了她口中所说的这个弄错。就是错去追了薛玉琴青梅竹马、两小无猜，早就默默私定终身的现男友文星元。

在下午同样明亮而辉煌的夕阳下，我定定地看着萧雨光洁的侧脸和那只玲珑而洁净的左耳，清新而明亮的黑色长发，我真想凑上去，轻轻吻一下她的脸颊。我记得，当时我拼命压抑着这个想法，没有付诸实际。现在想来，如果当时，我真这样做了，后来我们在一起，会不会简单一些？会不会就不再遇到赵燕，就不会再发生这样多的事情？

而赵燕，就像一把锋利的剑，迅速而不可逆转地插入了我和萧雨的生活。这在当时，真是一件让我痛苦异常的事情。我当时仅仅是想去请求赵燕，让她再给萧雨一个面试机会这样的单纯想法，对赵燕来说，却以为是之前“诺言”的延续，是两情相悦。我的可笑至极的幼稚想法，使赵燕成为我生命中的第一个女人，而且，她的肚子里，有我的孩子，而我，也成为她生命中的第一个男人。这对任何一个人的生命、生活、爱情和性，都是非常关键的一件事情。

萧雨，是一个好胜心非常强的女孩。未能追到文星元，因为这个事情，整整伤心了一个年头，甚至错过了第一个深爱她的男生——李伟。经过我和玉琴的共同努力，她终于走出了失恋的阴影，投入了与我恋爱的世界。却在一开始未能直接应聘入《东方》杂志社，而是增补进去这件事情上，非常伤心和难过。

如果这件事情，放在我们任何一个人身上，肯定会认为，不就是一份工作吗？此处不要爷，自有留爷处，认识不到爷的价值，你们后悔去吧！但萧雨不这么想，她总是抱着一种一次性成功，不成功便失败，甚至成仁的态度，这样的态度，不仅让人担心，也给我们的生活和爱情埋下了太多阴影。

萧雨不把应聘失败这件事情看得太重，不表现得太伤心，也就绝对不会有我想去找赵燕解决这种想法出现。而我，也不会跟赵燕发生任何关系了。

赵燕，是跟萧雨完全不同的女人。她开朗、随性、活泼，能够接受生活和工作发生的好的、不好的事情，并尽自己的能力，让事情和生活往好的方向发展。

我也一度分不清，到底萧雨是我的第十三号女友，还是赵燕是我的第十三号女友，或者，两个人都是我的第十三号女友。我也一直被这个想法纠缠不清，不能自拔。直到后来，李伟和赵燕互相选择了在一起，他们这样迅速，李伟这样大度，接受了赵燕跟我的孩子，并迅速去和赵燕领结婚证。这一切，我不是没有怀疑过，我甚至怀疑这只是一场表演。但这种怀疑，在他们的相爱面前，是这样软弱无力，我差点已经接受他们的相爱和他们即将到来的婚礼，虽然这个婚礼还没有确定最终日期。

但今天，这碗牛肉丸子面，可能要彻底改变这一切。我承认自己是一个软弱的人，可我一旦做了决定，就不会再考虑更改了。为了哪怕一点可能帮到萧雨，我毅然敲响了赵燕家的大门，现在我深刻地怀疑，在走进赵燕家的时候，我把自己的精神和灵魂，也给了赵燕。

在赵燕说出那声“啊！我感觉到他动了，他动了”的时候，我不知道自己脑海中的哪根神经首先受到了触动，但我肯定的是，太多太多的神经受到了触动。我突然发现，相比萧雨，我更爱赵燕，更爱她肚子里那个，我们的孩子。

我也突然发现了一个大秘密，这个秘密，现在这样清晰地出现在我的脑海中，那就是，赵燕根本一点也不爱李伟，而是深刻地爱着我。李伟，也一点不爱赵燕，他现在依然深爱着萧雨，不能自拔。而他们的这种不能自拔，却以成全我和萧雨的方式体现了出来。赵燕爱我，就尊重并成全我的幸福；李伟爱萧雨，就尊重并成全萧雨的幸福。我相信，在他们这种尊重的背后，是多么惨重的心痛。长痛不如短痛，他们俩迅速地宣布了在一起，在婚礼被迫推迟之后，又迅速地叫上我和萧雨、文星元和玉琴，马上来民政局登记。

我抬起已经迷蒙的双眼，轻轻用手背抚去汗水和泪水的混合物，我分明看到，文星元和玉琴用一种可惜的眼光依次望向了我、萧雨、李伟和赵燕，然后他们不约而同地摇了摇头，叹了口气。

显然，文星元和玉琴也知道了其中的秘密，或许，这个秘密的行动，本身就是由赵燕、李伟、玉琴和文星元一起策划并执行的。

我决定了！我深切地知道，在我和萧雨、李伟、赵燕之间，要有大事件发生了。我不想这样继续下去，这样，是违背我们的生活、生命、性和爱的。我要彻底让生活、生命、性和爱回归到上帝和命运本身要让它去的那个方向。

白家牛肉丸子面吃完了，每个人都很尽兴，每个人却都充满了心事。

一地餐巾纸。

第三十七章 准备结婚

回到宿舍后，我彻底失眠了。就像2005年的那个深秋，那次为了追到萧雨我辗转反侧。

我现在有些不太清楚，自己到底是爱萧雨而发誓非要追到她不可，还是因为有那十二次糟糕的恋爱经历撑着底儿，这第十三次却非要成功不可。

我想，一直在赵燕出现之前，甚至在跟赵燕交往初期的两个月，我都是深爱着萧雨的，并能够为她牺牲一切而毫不犹豫。

但这种情况，随着跟赵燕的交往越来越深入，我越来越不能自拔。而爱的天平，就在这中间，慢慢地偏向了赵燕。在爱的惯性驱使下，一直以来，我仍然认为，我和赵燕的紧密关系，只是一种纯粹的身体交往，而我真正爱的人并且将来要和她一起过一辈子的人，也必然是萧雨。可我严重地错了，因为在这种所谓的默契的身体吸引和情不自禁中，我发现，我深深地爱上了赵燕。

直到昨天，看到赵燕成为李伟事实上和法律上的妻子，而她肚子里的孩子的父亲变成李伟的时候，我的这种意识、这种爱才突然苏醒。我要把我的女人和我的孩子"要"回来，这种念头突然就变得强烈起来，变得一切都不可阻挡。

而对萧雨的爱，却慢慢淡然起来。我和萧雨，实质上都没有准备好把自己交给对方。那晚的酒后乱性，只是一个错误的巧合。但也正是因为萧雨的凡事要强，必然想得就要得到的性格，注定了让我们越走越远。而李伟在冲动驱使下吻了醉酒熟睡的萧雨，虽然这是李伟情不自禁后的无耻行为，再加上我和萧雨也是错上加错，这件事情表面上什么也没有改变，实际上，我们心中的隔膜越来越大了。现在，我和萧雨虽然表面上相爱，但彼此的距离，已经非常遥远。只是，我们之间，不知道这种遥远。昨天的事情刺激下，我突然感觉到了这种遥远，萧雨却还茫然不知，沉醉在自己的世界里。殊不知，梦马上就要醒了。

白家牛肉丸子面事件之后，其实是所有事件的汇总结束之后，《东方》杂志社终于趋于平稳。在《三年二班》派来更加给力和人脉资源更强大的发行和广告人员后，再加上超级畅销书作家李伟幸免于何于此事件的影响，《东方》杂志社的三刊的发行总量，甚至有了一定程度的上升。到 11 月底，12 月刊，也即《东方》杂志社中短篇版、长篇版、海外版三刊各出到第六期的时候，《东方》杂志终于达到了一种平衡的状态，广告收入一如既往的好，而发行量，虽然没有预期的好，但也绝没有预期的坏。三刊月发行量总计超过两百万册的成绩，已经让《东方》杂志社一跃冲击到国内一线的位置。如果善加经营两三年，成为中国期刊发行第一的杂志，那也不是不可能。

这个时候，赵燕和李伟宣布双方的婚礼将于 2007 年元旦当天举行，那就是再顺理成章不过的事情了。谢社长，也就是兼任晋川师范大学副校长的那位，专程到李伟和赵燕的办公室进行了祝贺。之前我们称呼谢社长，在没有晋川师范大学校长在场的情况下，肯定会称呼谢校长，如果有校长在场的情况下，就称呼谢副校长，而现在，无论在任何场合任何情况任何人在场的情况下，都必须称呼为谢社长。这个改变的原因是，《东方》杂志社已经是大红大紫的一线刊物了，做一线刊物的老大，那是远比一个副校长要强不止百倍的。

谢社长的贺词，让赵燕和李伟哭笑不得。谢社长先来到 502 副社长兼副总编辑办公室，找到李伟，跟李伟寒暄了几句，然后再让李伟相跟着，以及《三年二班》杂志社派来的新发行兼广告负责人于晓的陪同下，一起来到 101 总编室和人事行政部共用的办公室，最后闯进了赵燕的小办公室里。这一个状况，导致《东方》杂志社七十多号人，几乎全部挤到了101办公室，幸亏我们的办公地点比较大，这要是一般的办公室，那肯定楼道里也得摩肩接踵了。

社长亲自来了，那当然，所有人都得出来跟着。甚至连修电脑的网管大叔、打扫卫生的阿姨大婶，都跟在了最后，向社长张望着。

谢社长见人都到了，尤其是赵燕和李伟在一起了，于是咳嗽一声，开始讲话："《东方》杂志社能有今天，赵燕和李伟两位同志是有大功劳的，赵燕同志作为社里最老资格的同志之一，确保了社里最基本也最重要元素人的准备。可以这样说，这里的所有人，除了我、除了学校安排的各部门领导，还有《三年二班》杂志社派来的发行同志，剩下的人，都是赵燕同志招来的。这功劳大不大？"

谢社长说到这里，有意识地停顿了一下，全场立刻响起一片"大"的巨大响声，之后是热烈地鼓掌。这场景，虽然在之前的学校会议上屡次经历，但来《东方》杂志社工作后，确实还是头一次，我猛地一惊，相信萧雨、玉琴和李伟也是这样。

"还有李伟同志，在《东方》杂志社最关键的时刻，挺身而出，担任了副总编辑一职，一起跟自己的老师前辈卢文学同志，把好了杂志的内容关，让直线下跌的发行量，重新昂头挺起。你们夫妻俩，都是《东方》杂志社的功臣啊。"谢社长说完这句话，象征性地"哈哈"笑了一声。我们七十多人见状，也"哈哈"笑了起来，于是现场一片"哈哈"的大笑声。整个《东方》杂志社的这幢楼，都充满了快乐。

“希望你们的结合，能给《东方》杂志社的发展，注入新的活力。李伟，你小子真能干！”谢社长边说边拍了李伟的肩膀一下，“不仅得了一个漂亮的媳妇，还有了孩子。”这句话说完，全场都肆无忌惮地大笑起来。

可这句话，听在我、赵燕和李伟耳中，脸上却呈现出了苦笑，只有我们知道，这其中的情况。

谢社长的讲话，最后话锋一转：“笑归笑，但同志们，一条纪律必须记得，包括站在最后边的网管和清洁大姐。”说到这里，站在最后的网管和清洁大姐猛地挺了一下腰。

“今天没来的同志，各部门领导要单独电话通知。李伟同志的婚礼，是小范围的，仅限于社里同事和双方亲属知道，不得外传。李伟同志是顶级畅销书作家，年轻有为，为了他个人，特别是为了社里，他是要隐婚的。社里一旦发现，有人走漏了这个消息，那绝对是要严惩的，当事人直接开除，整个部门的人降薪降职。这一点要记住了。”

谢社长说完了这些，再跟李伟、赵燕寒暄几句，就风风火火地走了，留下一众热闹议论的人。

听完社长的讲话，我立刻让外文校对组的马喻，召集校对组的六人开会。我也不讲废话，直接把谢社长的话，原样重复了一遍，虽然他们已经听过一遍了。

“大家听清楚了，如果李伟结婚的事情被传出去了，最后查出是咱们部门的人传了出去，那这个人就不用在《东方》杂志社上班了！”

我刚说完，姚玉立立刻说：“有这么严重吗？”

“你知道这个消息透露出去后，对《东方》杂志社的发行量影响多大吗？如果影响的这个量，折成钱，算成贪污，足够送你进监狱住一辈子了。”相比马喻的灵活和听话，我很不喜欢姚玉立的生硬，但没办法，校对组各样的人，都需要。想到这里，我真心佩服起赵燕的招人能力来。人，也确实是最重要最核心的元素。

姚玉立听到我这样说，低下头不说话了。

工作上的事情一结束，我立刻跑到李伟租住的那个校园内大三居。不对，现在这个大三居，已经是李伟的产业了。他早在成为《东方》杂志社副总编辑的那一天，就把这个大三居买下了。这一点，我们都有预感，他在搬入这套当时价值已经超过一百二十万元、实用面积超过一百六十平方米的房间那天起，就把它当成自己家一样装修和布置。这样装修和布置两个月后，他果断出钱买下了它。黑心而贪利的房东，最终跟他要了一百五十万元。李伟眼也没眨。

看吧，这就是有钱的好处。

除了我，还有文星元、赵燕和李伟三个在。萧雨和玉琴要做具体的事情，现在是上班时间，不能出来。于是，写结婚请柬的任务，就落在了我们四个身上。虽然婚礼范围仅限于双方亲属、校方领导及社里人员，但这个绝对数量，也不是小数目，超过两百人了。谢社长在这种小事情上，考虑得很周到。他亲自设计并监督印刷了请柬，且在上边最醒目的地方，用最清楚的黑体（当然，印刷成了红色）提醒参加婚礼的人，对本次婚礼及当事双方（指赵燕和李伟）要严格保密，不要对任何第三方讲，至于保密原因，会在婚礼现场说明。

这让我们苦笑，但又不得不这样做。

赵燕和李伟，已经分别列出了自己方邀请参加婚礼的人员名单，并附上了详细的称呼。赵燕负责列自己的亲友和晋川师范大学校方领导们，李伟负责列自己的亲友。在名单的最后，赵燕和李伟还郑重地写上了沈伟并萧雨、文星元并薛玉琴。当我看到这个“并”字时，心里狠狠地疼了一下。我了解这个“并”的意思，实质上，赵燕和李伟已经把我们两对，当成夫妇来看待。

这些天来，我也一直想找萧雨深聊一次，把所有的事情全盘告诉她。但我不敢，为了一个文星元，她伤心绝望了整整一年，错过了那个深深爱着她的男生李伟。可以说，李伟这个超级畅销书作家，某种程度上，就是萧雨成就的。如果当年，李伟遇到的第一个心动的女生萧雨不是这样的性格，他轻松地把萧雨追到手了，他也就不太可能有这样丰富的情感经历，而后边的《美人鱼》《青春系》也肯定烟消云散了。李伟和萧雨，也就成了这个大千世界最普通的一对恩爱情侣，享受着自己生活的酸甜苦辣，自知甘苦。

但萧雨就是这样的性情女子，为了第一眼自己喜欢的男生文星元，整整大半年陷在痛苦的情绪中，为了一份面试失败的工作而痛哭流涕。好听点儿说，这是要强；不好听点儿说，就是任性，以自我为中心。

如果李伟不错过萧雨，也绝不会遇到卢文学、何于此，那《青春系》和《三年二班》也就跟他没有一毛钱关系。他就是再热爱文学，顶天了也就是一个了不得的文艺愤青。他也就不会遭遇何于此那样的出卖行为，也就不会像和赵燕在一起之前那样痛苦，导致自己整个的取向和三观都发生了严重扭曲和改变。

我不敢找萧雨说，我担心，如果我告诉她，她已经和我在酒后无意识中发生了那样的超友谊关系，并且她还在无意识中被李伟在“崩溃”的兴奋状态中强吻了，她肯定会严重崩溃，进而更有可能愤怒离职继续回到沉沦的样子。除了这个已经足够令她崩溃的事情，我更担心她完全接受不了自己深爱的男友，竟然爱上了另一个女人赵燕。

在填写一份份赵燕和李伟的结婚请柬的过程中，我心上的伤痕，就一遍遍地加深，而我想找萧雨，把这一切都告诉她的欲望就越发强烈，甚至强烈到我压制不住的地步。

“吱……”一声长响，在失意中，我竟然把一份精美的请柬内页给撕裂了。赵燕、李伟和文星元被这样的异响惊动，齐齐用惊诧的表情看着我。

“我……我不小心。”我有点慌乱地说。显然，我痛苦的表情，已经瞒不了他们三个。

“你有点不舒服吧？”作为我们的老大哥，文星元关心地问。

我用力摇了摇头，努力把累积在心上的痛苦驱除，冲他们三个绽放一个笑脸，轻轻地说：“没事的，一时不小心。”

不知道是我多心，还是真的，我分明看到赵燕和李伟的眼中，传来了种种忧心和痛苦的感觉，这种眼神，一闪而逝，他们旋即恢复了快乐和喜悦。

自从撕裂了那张精美的请柬后，我的注意力就不能集中了。自诩写字能进晋川师范大学学生界前十名的我，不仅接连写错字，而且文字也写得不成样子。

“是不是和小萧吵架了啊？”不知道什么时候起，文星元叫我们的时候，除了玉琴和赵燕，剩下的仨，他都变成了一个“小”字加我们的姓。

“没有！真的没有！这个玉琴知道。”我急忙争辩道。

“哈哈，不要这么惊慌哈！只是随便问问。”文星元笑着说道。

这时，我分明发现，赵燕和李伟，既不插话也不看向我们这边，看样子，这件事情跟他们关系不大。但他们的动作，分明传达了一种对这件事情非常关心的样子。

或许，是我今天真的不太舒服。我甚至看人的表情和样子，都完全是自己的臆想了。

看着请柬和信封已经差不多写完，我提前向赵燕和李伟告了“假”，撇下他们三个，自己默默地回到了宿舍。

宿舍管理员懒洋洋地睁开眼看了我一眼。经历过三年整最热闹光景的6号男生楼，现在已经呈现出凋零的感觉，除了继续留在学校准备考研的少部分学生，绝大多数住在这个楼的学生，已经在外实习或工作了。那一块用黑体大字写的“请毕业生于7月6日前必须搬出宿舍”的大牌子，再过几个月，就会醒目地放在宿舍楼的唯一入口处，让返校准备毕业论文并准备永远离开大学校园的我们，每天都难受好几次。

能听到自己回声的楼梯、咳嗽一声都响的寂寞楼道、空无一人的宿舍，开锁开门的声音，是那样的刺耳，每隔三十分钟，自动冲一次的厕所，现在听起来，是这样惊天动地。而过去的三年多，就算是在午夜梦回醒来的时刻，我也不会觉得这些个声音，哪怕有一点的吵闹。

伤心和痛苦，是不是会让一个人彻底地敏感起来？

当我正在空无一人的宿舍忧郁时，收到了李伟发来的短信，我相信，我们其他人，也肯定收到了李伟发来的这条短信。

“何于此的事情，已经立案了，第一场开庭审理，将在《三年二班》杂志所在地落川省凤西市凤西区初级人民法院审理。他的律师代表他，邀请我们旁听审理。而根据法律规定，因曾涉及多位未满十八周岁少男，何于此案件的所有审理，将不对社会和媒体开放。”

第三十八章　何于此应得的下场

于是，刚刚结束请柬邀请工作的我们四个，刚刚下班的萧雨和玉琴，就集中在了李伟的“豪宅”中。

李伟得到的信息，均来自和何于此律师的通话。何于此从国内最好的律师事务所请了最好的律师。全国共有十五起针对何于此的报案或起诉，这十五个当事人，均是拥有一定知名度，甚至拥有很高知名度的当红青年作家，而且全部是经《三年二班》和何于此之手培养出来的。他们分布在十二个不同的城市。

考虑到属地管理的因素，各地法院和检察院决定并案处理，集中在《三年二班》杂志所在地，也即何于此的户口所在城市落川省凤西市凤西区初级人民法院审理。

据何于此的律师透露，实际上，这几年以来，何于此犯下的此类事件远远超过了十五起，当事人也远远超过了十五人，只不过，很多当红青年作家考虑到这种影响很坏，难保传出去不坏了名声，不考虑报警或起诉了。如果算上全部，何于此真有可能被判死刑，而相关的民事赔偿，虽然他是巨富，但也绝对够让他身无分文。

类似方宇这样的少男作家，这几年以来，在文学梦想的追逐过程中，步步陷入了何于此的圈套而不能自拔。他们在一个被设计的圈套场景下，陷入被出卖和侮辱的境地，而事后碍于面子和尊严问题，他们选择了沉默和逃避，把这种情绪的宣泄用在了写作上。他们写的作品，出版了，火了，他们迅速跻身于当红一线青年作家行列，成为全国成万读者心中的偶像和明星。

而得到和失去，是那样的公平。在这样的光环下，他们变成了一个一个取向改变和价值观、人生观、世界观扭曲的人。

我记得有一位很有权势的名人兼政要说过，爱是没有界限的，它可以超越年龄、性别，甚至种族。

但这样做的前提是你自愿，你心甘情愿。如果不是你心甘情愿，而是用这种改变来换取本不属于你的名和利，那你就成了一个扭曲的人。

但这种扭曲到了一定界限，却又不得不释放的时候，就像那句“防民之口，甚于防川”说的一样，它爆发了。

对何于此这件事情，是有十五个人爆发了。这十五个人当中的部分人，甚至不再考虑名声的事情，而是公开站到了媒体面前，带泪含泣地向媒体和公众揭发何于此的“恶心”和“手段”。

我们在憎恨何于此和那些富婆的行为的同时，也不禁为这些青年作家感到可惜，他们碍于面子和尊严问题的错误选择，纵容了何于此这种“恶心”和“手段”，换来的，也是扭曲的名和利。

那个帅气逼人、让人看一眼就过目难忘、唯一的缺点矮也被人看成可爱的何于此，如今穿着监狱服，剃着光头站在我们面前的时候，我眼前，恍惚间有点不真实起来，这就是那个中国流行文学界的教父级人物吗？我们都有点不敢相信自己的眼睛。

整个庭审，都充斥着十五位少年（当然，他们中的大多数，现在已经是青年了）对何于此的罪行揭露和描述，这种描述和揭露，那是细致无遗，到最后往往是涕泪交流。现场的听众，除了法庭该有的人员、原告、被告，再加双方律师、直系亲属和我们六个，就再无他人。

就算是这样少的人数，听着听着，我们的心头也渐渐并满满地浮上来一种浓重的不好意思之感，恨不得找个地缝钻进去。我相信，我们六个人的这种感觉尤其强烈。

世上没有不透风的墙，暗处有神明。不要以为你做过的事情，永远是天知地知你知我知，它不会大白于天下，你要知道，总有一天，它会让最不该知道它的人知道。

我们六个相互对望了一眼，我们的脸都红红的，很是尴尬。或许，这种尴尬，不仅仅是针对何于此这次事件，还有我们自己的事情吧。我发现，无话不谈的我们，渐渐有了各自的心事。

整个庭审持续了三个多小时，何于此的表现有些怔怔的，满场都在回答着“是、是、是……”甚至在最后陈词阶段，他也只说了一句：“他们说的都是事实，我承认，我认罪，我接受法律对我的公正判决。”

在事前，我们已经从律师那里了解到，实际上，李伟只捏碎了他的一只睾丸，另外一只基本上没有什么影响，跟正常人一样。

于是，我们排除了这种表现是由于身体上的原因，而是将其归结于他的心情，他或许是真的反悔并醒悟了。

此次庭审案情清晰、证据确凿、调查时间充分，并且原告们提供的证据事实太清楚了。有两名原告，一名把跟何于此聊天的内容和后来发生的可怕事情，全部录了音并当庭播放；另一名原告，竟然把这一切全部拍摄了下来，有声音有画面，当庭播放这个的时候，全场人员真是目瞪口呆。播放到三分之一的时候，法官叫了停。这样的证据，实在再清楚不过了。

最终，综合何于此钱色交易、陷害多名少男的事实，并且社会危害极大、社会影响力极差，但何于此认罪态度较好，给予受害者家庭积极赔偿，获得了部分原告谅解的情况下，判处何于此有期徒刑二十年，并处若干罚金。这个罚金，相对民事赔偿来讲，那简直太微不足道了。

为了了结这件事情，何于此针对每一位被告，支付了高达五十万元的赔偿金，总计高达七百五十万元。再加上他这次住院所花费用、请律师的费用、打官司的费用、没收违法所得及违法所得缴的罚金、双方协商由他承担税费等，他支出了超过一千五百万元的费用。而这些费用，都由他出售他在《三年二班》的股份以及他之前钱色交易得来的钱财进行支出。

由于《三年二班》是非上市企业，何于此所占的股份都未必能值一千万元。但考虑到何于此是公司创始人之一，并且是公司关键性发展的重要功勋元老，《三年二班》决定承担大部分费用。这样，起码何于此出狱后，还在落川省凤西市拥有两套住房，不至于无家可归、流浪街头。

而自此后，不管是《三年二班》，还是《东方》杂志社，都跟何于此没有一毛钱关系了。一场官司，让两者跟何于此撇得一干二净。

《三年二班》还为此专门召开了新闻发布会，由何于此的父亲代表何于此，进行了股份的转让。《三年二班》其实也是想借此发布会，彻底消除何于此带来的不良影响。而接替何于此职位的，是《三年二班》成立八年来的首席御用美女作家，基本上，自《三年二班》杂志成立始，每一期《三年二班》杂志上，都有这位美女作家的大作，不是一年十二期的长篇连载，就是一个受用的中篇小说。她，也成为女性作家当中，唯一能够跟李伟相媲美的同等重量级的女性作家。

何于此锒铛入狱了，整整二十年，他都将失去自由，他也失去了他拥有的超千万级身家。这个超千万级的身家，放到哪怕未来五年，都是十亿级的身家了。

而据《三年二班》杂志社派来的新发行兼广告负责人于晓介绍，自缭绕(《三年二班》那位首席御用美女作家)担任《三年二班》的副总编辑后，《三年二班》的发行量和广告投放量，都上涨了十个百分点。而李伟入主《东方》杂志社，产生了同样的效果。

自此，由何于此一手创办、一手操办的两本超人气杂志，一本流行阅读、一本经典文学，都走出了他的视线。我想，对一个事业型的男人来讲，这甚至比入狱失去自由更可怕。并且，更可怕的是，他永远也没有翻身的希望了，哪怕百分之一，也不可能有了。

一个这样的男人，天使的表面，恶魔的内里，但这内里，终于转到了表面。

我无法想象，当他二十年后，从高墙铁网后边走出来的时候，会变成什么样子，这个世界会变成什么样子，我们，会变成什么样子？

而何于此背后的那几位富婆，检方已经另案处理。相信等待她们的，肯定是铁窗岁月了，这也是她们应得的下场。

第三十九章　婚礼泄密事件和李伟现象

从凤西市回来后，我们都很兴奋。我们一致认为，何于此罪有应得，这是他应该得到的下场。但我们同时又无比惆怅，感觉到人生的荒诞和无常。

这也进一步给我本就在痛苦和抉择间动摇不定的心情、伤口上撒盐似的。赵燕和李伟、我和萧雨，在外人看来，甚至在文星元和玉琴看来，本来是郎才女貌、天造地设的两对，却有着自己不为人知的辛酸。我不知道赵燕和李伟怎么想，但我和萧雨，至少是我，其实已经是严重的貌合神离了。

我逐渐觉得，我既无法面对赵燕也无法面对萧雨。我现在越来越觉得，我当初堂而皇之，给自己找理由去找赵燕，是不是其实心底是真心爱着赵燕，不管从哪个方面来讲，赵燕都是我生命中的第一个女人，这一个事实，不管我怎么样去做，都无法改变了。虽然我的职位是靠我的能力应聘来的，但去掉那个“副”字，确实是赵燕的功劳，而且，我还享受了赵燕给的特权以及巨额现金（至少对我来讲，五万元现在是真实的巨额现金）的馈赠。

怕什么，就会来什么，谢副校长，哦不，是谢社长严加防范的李伟、赵燕结婚事件，在他保密讲话后的第三天，就登上了全国所有娱乐媒体或者是娱乐板块的头版头条，并且，更可怕的是，很多娱乐媒体为此开设了整版整版的专题。李伟和赵燕的大幅高清照片，就显眼而恰到好处地融合到那些文字当中。要说差什么，就差一张李伟和赵燕抱着接吻的照片了。

这下好了，只要是看新闻的全国人民都知道了这个消息。或许是想一扫何于此事件带来的颓废之气，在当天晚些时候的新闻中，一贯庄严的各省台和全国类卫视台新闻，均以或长或短的新闻篇幅报道了李伟和他的婚事。在对赵燕的称呼中，严肃些的媒体，称为赵某，在某某杂志社工作，是某某师范大学的前员工。但随着报道的深入，越来越多的媒体也对赵燕开始直接称呼，甚至连我们所不知道的赵燕生日、父母情况都被媒体挖了出来。

而意想不到的是，这个消息，不仅没有带来谢社长所说的，严重影响《东方》杂志的发行量和广告投放量，反而带来了很大好处。

李伟作为为数不多的十几位《三年二班》杂志社近两年不经何于此之手推出的当红青年作家之一，给人以“出淤泥而不染，濯清涟而不妖”的感觉，最重要的还有，李伟是这十几位当红作家当中，长相最普通（这个最普通，其实已经远远超出一般大众的长相）、作品最厚重（两部长篇）的一位，这可能也是他最红的主要原因。

主流舆论和绝大多数网友，都对李伟和赵燕的结婚信息冠以“郎才女貌”这样的评价，李伟确实太有才，这个就不说了，主要说赵燕的貌。赵燕的身材，身陷其“身”的我尤其明白，那真可以用“多一分则胖，少一分则瘦”来形容，并且，她的肤色有一种湿润的白皙。除了相貌迷人外，她的嘴唇是天然的紫红色，就是不上任何口红的时候，天然的这种颜色。

而据我和赵燕在一起的这段时间看来，赵燕一直是使用透明无色的口红，并且她再三向我强调，这种颜色，是她嘴唇的本来颜色。这种天然紫红色的嘴唇，自从我对女性有一种懵懂的好感以来，只遇到两位女孩是这样。我也似乎养成了这样一种习惯，但凡我遇到这种紫红色嘴唇颜色的女孩，总会问她一句，这个是口红还是嘴唇原来的颜色？

一时间，收集李伟和赵燕照片和更多细致信息成为网络间和读书圈风行的事件。有一个李伟的超级粉丝，在天涯社区最火的娱乐八卦发了一个帖子，号召大家把自己收集和知道的关于李伟和赵燕的一切信息和照片发布在该帖当中。仅仅七天时间，关于李伟和赵燕的这个帖子，点击量就超过了一千万，回复超过了三百万次。这个帖子，成了李伟和赵燕的百科全书，几乎他们从出生到现在的一丝一毫细节以及相关照片，都出现在了这个帖子当中。

让人大跌眼镜的是，李伟和赵燕的亲戚朋友中的小辈，也开始把赵燕和李伟小时候的照片，偷偷用手机拍下来，放到帖子当中，并配上说明，以图来吸引人气。李伟的小学班主任，甚至把他收藏多年的，李伟那一届学生的作文，凡是李伟写的，都一一上传到了帖子当中。这样的行为，不胜枚举，甚至李伟和赵燕露屁屁的照片也没能幸免。

李伟和赵燕，在全国网民甚至全国人民面前，彻底成了两个透明人。这位超级粉丝，为了全国网民浏览方便，组织李伟的粉丝群，特意花了一周时间，把这三百万个回复当中的有效有用回复，分门别类，整理成了若干个帖子，并且形成了一个图文并茂的大专题。他们甚至还给《东方》杂志社打来电话，希望获得李伟和赵燕的答复和同意，他们要给这个专题出一本书，书名都取好了——《他和她》。只要李伟和赵燕答应出版，不仅不收任何费用，出版社还要奉上不低于百万的稿酬。

这个事情，让李伟和赵燕哭笑不得。

全国人民都在等着李伟和赵燕结婚的那天，中国最火热的一线娱乐明星现在的关注度和人气也不过如此而已。李伟和赵燕的结婚，肯定会成为当年所有社会娱乐新闻事件排名第一的事件。

谢社长召集全体社员开了三次大会，要找出泄密的人，最后都不了了之了。后来，甚至有人把我们填写的请帖高清晰全图放到了互联网上。而随着这个日期的临近，整个晋川省的交通、住宿、消费和旅游，都彻底地繁忙了起来。

李伟和赵燕决定婚礼要在茱锦市《东方》杂志社举办，茱锦转瞬间成为全国最受关注的城市。原来在全国范围内有些默默无闻的晋川省、茱锦市、晋川师范大学，立刻成为全国最受关注的省份、最受关注的城市、最受关注的大学。

我亲眼看到，晋川师范大学的校长、一位著名的“教授 + 学者”，眼含热泪地分别握住李伟和赵燕的手，感谢他们为《东方》杂志社、为晋川师范大学做出的巨大贡献。

人们都没有想到，一个名人，能够给一所大学、一座城市、一个省份，带来如此可怕而巨大的经济价值。

似乎是在一瞬间，原来茱锦市迟迟不肯批给晋川师范大学、一直阻碍晋川师范大学扩大规模的那个位于西北方的公园，不仅立刻批了下来，而且周边的几十亩荒地，也一并给了晋川师范大学，并且，还在茱锦市郊区，一次性批给晋川师范大学几百亩土地，用于创建独立文理学院。

而这些土地，不仅不要晋川师范大学一分钱，其教学楼、实验楼等的建设，晋川省茱锦市两级政府全部满足。除此之外，省政府决定将每年拨给晋川师范大学的费用增加三倍，用于购买更多好的设备，引入更强大的师资力量。茱锦市决定，每年为晋川师范大学提供不少于七千万的费用补贴。各级基金会、慈善会迅速跟进，几乎每一幢学校用楼的重建和新建，都被捐了超过五百万元的现金，而学校也乐得用慈善名人或基金会的名字冠名教学楼，五百万起冠一个名，太值了。

有钱就好办事，转眼间，晋川师范大学内和独立学院内，建筑工地林立，人们仿佛都能看到，一个国内一流的大学即将拔地而起。而校园内张贴的学术报告预告海报上的授课教授，也由之前名不见经传的一般教授，一下子全变成了全国最知名的教授学者，仿佛晋川师范大学猪肉一毛钱一斤似的，全国各高校最著名的教授，一下子全涌到这里来了。他们中的多位甚至公开表示，非常乐意元旦后到晋川师范大学来执教。

几乎是一个月的时间，晋川师范大学蒲松小区那个烂尾的巨型食堂，不仅立刻装修完毕，而且开始提供对内对外服务。作为晋川师范大学最庞大的宿舍区，蒲松小区，能够容纳至少两万名学生的住宿。加上另外一处规模较小的松龄小区和教学区宿舍，晋川师范大学现在已经能够容纳至少两万七千名学生的住宿。而这个数字，必将进一步攀升。

蒲松小区竣工仪式举行的时候，晋川省的省长和分管教育的副省长及一群官员，都来到了现场进行剪彩。

距离元旦还有十五天。晋川师范大学校内和独立学院不分昼夜地施工，整个茱锦市，甚至整个晋川省都在不分昼夜地施工搞建设。这一切，竟然全是因为李伟和赵燕宣布的一个婚讯。

省长在现场激动地说："同学们，晋川师范大学的蒲松小区是我们晋川省，乃至全国的大学生示范宿舍小区，我们要为这个示范小区而骄傲。同学们，晋川师范大学现在是我们晋川省一流的大学，今后将会是全国一流的大学，我们为拥有这样一所大学而骄傲。这所大学培养出了李伟这样的作家明星学生，这是我们全省四千万晋川人民的骄傲。”不管你信不信，省长在说这些的时候，落泪了，我们全场的人，也落泪了。这是激动的泪水。

李伟在剪彩仪式上亮相了，赵燕也亮相了，不过，李伟在最中间，赵燕在观众席里的第二排。

当天晚上及至之后的一周，所有媒体都在讨论李伟的亮相。这种讨论在一个媒体记者发出一条讯息后达到顶峰，并一直持续高潮到元旦李伟和赵燕的婚期来临。

这个记者放大标注了赵燕的照片，并配上“赵燕疑似怀孕，肚子特别大”的说明。这个讯息发出后半个小时，就经人证实，并上传了赵燕的侧面大肚照。于是，整个媒体沸腾了，甚至最严肃的国视一套新闻直播间主持人也满面高兴地说，这是今年以来最令人兴高采烈的新闻。我想，“李伟先生和赵燕女士结婚，赵燕女士怀孕”将成为今年中国最热新闻的第一和第二位。

《东方》杂志社的印刷厂，马不停蹄地开始加印着前七期《东方》杂志中短篇版、长篇版、海外小说版以及李伟之前的两本书《美人鱼》和《青春系》。这些书的销量，应该已经达到了一个令人吃惊的数字，并且，这个数字，极有可能创造一个图书和杂志发行史上的奇迹。或许，只有教科书能够望其项背了。

很多从来不关心文学期刊、从来不读书的人，也跑到报刊亭，跑到书店，上网店，购买《东方》杂志或李伟的两本长篇小说，看看这个作家到底是怎么回事。

几乎所有电视台，从国视、卫视、省台、市县台，都做了李伟的专题。他们把李伟出书、成名、火热、结婚、带动一家杂志发展、一所大学一座城市一个省域经济的发展，以及有子，总称为“李伟现象”。原来这种现象，是被称为“名人现象”的。

在这个缺乏新闻资讯的时代，李伟几乎成了正常而无聊的“新闻＋电视剧”播出方式后，唯一的话题。打开电视机、打开网络、打开手机、打开广播，你所能接触的任何一种媒介，除了广告、新闻和电视剧，你所能看到的，就是讲李伟的事情的，甚至有些新闻节目，也是长篇累牍报道着李伟和李伟的事情。

二十世纪九十年代追星的时候，我们都知道，明星上个厕所，都能成为一件巨大的新闻事件。现在毫不夸张地说，李伟就是放个屁，也足够报纸上一个版面来说。

距离李伟和赵燕的婚礼还有一周时间，可茱锦市所有的大小酒店旅馆，甚至包括茱锦市周边县市的酒店旅馆，已经被住客，也就是李伟的疯狂粉丝，还有来看热闹的人塞得满满的。但这阻止不了全国人民的好奇心，飞机、火车、汽车、私家车（茱锦市没有河，驶不得轮船），人们以自己的方式，向晋川省这个拥有五千年历史的省份汹涌而来。原来晋川市通往茱锦市高速路一路畅通无阻时速一百公里的速度，现在已经下降到了三十公里不到，而且一堵，经常就是三五个小时。

据说，省政府已经决定，由晋川市通往茱锦市的另外一条高速公路，以及由国家首都首发，开往晋川省会、茱锦市，终点到达落川省凤西市的高铁，已经在修建中，开通后，一天将往返发出二十四趟列车。而首都航空，已经在几天前，增加了首都往返直飞晋川市的航班。

而茱锦市十年来，由于高速公路非常方便而不再提建的机场建设，已经提上修建日程。整个晋川省，掀起了一股旅游景点配套基础设施建设的热潮，这个五千年的古老省份，终于在沉寂五十多年后，再一次以这样的昂扬姿态呈现在全中国人面前。

而令人奇怪的是，没有人，甚至也没有最疯狂的粉丝，要求李伟或赵燕站出来，澄清或者说明结婚和怀孕的事情。全体网民，或者说全体关注这个事情的国民，都沉浸在一种观看现实版大片的真实美感当中，不能自拔。

北方师范大学的一个著名教授曾信曾做客一个仅次于《南南有约》、偏社会深刻类的访谈节目——落川卫视的《面对面》，他在《面对面》节目中大谈特谈“李伟现象”的不正常：因为一个名人、一个名作家，就给一所高校每年数亿元的经费，十几亿甚至更多的基建费用，一座城市，甚至一个省份，就上马那么多的建筑和旅游项目，这正常吗？这绝对是一种畸形的变态。全国人都追逐着一本杂志、一个作家，全国媒体都在报道着一个作家、报道着他事无巨细的一切，这更是变态中的变态。著名主持人李可现场认可了他这种态度。

曾信教授以深刻而发人深省的论调著称，而这个节目也是这样。在一片赞扬李伟的声音中，这个电视节目和这个教授特立独行的观点成功了。这个节目当期和重播的收视率，均成为同期所有电视节目的第一，甚至无能出其右的国视新闻联播也拜了下风。

但巨大的成功背后，往往是巨大的风险。节目播出及稍后重播的两天，一切风平浪静。就在大家以为一切都将安然过去的时候，全国网民的愤怒爆发了，没有人知道是哪一点让这种爆发出现了。

首先是主持人和这个教授及他们所有直系亲属的一切私人信息，包括家庭住址、身份证号、手机和固话号码这样的信息出现在了网络当中，这个信息，迅速传播到了全网。就在这个信息出现的当晚，主持人和教授在下班回家的路上，分别遭受无数次的白眼和怒骂，不下几十次的扔物品，而在距离家门口十几米的时候，终于一场暴打分别迎接了他们。幸好，主持人和教授都只是受了轻伤。愤怒的粉丝们，将主持人和教授家所在的六层楼房，所有窗户都用石头砸得粉碎，而且将进出小区的大门砸得稀巴烂。机灵的小区保安及时报警，才免了粉丝们的进一步闹事。

节目播出后的第四天，网络上出现了很多要求抵制这个节目的言论，进而发展到抵制这个电视台所有节目的倡议。有一位粉丝收集整理了给该电视台投放广告的所有广告客户名单，并号召抵制这些厂商的产品。这倡议和抵制，在全国范围内不断获得成万成万李伟粉丝团的支持。

第五天，该电视台的所有电视节目，从国内总收视二流的水平，直线下跌到甚至不如县市电视台。

第六天开始，跟该电视台合作的广告客户，特别是重量级的客户，陆续宣布，因不可抗拒的原因，不得不中止在该电视台的广告投放。

第七天，该电视台领导全体出动，以新闻发布会的形式，向全体网民和全国观众道歉。主持人和教授也分别在节目里反省，说自己的言论是图一时之快，为了吸引眼球，希望全体网民和全国观众能够接受自己发自内心深处的诚挚道歉。

第八天开始，电视台所在城市的直播楼、该教授所在的北方师范大学，陆续有人群抗议，还有人举着“请李可主持人（曾信教授）收回侮辱李伟的言论，并辞职谢罪”的条幅。随着人群的逐渐增多，电视台和该大学领导，实在坐不下去了。

第九天，该电视台宣布辞退主持人李可，并永久停播他所主持的节目；北方师范大学也宣布解除和曾信教授的聘任关系，并不再考虑续聘。

一切似乎朝着有利于李伟的方向发展着，但一切又似乎都朝着不利于李伟的方向发展着。在离李伟和赵燕的婚礼还有两周的时间内，我们每天的主要工作就是聚会，这个聚会，有时候还包括了谢社长、学校最高领导，甚至省里大员。据说，中央相关部门一些领导已经关注到了“李伟现象”。

特别是电视台宣布辞退主持人李可、北方师范大学宣布辞退教授曾信后，一种前所未有的恐怖感向我们，特别是向李伟袭来。甚至在那么多厂家宣布中止向这家省级卫视台投放广告的时候，李伟也没这么慌张。

我们都觉得，李伟该站出来说点什么了。不然，谁都不知道接下来会发生什么，后果是什么。

李伟要召开新闻发布会，就主持人李可和曾信教授的事件进行说明。

全国媒体，都在等待并关注着这次发布会；全国网友，都在等待并关注着这次发布会；全国人民，都在等待并关注着这次发布会；无数高层领导，也在等待并关注着这次发布会。

李伟出现了，成堆的闪光灯聚焦向他，成堆的话筒和录音设备递向了他，无数的摄像机对准了他，就算国内当前最大红大紫的娱乐明星，也不过如此。

经历了这么多，李伟成熟了很多，淡然了很多，从容了很多，也善于表达了很多，而李伟，本身就是非常善于表达的那种作家。

“知道了李可先生和曾信教授的事情，我真的非常惊讶。我非常喜欢并感谢我的粉丝们，没有你们，我不可能有今天，我的写作能力是一方面，但你们的支持，是最关键而不可或缺的因子。”李伟现在确实非常感谢大家，就这样一句，一下子凝聚起来所有粉丝的力量，而接下来，就算他说一些难听的话，也无伤大雅和支持度了。

“李可先生和曾信教授，在曾信《面对面》这期节目当中的观点，我不认同，但远没有到需要我出来反驳的地步。一个作家，能够给几亿中国人带来好读的书；能够给一本杂志、一座城市，甚至就像曾信教授说的一个省份，带来巨大的关注，带来巨大的实质物质提升，我相信，不管从哪一个方向说，这都是巨大的正向力量。而我的书，我们的杂志《东方》，都是美好的善良的故事，其中有爱情、友情、亲情，都是让我们的生活和情感更加美好善良的正能量因子。我们否认这样的正能量因子，就是否认我们自己、我们自己的国家。”

李伟一口气说出这样长的话，引出了五倍时长的掌声和叫好声。现场主持人不得不几次往下压手掌，才停止了掌声的继续。

“但我佩服李可先生和曾信教授这种勇气，在全国亿万网友、观众都沉醉在这种由我们共同酿造的美好中时，他们给了我们警醒和忠告。我们不能沉醉在这种美好中，我们要继续制造美好。”李伟在最后的讲话中，代表晋川卫视，诚挚邀请李可先生来晋川，共同打造一档谈话节目；代表晋川师范大学，邀请曾信教授担任文学院中文系的教授。

晋川卫视的记者抓住发布会的最后时机，问李伟下一本书什么时候出版。

李伟微笑着说：“《他和她》。”

当李伟说出这句话的时候，电视机前的几千万粉丝，欢呼并流下了感动的泪水。因为他们知道，付出他们无数心血的那个专题，那个为李伟和赵燕制作的《他和她》，终于获得李伟和赵燕的答复，马上要变成一本成书了。

这句话，让这数千万的粉丝，成为李伟永远的骨灰级死忠粉。

后来，《东方》杂志社专门出面说明，李伟和赵燕不仅同意这本图文版《他和她》的出版，并且，他的最新长篇小说《他，她》，将在2007年第一期《东方》杂志长篇小说版上开始连载，每期连载三万字，共计连载十二期，总共三十六万字。2008年元旦，将推出《他，她》的单行本上市。

而第二天，主持人李可和曾信教授分别召开发布会，表示愿意接受晋川卫视和晋川师范大学的邀请。这一个回复，让落川卫视和北方师范大学傻了眼。他们之前非抛弃不可的落水狗，立刻变成了炙手可热的金凤凰。这一个转变，真是让人哭笑不得。

而在文星元看来，这简直就像是一出多方导演的狗血剧。除了落川卫视和落川卫视的广告投放者们，其他各方，都赚得盆满钵满。

可我们都知道，这并不是狗血剧。这样的瞬息万变，就活生生地发生在了我们的生活当中。我们也不知道，下一步，还有什么样的突变等着我们。但毫无疑问，这种突变，马上就要来到。而在这场突变中，我成了毫无疑问的主角。

第四十章　史无前例的婚礼

离李伟和赵燕的结婚日期还有三天，12 月末的茱锦市已经非常寒冷，绝对达到了滴水成冰、哈气成雾的地步。可就算是这样的天气，走在晋川师范大学的校园里，人流也已经一日比一日多起来。而且，对我们这种经常在晋川师范大学活动的人来讲，这些人流明显不是晋川师范大学的教职工和学生，甚至不是茱锦市的人。他们明显是李伟的粉丝，前来参加或者说观摩李伟婚礼的。

在一座城市居住得够久够长，你就会感染这座城市的气息和习气。这种气息和习气，对刚刚来到这座城市的人，是怎么学也学不来的。而居住在这座城市的人，一眼就能发现每一个“入侵者”，这种气息和习气，你可以勉强称呼它为传统或者地方文化。

由于《东方》杂志社官网还没有上线，李伟和赵燕婚礼的最新消息，就随时公布在了晋川师范大学官网其他新闻一栏当中。因为这个公布，晋川师范大学官网一度瘫痪长达五天。在晋川师范大学校长办公室、校团委办公室、校学生会办公室、校学生处办公室电话分别同时在八小时工作时间被打爆三天后，晋川师范大学一鼓作气，为校园网机房购买了可能未来一百年都足够使用的服务器和带宽。当然，这些服务器和带宽，后来理所当然承担了《东方》杂志社旗下网络平台的运营。

而据官网的公布以及李伟和赵燕直接给到我们的消息，婚礼仪式将准时于 2007 年元月一日举办。由于可预见的，元月一日是大晴天，白天温度还算暖和，为了答谢全国粉丝的鼎力支持，也为了满足每一个来到茱锦市的粉丝的愿望，这个愿望，无疑就是能够现场目睹李伟和赵燕的婚礼，李伟和赵燕决定举办露天婚礼。

而由校方直接制定的婚礼仪式，规模巨大到令人咂舌。学校并没有采用通常使用的校园文化艺术中心，俗称礼堂的地方，因为礼堂最多只能容纳一万余人，并且这一万多人，还有可能存在踩踏事故的风险。礼堂被迅速放弃了。

这个时候，茱锦市政府也传来消息，自李伟和赵燕结婚的消息泄露以来，外地（包括晋川省其他城市）来茱锦市的人流暴增，绝对流入量越来越大。茱锦市现有酒店和旅馆已经越来越满足不了流入人员的居住要求，为了应付这种局面，特别是为了应对李伟和赵燕婚礼前后三天巨大的居住需求，茱锦市政府紧急动员了超过二十万个家庭，准备好了不低于四十五万间卧室，供来茱锦市人员的暂住需求。

晋川省专门为李伟和赵燕的婚礼召开了省委会议，会议结束后，茱锦市周边城市的警察和武警开始陆续开赴茱锦市，用以维持一座流动人口暴增城市的治安。而通过各种交通工具进入茱锦市的人员，也在元旦一周前启动了实名检查，无法提供证件的人员，不得进入茱锦市。卫生防疫、食品物流等的绿色渠道，也开始源源不断地供应茱锦市猛增的需求。

元旦前一周，各省卫视，最后是国视，分别宣布将派报道团队，全程直播李伟和赵燕的婚礼。这个消息的公布，总算是减缓了人流继续向茱锦市挺进的步伐。这个时候，茱锦市这座拥有一百万常住人口的中等城市，人口承受已经达到了极限。据茱锦市政府的数据，茱锦市常住人口一百万左右，流动人口在二十五万左右，元旦前后，流动人口会下降到十五万左右。但现在的数据表明，茱锦市常住人口一百万不变，流动人口已经暴增到一百四十万，也就是说，就算排除最高峰时的二十五万人，也有一百一十五万人，为了李伟和赵燕的事情，涌入了茱锦市。

没有人不为这个消息感到震惊。想要来茱锦市参加李伟婚礼的人，首先得是他的骨灰级粉丝，而且要有时间、有金钱实力。这样的粉丝，在李伟这里，达到了巨大数量的一百一十五万人。那我完全就可以这样说：李伟的粉丝，是真正达到了亿级，他是一个各阶层、各年龄人群、男男女女都喜欢的明星实力作家了。

如果没有这个亿级，就不可能出现这个一百一十五万人。虽然我们打心底都羡慕嫉妒恨，但我们不得不说，李伟已经是真正的“全民偶像”，他的一举一动，都将对这个国家的生活娱乐消费产生巨大而深刻的影响。

晋川师范大学最终决定在校运动场举办这场盛大的婚礼，这个决定，几乎成了当前唯一可能的决定。因为，学校无法把那么多的粉丝拒之校门外。

校运动场包括一个拥有八百米跑道的田径场、两个足球场、六个篮球场、四个乒乓球场、两个网球场以及用于体育教学的其他十二块每块都跟篮球场一样大的场地。当然，很多区域都是“李伟现象”之后扩建的。学校南边和西北边与荒地接壤，为扩建提供了近乎无限的基础。

学校发布了两项政策，第一项是所有前来茱锦市参加婚礼的李伟粉丝，都可以凭身份证来婚礼现场，但需要被分隔在运动场不同的二十七块场地进行观看，而且各个场地之间不能随意串门，各个场地一旦人员达到饱和就会关门，人员不得再随意出入。第二项，学校号召和要求晋川师范大学两万多名教职工和学生，待在自己宿舍或自习室观看电视直播，不要到现场参加。

而茱锦市也发布了号召和倡议，还要求每一个社区工作人员，要将号召和倡议，通知到每一户，要求大家不要到现场参加婚礼，而是待在家里看直播。这种号召和倡议，也进一步扩大到来茱锦的人员当中。

后来，因为李伟粉丝们的强烈要求和实际需要的情况，晋川师范大学又增加了三项功能。第一项，所有的教室和自习室、运动场每个场地，都安装了巨大的 LED 屏幕，用于现场播放婚礼仪式。晋川省最大的电视生产商决定免费提供数量不受限制的所有大屏幕电视，用于安装到教室和自习室，并且承担所有运输、安装、现场维护、事后拆走和所有人工，但要求是他们的人工，都要穿体现他们品牌的服装。晋川省最大的礼仪活动服务公司，决定免费提供不受数量限制的所有LED屏，用于校园内、运动场内LED直播屏幕的安装，同样承担所有运输、安装、现场维护、事后拆走和所有人工，但他们的要求和电视机提供商一样，他们的人工，都要穿体现他们品牌的服装。第二项，茱锦市最大的连锁超市“银河超市”提议，这么多人，集中参加这么长时间的婚礼，运动场各个区块，肯定需要提供水和小食品，我们可以免费提供这些，所有费用都由我们承担。第三项是茱锦市一家简易房制造商提出来的，这么多人的集中，在没有厕所的区块，上厕所变成了一个重要问题。校方领导听到这个建议的时候，差点吓出冷汗来，迅速接受了他们制作简易厕所放到每一个区块角落的建议。

后来，茱锦市提出了问题。婚礼当天，需要派出警察和武警维护现场秩序，三步一岗、五步一人有点过分，但十米一个，是肯定要做到的。茱锦市和晋川师范大学，虽然名义上是号召和倡议茱锦人和教职工、学生分别待在家里和宿舍看电视直播，实际上，这种号召和倡议，执行的时候，变成了行政命令和政治任务来完成。

但就算不考虑一百万茱锦市常住人口的问题，还有一百一十五万全国各城市的人来到茱锦这里了，按最保守的估计，有50%

的人来到现场，那也是恐怖地超过五十七万人。而更可怕的问题是，晋川师范大学还必须按照一百一十五万人来接待。因为人既然已经千里迢迢来到茱锦市了，不到现场看一眼，怎么可能死心塌地地回自己家所在的城市呢。

而按照一百一十五万人，每个人占地零点五平方米以内来计算，那就算所有人都站着，也需要五十五万平方米的空间。直观地说，就是大概八百三十亩的土地。虽然晋川师范大学主校区的面积，超过两千五百亩，也就是将近一百七十万平方米，但毕竟绝大多数地方，已经不能让人站立了。不是沸腾的工地，就是教学楼和绿地。

但领导不担心这些，后来，学校所有的会议室，甚至很多领导的办公室，包括各个食堂，都被改造成了直播现场。原来答应由晋川省最大的餐饮连锁企业喜得宴，在能够容纳超过一万五千人同时进餐的第一学生食堂免费同时同步婚礼发放不少于一百万份甜点食品的环节，也被临时取消。为了弥补喜得宴的损失，校方决定，喜得宴可以在“银河超市”的小吃摊上，占据一半位置，用于免费发放他们的甜点食品。

元旦那天，我们六个：我和萧雨、文星元和薛玉琴、李伟和赵燕都起了个大早。李伟和赵燕要去化妆，并履行结婚仪式前的各种复杂环节，必须早起；我们四个的早起，纯粹是为了感受一下这个史无前例的婚礼现场。

离晋川师范大学西门还有近一千米距离的时候，我们已经被李伟和赵燕即将到来的婚礼的巨大气场给征服了。那些八辈子都不会来校园一趟的警察和武警，竟然齐刷刷在离西门百米开外的地方就设置了检查点，他们的服装，在大白天里，是那样的显眼。真的像之前市政府说的，每八米一个岗，一个岗有一个武警一个警察，并禁止一切车辆进出校园。

现在才早上六点半，而排队要进入晋川师范大学的人流，一排八个，满满占据了进入学校西门的人行道和大半个自行车道，已经排出了千米开外，并且，还有源源不断的人员加入队伍当中。我们四人，赶忙进入队伍，正惆怅不知道啥时候才能够进到学校里时，突然发生了两件事情。

第一件事情，有人试图翻越校区两米多高的护栏进入学校。护栏其实就是铁栏杆，顶部是红缨枪一样的尖尖头，翻越危险性是挺大的。第一个翻越的人是一个年纪二十岁左右的小伙子，他成功翻到了校区内，他的行为，引起了十几个人效仿，眼看现场形势就要失控。一个武警，我们都没有看清他是怎么动的，他就通过小伙子刚才翻越的栏杆翻越到了里边，一眨眼，就把小伙子控制并按倒在地。

这个武警的动作，震慑了所有正在或准备翻越校区护栏的人，他们立刻停止了动作，回到了原地。紧接着，这个武警马上掏出一个类似对讲机的东西，对着它吼了几嗓子。仅仅十几分钟后，一辆辆军用运输车，就从西边正对大街的转角开了过来，每一辆车的车后厢都敞开着，站满了一队队身穿军绿装的武警，他们迅速地跳下车，集合整队，车也同时开走了。整队完毕，这些武警战士，迅速地分散，沿着西门两侧，分散开去。我没有看错，这次真的是五步一岗、三步一人，站在了围绕校园一整周的铁栏杆下。我想，肯定东、南、北三个门，也在进行着同样的事情。

我们都惊讶了。看来，偷偷翻过栏杆进入校园的可能性，迅速降低到零了。不过，这样危险的进入校园的办法，我们也肯定不会采取的。

这个时候，第二件事情发生了。

武警们站岗站好后，一对明显已经六十岁上下的老年夫妇，慢慢走到刚才那位迅速“出警”、制伏翻墙小伙子的武警领导面前，向他展示了一下手中的东西。那位武警立刻把身体挺得板直，举起右手，向两个老人敬了一个礼，并放他们进到校区去了。

当时，就有人惊叫了。但这个惊叫的声音，几分钟后才传到我们这里，队伍，实在排得太长了。那个惊叫是：“看，他们有请柬！”显然，我们已经看不到了。这个时候，这一对老年夫妇，早就进到校门中了。

几乎全国人民都知道，李伟和赵燕总共发出了二百零三份请柬，当然，多数请柬都是请的一家人，请柬上总共包括了四百六十二人。网上这两个数字，分别是一百九十六份，五百零二人，但跟实际数字，已经非常接近了。这就是网民力量的强大。

拿到请柬的人，可以出席晚上的婚宴，四百六十二人，在晋川师范大学豪华的专门承担对外接待工作的聚贤苑跟李伟夫妇共进晚餐。这四百六十二人，分别包括了李伟的亲朋好友、赵燕的亲朋好友以及晋川师范大学和《东方》杂志社的领导、员工，当然，省市两级领导，也预先保留了一部分请柬。这点，我不得不佩服赵燕。摊上这样的老婆，想不大红大紫都难。

据说，一张请柬的价格，在婚礼即将举行的前三天，已经炒到了十万元一张，而且还要按照请柬上的人数来决定，十万元指的是邀请一个人的请柬，如果是邀请三个人，那就是三十万元。并且，请柬出售方要求实名当面交易，还要签保密协议和安全协议，以确保晚宴不出问题。竟然真有很多亲朋好友和同事，在或公开或秘密地出售这些请柬。想想，一张请柬换来至少十万元钱，这样天上掉馅饼的事情，谁都愿意做。虽然我不能说出来，也不能做，但我也有过一点把请柬卖掉的心思。相信，我们每个人都这样想过。只不过，我们不可能去做罢了。而到最后，竟然出现了假请柬。

这个事情，最终李伟和赵燕不得不出面叫停。他们决定，晚宴当天，双方各派出一个靠谱亲戚，晋川师范大学和《东方》杂志社，各派出一名人员，盯每一个进入晚宴现场的嘉宾。虽然要求请柬到，但还是必须脸到，要看到真正的亲朋好友、同事领导的脸，才能够放人进去。为了避免进一步麻烦，至于派谁来监督现场，到了当天晚宴时候才能知晓。也就是说，只有去晚宴现场的人，才能知道了。

晚宴，李伟和赵燕不同意媒体现场直播。因考虑到隐私和现场无法控制，媒体也只能作罢。

这次事件之后，请柬买卖的事情才叫停了。之前产生的买卖行为，纷纷变成了纠纷。一方要退请柬，一方不肯，而出卖请柬的人，几乎是彻底得罪了李伟夫妇，以后肯定再没脸见李伟夫妇了。

请柬事件后，又发生了茱锦市百万人（包括晋川师范大学的教职工学生）吐槽茱锦市号召倡议茱锦人待在家里宿舍里看直播的事件，这样的大吐槽，揭开了一场巨大的网络讨论争议。

吐槽先是引起了全国各地没来茱锦市参加婚礼的李伟粉丝的巨大反驳，总之就是“你们知足吧！好歹能跟李伟是一个城市的人，还在李伟大婚当天待在茱锦市，我们呢？千里迢迢的。”这种反驳，马上演变成了要“茱锦人闭嘴”的网络群骂，这种群骂又迅速演变成各城市、各省份网民之间的网络骂战。

在骂战最高潮的时候，各大卫视纷纷推出谈话节目。他们几乎一致地在节目开头，肯定“李伟现象”就算在中国历史上，也是未曾有过的一次，这是网络和手机时代的奇迹，而李伟又是一个非常值得崇拜的明星作家。但他们话锋一转，转到讨论这种崇拜和追逐的方式，是不是出了问题？喜欢并崇拜一个明星作家，超过一百万人，同赴晋川省茱锦市参加婚礼，给这座城市带来巨大而可怕的压力，给明星作家本身带来巨大而可怕的压力，让这对明星夫妇生活在三百六十度透明的视线下，这正常吗？

一股反思的浪潮开始在少部分人中传播开来。但这丝毫阻止不了喜欢李伟的人群的挺进，一批批的人开进茱锦市，李伟的书、《东方》杂志，甚至《三年二班》持续狂销。几乎所有的媒介媒体，都长篇累牍、事无巨细，回顾和直播着关于李伟、关于赵燕甚至关于晋川师范大学、关于茱锦、关于晋川省的一切。这个五千年历史的悠久省份，在中华文明诞生之初时的喧嚣后，第二次又以这样的喧嚣，呈现在了整个中国甚至世界面前。

“李伟现象”到了这个地步，李伟已经不仅仅是中国的李伟了，而是世界的李伟了。12月上半月开始，有海外媒体转载中国媒体对“李伟”的各种报道，但显然，中国人的讲述方式，已经远远不能够满足海外各国人民的需求。12月下旬，海外媒体也开始陆续开进晋川省，开进茱锦市，开进晋川师范大学。晋川师范大学和茱锦市，迅速变成了当前全世界媒体和人最为关注的大学和城市。

也就是在这个月，晋川师范大学申请两年多的博士学位培养和授予点，不仅迅速申请下来，而且一批就是三个。而原先，那些连看都不会看晋川师范大学一眼的世界一流大学，也纷纷启动了跟晋川师范大学交换生项目、学术交流项目的合作。

李伟，从中国的“全民偶像”，一下子变成了世界范围内的“中国名片”。

我们后来才知道，那两个一起进去的老夫妇，原来是李伟的父母。我们现在也才明白，原来请柬，在这个闹哄哄的现场，起到了绿色快速通行证的作用。我们四个，相视一笑，快速跑到那位武警领导大哥面前，掏出两张请柬。他又一次挺直身板，敬一军礼。接下来，我们迅速地进到学校西门中，身后留下了一片惊叹和羡慕声。

如果我们不行使特权，而是选择排队进去，那真可能就快到中午了。虽然警察大哥一直在高效率、几班倒地刷着进校粉丝们手中的身份证，但从拿身份证，放到仪器上刷，看显示屏无误，再送出身份证，然后过人，一个起码得十几秒。门口虽然有两台仪器快速地扫着，基本上你的每一次抬头，都看到有人进入。但相对排队的人，这个速度还是太慢了。我想，大家都体验过春节回家过火车站安检的过程，差不多，你不提前两个小时到火车站的话，你的火车，保证抛下你走了。因为，你铁定晚点赶不上。因为啥？排队安检进站。

其实，就算当天这一百一十五万李伟的粉丝全部进入校园，晋川师范大学两千五百亩的占地面积，也是完全没有问题的，何况，晋川师范大学的教学楼，基本上都是六层及以上的高层。但现实是，那天并没有发生一百一十五万人一齐涌进校园的事情，一个是因为必要的安检，延缓了进场时间和人数；另外一个是，很多粉丝，看马上就要十二点了，就决定不再排队，而是回住的地方看电视直播。

所以，事实上是，刚到十二点多一点的时候，那些在四个校门外排队准备进场的李伟粉丝，就迅速地消失得干干净净，融入了茱锦市这座城市的各个角落。而那些警察和武警哥，还辛苦地五步一人，围着整个校园。他们真是辛苦了，如果没有他们的站岗，这次史无前例的婚礼，真不知道还要出什么事情。

进入西门的前几百米，我们还只能看到警察和武警，严格的八米或者十米一岗。但到距离运动场还有五百米的时候，情况发生了突然的变化，LED 大屏出现了，小吃摊出现了，简易厕所出现了，免费送甜点食品的出现了，学校和茱锦市后来增派的清洁工人以及鲜红的垃圾桶出现了。而且，除了警察的黑装、武警的绿装外，其他各方，为了吸引眼球和镜头，无不把自己打扮得“整齐划一 + 极可能地鲜亮”。

我当时都震惊了，我想我的小伙伴们也一定都震惊了。我们几乎是在两排人墙夹着组成的八米宽的道路上前进。我想，世界上所有的红地毯，都没有这么牛、这么受注目吧。

你想，维持秩序的警察和武警，八至十米远一个，好像是距离挺远的。但在他们这八至十米的距离内，增加一个电视厂商的人、一个LED厂商的人、一个“小卖摊的人＋小卖摊”、一个“简易厕所＋管理的人”、一个免费送甜点的人，还要增加沿路可见的LED大屏或电视机。你要想想，他们要经过怎么样的协调，才能够立体地存在于八至十米的距离上。

我们立刻被这种气势震慑了，这已经是我们今天第二次被震慑了，而毫无疑问的是，今天我们将一直被震慑。整个运动场都被布置得七彩缤纷、喜气盎然，不，我说错话了，是整个晋川师范大学，里里外外，都被布置得七彩缤纷、喜气盎然。我想，校方肯定是动用了几乎整个学校行政、学生会、社团、所有班干部学生的力量，否则，几天的时间，不可能出现这样巨大的惊喜效果。毫不夸张地说，如果愿意，这些力量，在三天内，把晋川师范大学这两千五百亩地方，翻个底朝天，也是正常自然的事情。

人多，并且每个人都用力，那力量肯定是非常之大。

到了李伟这种地步，很多事情，也就不是他能够决定的了。比如，他和赵燕的婚礼，那就是大家的决定了。我们路过运动场的时候，分明看到，那二十七个巨大的区域，已经稀稀松松站满了人，而校园的各条校内马路，几乎一律变成了繁华的集市。我真的无法想象，当接近一百万人，集中在一块只有两千五百亩的地，而这两千五百亩地，能够站人的地方只有几百亩的时候，那是一种什么景象。

有密集恐惧症的朋友，还是不要想象了。

《东方》杂志社所在的楼，是在校园的最南方，我们从西门进，到达《东方》杂志社的路途几乎要经过目前晋川师范大学所有的主要建筑物。我们分明看到，这些建筑物里都塞满了人。我相信，如果不是警察和武警的阻挡，肯定还会有人源源不断进入。

也许，未来再也不可能同时有这么多的警察和武警，都出现在茱锦市，而且还是出现在一个地方，这个地方就是晋川师范大学。这两个世界纪录，恐怕是很难打破了。

由于我们不知道请柬的作用，我们进入校园的时候，已经是八点多了。但就算是这么早，我们进入校园后半个小时，校园的容人量已经达到了顶峰。而运动场开放的二十七块独立区域，已经不能够再进人了。各区域维持秩序的警察，纷纷关上了各区域的铁网门，仿佛把成万成万的人关进监狱。而这些人，却还是兴高采烈的，认为自己是天底下最幸运的幸运儿。

十点整，东西南北，四个校门正式不再放任何一个人进来，晋川师范大学校区达到了它的最大容人量。而四个校门的粉丝队伍，依旧排得望不到边。这些粉丝，在门口恋恋不舍，不肯回去。快到十二点的时候，他们为了能够看直播迅速地回到了住所。但即便是这样，还是有数万名粉丝，双手握住围了校园一圈的铁栏杆，望着校园内，很多人眼含热泪，就像是在跟自己最亲最爱的人告别一样。

那个武警领导，在后来的晋川卫视访谈节目中谈到这一节的时候，也落泪了。他认为，李伟传递的是一种正能量。那天，站岗的很多警察武警，特别是围在校园外一圈的武警和警察们，也都感动得不行。而他们当中，很多都是李伟的粉丝。如果不是安保职责所在，他们肯定也会转过脸来，望向校园内，盼望着自己心中明星的出现。

而善解人意的电视厂商，此刻紧急调派人手，在校园一周栏杆上安装了他们的超薄电视机。完成这个任务，他们只用了一个多小时，那是近千台电视机的安装。可见，他们为这次活动投入了多么巨大的人力物力。而让这些厂商心安的是，后来，凡是参与了李伟婚礼活动的企业，营业额均暴增，并在两三年内，迅速成长为自己领域的领军巨头。当然，地方政府无上限的资金支持，是成就他们的关键所在。

这个武警领导在访谈结束后说，这次安保服务，是他和每一个参与的武警和警察记忆最深刻、永远难忘的一次，他们肯定也将终生难忘。

这场史无前例的婚礼，让我一度准备打退堂鼓，想着就这样算了。李伟和赵燕继续过他们的全球人民关注的明星生活，我和萧雨、文星元和薛玉琴，我们继续过我们普通人的生活。我们的生活，或者说，这个故事，就这样圆满大团圆地结束也是好的。

我也知道，如果我把白家牛肉丸子面事件后的决定付诸行动，那我和萧雨今后也将变成聚光灯下的透明生活者，也将几乎不再有任何自己的隐私。而我，更是将直接变成李伟众多粉丝的公敌。

但我违逆不了自己的内心。有一个声音在告诉我，赵燕不爱李伟，一点也不爱；李伟不爱赵燕，一点也不爱；赵燕还是深深爱着我，他们在一起做一场大戏，而我，终将成为这场大戏的主角之一。如果我不进到这场大戏里，我，或者说我们三个，都将后悔终生，痛苦终生。

而李伟，还是深刻地爱着萧雨。萧雨对我的爱，却是选择，而不是真正的爱。我甚至隐约觉得，萧雨已经知道了些什么，她看我的眼神，给我的拥抱和吻，都变得跟以前不再一样。而文星元和薛玉琴，反倒成了我们最羡慕的那对恩爱的普通男女。

是不是，我们四个：我、萧雨、李伟、赵燕，注定就不能在这个世上平凡地走一回，我们注定要这样惊心动魄，引人注目？

我不知道我的猜想、我的感觉对不对，但内心的声音告诉我，我一定要按照那个决定去做，否则，我将后悔终生，痛苦终生。

我甚至能够想象，李伟的粉丝，把我撕成碎片的场景。但就算这样的场景，也阻止不了我内心的那个声音。那个声音一遍遍地告诉我：你要准备开始行动了。

第四十一章　拼了命也要抢婚

这场成亿人关注，惊动到全中国，不，是惊动全世界的，注定要在人类历史上浓重地留下夸张的一笔的传媒时代的婚礼奇迹马上就要开始了。能容纳将近一百万人的运动场，已经人头攒动、人声鼎沸。

高出运动场跑道三米的主席台上，已经整个被免费地、完全贴着脸要求来赞助的婚庆公司，装扮得比公主的婚礼还要盛大，复古而豪华式的绸状装饰铺满了整个主席台的空间，而主席台最顶上搭的那行大字：热烈祝贺李伟、赵燕新婚大喜。红底烫金字与复古而豪华式的装饰格格不入而突兀异常。但没有人注意这些。整个主席台，从运动场登上主席台的两侧阶梯开始，到整个主席台几十平方米的台面，全部铺上了喜庆的红色地毯，地毯鲜艳欲滴，像是在不断地提醒我们：亲，我们是刚出厂的哦，刚出厂的哦。

主席台正对着运动场跑道长的一端，这使整个婚礼现场成为一个长方形的布局，主席台正好在长方形长边的中间。离主席台三米的距离，是一条空荡荡的塑胶跑道，跑道远离主席台的一面，几乎是三米一个，站满了武警。跑道长的一侧，至少有四百米的距离，也就是说，在这四百米的距离上，至少站着一百三十名武警战士。而在这将近一百万的人群中，你也能星星点点地看到武警那套难忘的绿装。

确实，如果没有他们，我们无法想象，今天的场面将会乱到何等程度，将会出现多大的乱子。

武警后边，是扛着长枪短炮、举着各种录音摄影设备的一大群记者，真的是一大群，毫不夸张地说，你甚至可以用数千名、近万名来形容这一大群。武警身后大概五米的距离，你能明显感觉到，全是媒体人。而胸前挂着记者牌的摄像师们，已经在满场跑着摄像了。运动场正对主席台的最远距离，已经装好了三台固定的摄像机，它们分别对准不同的位置，将全程摄录。而早已架设好的移动云梯上，已经有三个摄像师，扛着摄像机坐在了上边。这样的机器设备，占去了至少近千人的站立位置，肯定会使粉丝们怨声载道，但为了全世界几亿人的电视直播，现场粉丝们也只好忍忍了。

记者摄像摄影师后边，就是汹涌而激情的粉丝了。我和萧雨他们，真注意到了有一些不同。好像进到运动场来的粉丝，都集中在十八到二十六七岁的样子，而且，他们明显带了道具。难道，他们要表演什么节目或者展现什么惊喜给我们看？

而在其他二十六块体育教学的运动区域，我们却看不到整齐划一的年龄，在这个庞大的几十万的人群中，男男女女，老老少少，一应俱全，让人惊讶于李伟粉丝的外延是这样的广。当然，我们看到不少晋川师范大学或茱锦市的市民，混在了这些人群里。这个“混”的数字，绝对是以万为单位而计的。来到现场，虽然不如在家看直播看得清晰细致，但这种感觉、这种情绪、这种现场，我感受到了。其实，这跟观看巨星的演唱会是一回事儿。

亲友团出现了，虽然是同时从早已清出空间的运动场入口处一起进来的百余人，但走着走着，明显分成了两个团队，两个团队的团员们，说实话，都穿得跟出国旅行的旅游团一样，步子越走越不自然。幸好，运动场的入口，也是主席台的这面，他们只需要走大约不到两百米的距离，就可以通过台阶走上主席台。这不是电视剧，必然有人在上台阶时滑倒了；这也不是电视剧，滑倒的人并没有受伤，而是被人扶起，顺利地走上了主席台，靠着主席台后边的巨大LED屏站立着。就算他们全部站立在LED屏前边，整个运动场的人，还是能够清晰地看到里边播放着李伟和赵燕的婚纱照以及他们和晋川师范大学校园风景、晋川省各市县人文美景合影的照片。

我们四个都知道，这是完美PS后的效果。这么短的时间，而且是初冬季节，这些人文美景效果，显而易见是做出来的。巨大的LED屏，就这样在全世界媒体的直播中，肆无忌惮地宣传着晋川省的一切，用图片+音乐的方式。

亲友团出现并走上主席台后，领导团也出现了，领导团没有分成两拨，而是紧紧团结在一起，让人分不清哪些是校领导、哪些是市领导、哪些是省领导。在所有西装革履的领导后边，是几十个穿着相对比较活泼的人，那是我们《东方》杂志社的全体员工。跟亲友团的不好意思和拖拉相比，这一团人显得风尘仆仆。

幸好听了文星元的意见，我们在参观完整个学校的布置后，就匆忙地拿着请柬，一路过关斩将，顺利站在了主席台上。不然，那肯定是要跟着领导们受一次罪的。

突然，整个运动场的喧嚣声停了下来。你可以想象，这是将近一百万人，在晋川师范大学这块区区几千亩土地上的收声。你可以想象，当一阵巨大的海啸离岸逐渐远去时的声响。这一阵迅速的远去，让我们都猝不及防。就在这种惊讶中，李伟拉着赵燕缓缓地出现在了运动场的入口处。李伟是一身贴身的时尚棕黑色西服加同样的棕黑色皮鞋，赵燕是修身的一袭鲜红拖地婚纱，李伟牵着赵燕的手，赵燕另一只手轻轻托起婚纱的下摆。他们身后是异常晴朗的天，蓝天、白云、阳光，当他们出现的时候，我们都被这种情景惊呆和感动了。

我们没有想到，他们会慢慢地从家里，走到这里来。我们没有想到，他们就是这样简单地出现。那种金马车、豪华轿车、一众专业保镖开道的场景，都没有出现。虽然我们在电视上、网上、各种纸质媒体上，无数次看到李伟和赵燕的照片，但今天，我们看到他们手牵着手这样出现的时候，还是莫名地感动了。这一刻，我的心也动了一下，仅仅是动了一下。我发誓，现场的人，十有八九都感动了，或者在心底认为，李伟和赵燕，就应该一辈子在一起。

这个念头在我心底出现的时候，我就看到了赵燕那庞大的肚子。这样的庞大，竟然没有影响她的轻盈和行动，她依然那样娇媚动人。而庞大的肚子，反而让她自豪，让全世界的人羡慕。可这个庞大的肚子，立刻让我心头哪怕一点点的感动也烟消云散，那是我的孩子，那是我的女人。我决定了。

这是那一刻，那几秒的情况。然后，那可怕的海啸声又回来了。我相信，现场几乎每一个人，都或者捂上了耳朵，或者张大了嘴巴，在躲避这可怕的海啸声，但又同时成为这海啸声来源的一部分。这海啸声，在整个晋川师范大学、在整个茱锦市上空，此起彼伏，鸣响着。

而李伟和赵燕，却不受这些的影响，依旧轻快地向着主席台走着、走着。就在我们一怔神间，他们已经来到了主席台上，站在了红地毯铺设的主席台靠近运动场的前边。亲友团、领导团和同事团，识趣地站成了三个团体，并列在李伟和赵燕后边。这时候，我才惊讶地发现，现场主持人，竟然是国内最为大红大紫的主持人 & 演员——两栖女明星姣子。她刚刚主演的电影，已经被推荐到今年冲击奥斯卡最佳外语片的评选单元了，国内一线女星，无能出其右者，左也不行。

就在这个时候，我们进场时，注意到田径场那些明显带着道具的粉丝，突然集体喊了一声“李伟，赵燕，我们爱你们！”然后下一秒，这将近十万人就消失了，他们所在的地方，出现了两行巨大的粉色文字，第一行是，“李伟赵燕”，第二行是，“我们爱你们”！在李伟和赵燕中间，是一个巨大的心形。

我分明听到，有直升机的声音在田径场上空回荡着，那应该是电视台的空中摄制小组。

如果说，刚才只是绝大多数人感动了，那现在，肯定是所有人都感动了。你想一想，将近十万人，排练出这样的表演，那得多少时间多少精力，光把这十万人聚集起来，就得多大精力啊。

这确实是全国粉丝送给李伟的最巨大惊喜。

自己的婚礼，李伟和赵燕都比较紧张，如果不是这个牛哄哄、经历过无数大场面的女明星姣子，现场绝对不会这么热烈、这么轻松。

见李伟和赵燕到主席台上来，姣子热烈而不失姿态地一笑，这个笑，那绝对是倾城倾国。姣子的美和赵燕的美不同，赵燕的美，是自然而可接触可拥有的；姣子的美，却是用来欣赏而不可接触的。

“哟！赵燕肚子里的小宝宝，看到爸爸妈妈今天打扮得这么漂亮，这么喜气地举办这样超级盛大的婚礼，一定欢乐得不行了吧？”姣子边笑边说。

赵燕也受到感染：“是啊，他在踢我呢！”

她们的对话，引起了一场世界上最可怕的哄堂大笑。但这哄堂大笑里，没有一点点不让人舒服的地方，除了它的声音太响太响，几乎让耳朵疼起来以外。

“李伟，你万里迢迢，从《三年二班》的那座城市，跑到《东方》的这座城市，就是为了赵燕，为了这条怀了小鱼的《美人鱼》吗？”主持人依旧笑意盈盈，显然，她为这场主持，备了不少课。

但她显然备得还不够，这个问题提出后，现场的笑声迅速就变成了惊讶声。她不知道，李伟的《美人鱼》，是写给萧雨的，并且那美人鱼也是萧雨。她也不知道，李伟向萧雨表白的那个场景，绝对是一个缩小版的今天婚礼的情景了。如果是一般的女生，可能早就答应李伟的求爱了，也就不会再有后来的一系列事件，更不会有今天这场史无前例的婚礼。

但萧雨不是一般的女生，能够让李伟爱得刻骨铭心近两年的女生，能一般吗？我这几个月来，一度以为，李伟爱萧雨的心，已经完全消失及至现在转移到了赵燕身上。可我不知道，这到底是不是真的。

不管他是真的还是假的，我都不管了。我觉得，该到我出场的时刻了。

主持人的这个问题，对我们已经了解整个事情来龙去脉的现场人员，实在是震惊异常。这简直是哪壶不开提哪壶。果然，李伟和赵燕的脸色都增加了一层灰。但我分明看到，他们的眼睛闪烁着，我甚至感觉到，赵燕和李伟分别回头朝我们四个站立的方向不经意地看了一眼。

“不，他不爱赵燕，从来不爱。他万里迢迢来到茱锦，来到晋川师范大学，是为了另一个女生，那本《美人鱼》，也是为这个女生写的。”我拿着刚上主席台就蓄谋已久地向现场学生会负责音响的同学借到的、借故没有还的一个话筒，边大声说，边走到主持人和李伟、赵燕的中间地带。我那个最大声的“不”字立刻回荡在整个校园，回荡在全中国、全世界的直播媒体里。

这个时候，我真心顾不上萧雨了，我更爱赵燕、更爱我的孩子，我要把赵燕和我的孩子抢回来。

“李伟爱的是萧雨，那次签售会上他现场求爱的女孩，萧雨。他爱了她两年，整整两年，现在也片刻不能忘记。”我说到这里的时候，迅速看了萧雨一眼，到现在，我心里还是有一点内疚的。但我仿佛看到，萧雨、文星元和薛玉琴，在开心地说着什么，还指着我们。

我彻底蒙了。

主持人总算反应过来了，她急急地问我：“你是，谁？”

“我叫沈伟，是赵燕肚子里孩子的父亲，我和赵燕深深相爱着。”我在懵懂中对着话筒说出这样一句。

我突然发现，赵燕哭了，不是伤心地哭，而是快乐地哭：“伟，你终于决定了，你终于说出来了。”

接下来，李伟两大步跨到我面前，紧紧地抱着我，他同样快乐的泪，流在了我的脸上："兄弟，你终于做出了最正确的选择！赵燕是你的了，孩子也是你的！"

真的，我彻底崩溃了，谁来给我解释一下，这到底是怎么回事，今天怎么了，这个世界到底疯狂到什么地步了？

我分明听到，下边有无数的直播记者在说："在巨星作家李伟这场史无前例的婚礼上，又发生了史无前例的事情。现场竟然有一名非常帅气高大的年轻男子，宣布李伟的新娘赵燕是他的爱人，而赵燕肚子里的孩子，据这名男子讲，也是他的。"

"最令人不可思议的是，听到这名男子如此'砸场子'的话，李伟和赵燕竟然快乐地哭了，李伟竟然表示，这名叫沈伟的兄弟，做出了正确的选择！赵燕是他的了，孩子也是他的！"

我已经听不到媒体的这些现场直播了，现场一片骚乱的声音，如果不是武警大哥们尽职尽责，这种声音的骚乱，绝对会变成行动的骚乱，现场必将"死伤惨重"，而死得最惨的那个，肯定是我。

"李伟！赵燕！萧雨！文星元！薛玉琴！马上告诉我这是为什么！"我歇斯底里地喊出这一句。

主持人马上附和着说："是啊！到底是怎么回事？"

我们的声音，通过手中的话筒，传播到了全世界。

要命的是，文星元、萧雨、薛玉琴，正笑眯眯、慢吞吞地走过来，而李伟和赵燕，还在快乐地擦着眼泪。

这个疯狂的世界，确实让人着急透顶。

第四十二章　能不是大结局吗

毫不夸张地说，这个足球场现在近十万人，晋川师范大学现在近百万人，茱锦市的两百多万人，晋川省的几千万人，中国的超亿人，世界的几亿人，应该都处在事情开始的大震惊中。如果，如果我们在短短的几分钟内，不能够给他们一个合理的解释，我相信，这个操场会大乱一阵，甚至更大范围的人群，会疯狂而大乱一阵。我沈伟、萧雨，赵燕、李伟，文星元、薛玉琴，我们六个人，在这个 2007 年的元旦，聚在了一起。这是一种奇异的感觉，事实上，自从李伟入主《东方》杂志社后，我们五个人（后来又加上了赵燕），或者说六个人，就能经常在一起，互相秀着恩爱。

而现在，旁边还有一个不食人间烟火般漂亮的姣子，那个能说会道的姣子，现在却完全变成了陪衬。说实话，这个时候，除了了解内情的我们六个，任何其他人，在这种情况下，都没办法说出任何话语。

我，现在却承受着最大的压力。如果这件事情，就像现在这样结束，那我很可能在极短的时间内死无葬身之地。在现场的这一百万人，一人吐我一口唾液，就能淹死我，一人打我一下，我都尸骨无存。

“话筒！”李伟激动而大声地冲着后台控制音箱的学生喊了一句。

一个精壮而年轻的学弟跑了上来，他手中抱着一堆话筒，木木地说了一句："这些都可以用。"

李伟随便拿了两个，一个给了文星元，一个给了薛玉琴。

"谢谢。"赵燕不忘冲学弟微微一笑。我分明感觉到学弟不好意思地扭捏起来。

"我相信，喜欢我写的书的朋友，一定记得。"李伟那富有磁性而高感染力的声音，立刻抓住了所有人的耳朵，"我回到晋川师范大学，做《青春系》签售会的那一天，我永远不会忘记。我站在我曾经、现在和未来，唯一深爱的女生——萧雨面前，向她表白我心底的爱。但她拒绝了我，她哭着跑开了。"

李伟的话，立刻惊起了一阵窃窃私语。如果李伟曾经、现在和未来，都只爱萧雨，那赵燕呢，赵燕肚子里的孩子呢？会不会就是前边说话的那个沈伟的？

李伟说着说着，就动了情："我苦苦地守候了自己心爱的第一眼女生萧雨，整整一年。我的处女作《美人鱼》就是写给萧雨的，只是萧雨，不是任何其他女生。虽然我逃离了晋川师范大学，但我的爱永远也逃离不了，我的心始终在这里。我回到这里，再一次站在自己深深爱了整整两年的女生面前时，我发现，我心中的激动和雀跃，跟原来没有任何区别，我又回到了那个过去的我。"

或许，这个世界上，只有我才能最深刻地了解，这个回到"过去"，指的是那个"过去"。我现在才明白，其实他再次站在萧雨面前的时候，已经完全摆脱了对何于此事件的心理厌恶，也再一次彻底地不可救药地爱上了萧雨。所以，他才有勇气、胆量和力量，一把捏碎何于此的睾丸。

“可我发现，现在的她，深深地爱上了别人。那个别人，就是我面前这个超级帅气的沈伟。”两行晶莹的泪，已然出现在了李伟的脸上，可他镇定如初，“我疯狂地嫉妒着这个男生，我在相貌上完全比不上他，我虽然非常有钱、非常有名、有千万级的粉丝，可我已经永远错过了给自己最深爱的女孩一个完全普通的深刻的恋爱机会。”李伟的声音有点哽咽了，却还是那样镇定，“可后来，我却发现，沈伟根本不爱萧雨，他在跟赵燕来往，甚至赵燕有了他的孩子。现在赵燕肚子里的孩子，就是沈伟的。”他这样说的时候，赵燕脸上竟然是一副幸福的表情。

“可，我又发现，他是太爱萧雨了，就像我太爱萧雨一样。他为了萧雨，竟然想过要牺牲一个男人的尊严，为了萧雨的事情去恳求另外一个女人。萧雨现在是《东方》杂志社最优秀的员工之一，但她在《东方》杂志社成立招聘的时候，并没有被第一批录用，而是增补进去的。傻傻的沈伟去找赵燕，准备说情，让赵燕给萧雨一个面试机会；而傻傻的赵燕，以为沈伟是来履行对自己的承诺。沈伟曾经说过：‘赵燕，如果我留校工作的话，我一定娶了你。’”李伟停顿了一下，一滴“心形”的泪滴，直接撞上了红毯，“而最终的结果是，沈伟并没有给萧雨求情，因为萧雨已经在增补名单里了。或许，赵燕和沈伟在一开始，就觉得这是一场游戏、一场冲动而已，一个大姐姐和一个小弟弟之间的游戏。但随着那个小生命的到来，一切都改变了。那是他们生命的结晶，他们深深地相爱了，一种比牺牲自己还要可怕的爱情，他们拥有了彼此的结晶。也许，在一开始，他们并不知道彼此深深地相爱了，赵燕只是知道，她不想打掉这个孩子，她要把他生下来；沈伟只是知道，这是他的儿子，他的儿子，他不能把他让给别人。而接下来，因为我的闯入，赵燕知道了萧雨，萧雨知道了赵燕。于是，一切就开始转向了，开始转向正确的本来方向。

“这就是事实，我们五个，瞒着沈伟一个人，导演了这样一场婚礼。因为我们还不能完全确定，沈伟到底是爱萧雨，还是爱赵燕，或许，他就是一个爱情的玩家。现在，我知道了，他爱赵燕，他不爱萧雨。如果非要说爱萧雨，那是曾经爱。”李伟说完了。

我紧绷的神经，突然就那样放松了。他说的每一句话，都击中我内心深处最紧的神经。可这还不够。

“我是萧雨的室友，也就是李伟《美人鱼》里边的那个雅如。文星元，也就是《美人鱼》里的那个文星。我和文星元是同村，从小一起长大，我们像任何一对深深相爱的人那样懵懂，直到萧雨冒失地向文星元表白的时候，我们才意识到，我们相爱已经十多年了。因为萧雨事不成则自己成仁的性格，受伤的她陷入了漫长的痛苦期，这个痛苦期，整整长达一年。这一年，却是我和文星元的内疚期。”

玉琴的声音，渐渐地伤感起来：“为了让萧雨摆脱这种痛苦，我们摆脱这种内疚，我非常非常希望萧雨能够找到自己心目中的男生，而天遂我愿，先是李伟，后是沈伟，两个非常不错的男生，喜欢上了萧雨。但不管我怎么努力，痛苦的萧雨，还是错过了李伟，差一点也错过沈伟。”

玉琴深深叹了一口气："沈伟为了萧雨的工作晚上去找赵燕的事情，我很早就知道了，也明白，肯定有一天，会有现在这样的结果。可为了照顾萧雨的情绪，我一直没说。我怕，她又陷入没完没了的痛苦中，她这种肤浅的痛苦，不仅是她一个人，而是带给我们，现在是六个人，集体的痛苦。我有时候想，萧雨，你是不是太自私了，永远只考虑自己，你想要的，就必须得到，得不到，就要死要活要痛苦。你想过没有，我们是六个平等地位的人，而不是你的五个奴仆。

"而就在一个月前，我终于忍受不下去了，我把这一切都告诉了萧雨，所有的一切，包括我的一切感受、李伟对她不变的深刻的爱、沈伟为她甚至决定抛弃自己男人的尊严、赵燕肚子里的孩子是沈伟的。我说，'萧雨，你知足吧。你比世界上绝大多数人，都要幸福得多了。两个男人，都深爱着你，并且为了你，献出了自己的一切。'

"后来，就有了现在这个计划。对不起，沈伟。我瞒着你，做了这么多事情，说了这么多该说不该说的。也请你原谅我对你的不信任，怕你不是赵燕或萧雨值得托付一生的人。可我不这样做，不这样说，我会后悔一辈子。现在，我不后悔了。"

玉琴说完，就"嘤嘤"地哭了起来，这个我一直把她当作亲姐姐的女子，就这样在我们、在全世界人面前哭了起来。文星元轻轻搂着她，小声安慰着她。

有一种酸酸而难受的味道，涌到我的整个面部，可我就是没有泪，没有泪。

“傻瓜！”听到这个声音的时候，我的心一震。我知道这是赵燕说出来的，“你还不懂我的意思吗？我为什么执意要把这个孩子留下来，我为什么非要拉着你们一起去民政局，一起去吃那悲伤的白家牛肉丸子面，因为我爱他，我爱你。那天晚上，你就那样推开我的门，就那样紧紧地抱着我，完成了一个男人和一个女人亘古以来完成的同样的事情。而从那个晚上开始，一种说不清道不明的感情，就主宰了我。我不能自拔了！

“当我知道肚子里这个小生命的时候，我已经下了决心，这辈子，你就是我的男人、我孩子的爸了！你答应过留校就要娶我的，你答应过我的！”赵燕没有哭，她的眼圈却因兴奋而红红的。我现在清楚，她一定跟我一样，在压抑着自己的感情，它一旦决堤，将不可阻挡。

我们知道，我们都在等萧雨。而文星元，就像一个大哥哥一样，一直在一旁看着我们，照顾着我们，手忙脚乱，却又不知道该做些什么。

“唉……”一声深重的叹息，远远而又响亮地传了出来，仿佛带着多么长久的沉重远远地去了、去了……

是萧雨。

“我也有虚荣心！当我知道，那个站在大礼堂主席台上侃侃而谈的人，就是那个苦苦追求我一年，我却置之不理凶蛮对待的李伟；就是那个写出《美人鱼》和《青春系》的李伟；就是那个大红大紫、却没有一点世俗气的李伟时，我也从内心动摇过，接过他的手，跟他白头偕老，成为他永远的女神。”萧雨的眼神幽幽的。

“可我没有，因为沈伟给了我一场普通的轰轰烈烈的、一个完全属于我们两个、属于普通人的最难以忘怀的爱。这样的爱，从我遇到文星元的第一天，就渴望拥有。我当时甚至想，如果沈伟因此离开了我，我就回到李伟身旁。李伟在给我一个普通人的爱的时候，我错过了他，我不能再错过了。可我没有，因为沈伟始终如一。

“可直到我知道，沈伟为了我，竟然要去低声下气地求人，竟然想要去做一个男人所能做的最大的尊严牺牲，我终于明白，我不能再这么自私，不能再这样下去，我得放手。我得让我身边的人，特别是沈伟，为拥有自己的平凡生活而爱，而不是为了我而生活而爱。

“就在一个月前，玉琴激烈地跟我争吵过后，我突然就发现自己一天天地长大，思想一天天地澄明起来。我现在，已经能够坦然接受并面对这一切。是的，我确实太幸福了，我拥有两个深深爱着我的男人，两个为了我愿意牺牲一切的男人。我是多么的幸福。”

萧雨哭了，那是幸福而解脱的泪。

我准备冲过去抱住萧雨，一只柔软而温和的手抓住了我的手，是赵燕。我的冲劲，把她直接带到了我怀里。我分明看到，这个如此坚强的女子，眼泪却已如断线的珠子，颗颗分明地落了下来。

我把我孩子的妈妈，轻轻地抱在胸前，任凭她的泪落在我身上，这是我孩子一辈子的妈妈，我一辈子的妻子，我们家永远的女主人。

尾　声

那天的后来，是整个世界的狂欢。李伟成亿的粉丝，为这样不可思议的圆满大结局而哭而笑而一醉方休。

文星元和李伟，在现场场务学弟们的帮助下，早就拿出准备好的另外两套结婚服装，我、文星元、薛玉琴、萧雨换好衣服，一场盛大的六人集体婚礼上演。而大明星、大主持人姣子同学，也驾轻就熟地为全世界人主持了一场中西结合不伦不类的精彩婚礼。

晚宴被取消了，那个一直心心念念要为这场史无前例的婚礼准备超过一百万套茶点和水果的餐饮公司，终于如愿了。不仅如此，他们开足了能够容纳万人同时就餐的晋川师范大学第一学生食堂的所有马力，还额外增添了非常多的美食。

大家可以想象一下，就算是一百多万人，每个人只是拿一点水果，这也会是多么可怕的流水席。或许，人类历史上，再也不会有这样一场婚礼了。而大明星姣子和巨星作家李伟，因为感动他们这样的努力，最后答应担任这家餐饮企业的“情侣”形象代言人。

我有理由相信，这次横跨全世界、几亿人同时收看的“真情告白节目”，让世界的结婚率，猛增十几个百分点；让离婚率，猛跌几十个百分点。

而比较好玩的是，那家原来仅仅流传于晋川师范大学的白家牛肉丸子面馆，突然间变得炙手可热，几乎成为青年男女的爱情朝圣地。坊间流传，只要在这里吃几次白家牛肉丸子面，就能够收获自己美满幸福的爱情。于是，每天来这里吃白家牛肉丸子面的人，往往都排出了几里地远。而周边同幢楼的十几家小店，全部倒闭了，白家牛肉丸子面乘机全部盘过来扩大了十几倍的营业面积，但就算是这样，排队的人，仍有百米来远。

他们仍旧坚持了自己的原始特点，没有任何单间，所有人都在狭窄的桌子椅子上，看上去热闹非凡，其实热闹的背后是莫名的伤感，或者，这就是我们的爱情的滋味吧。

我们更想不到的是，卢文学竟然和编辑部部长于化星恋爱了，姚玉立竟然和北然恋爱了。是吗？我竟然用了“竟然”。我错了，这应该是理所当然。

还有一个，我非用竟然不可。人事行政部的李玉，赵燕的手下，竟然和方宇，就是那个少男作家恋爱了，就是那个被何于此毁害和出卖，第一个站出来揭露何于此，并亲手把何于此送进监狱的方宇。

我不得不用竟然了，这个世界，有太多疯狂，又有太多我们无法想到的偶然。要相信，幸福和美满永远在远处等着我们，这样，起码，我们能够幸福和美满一些吧！